鬼在江湖

栾保群 著

【修订版】

鬼在江湖

山西出版传媒集团
山西人民出版社

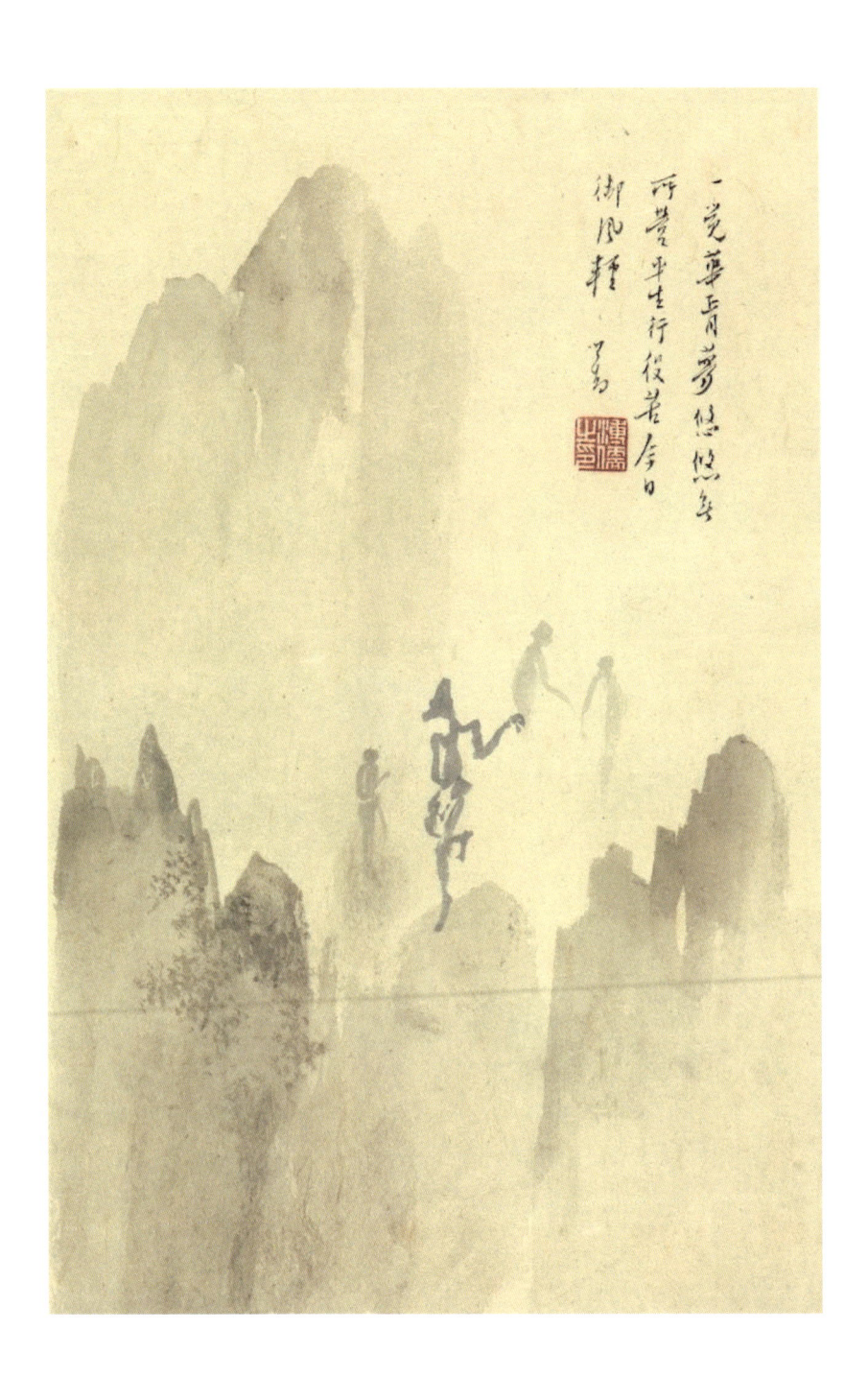

《鬼趣图一》

《鬼趣图二》

《鬼趣图三》

《鬼趣图四》

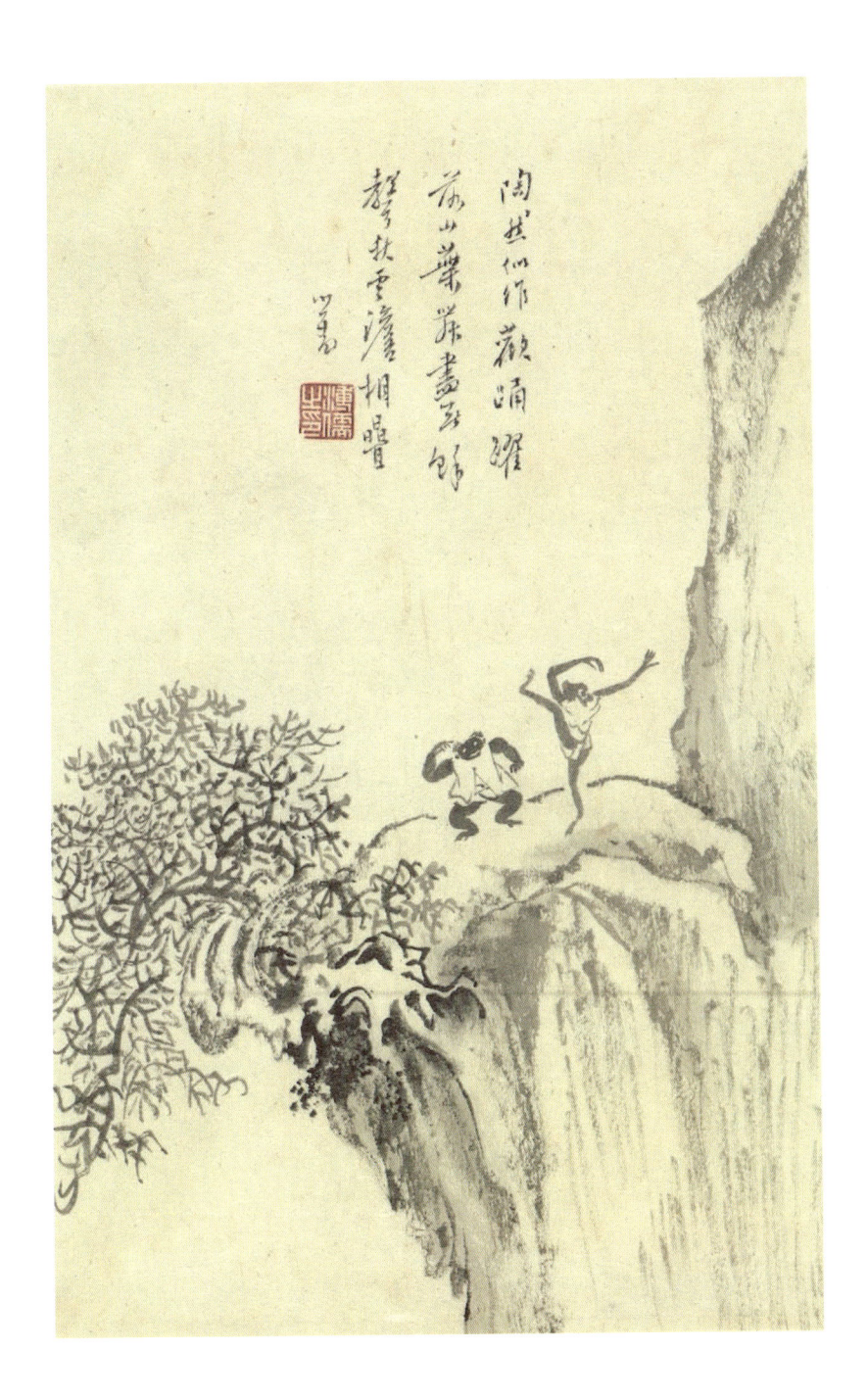

陶然似作歡踴躍
荒山葉脫書生骨
聲秋雲澹相暄

《鬼趣图五》

《鬼趣图六》

《鬼趣图七》

人去則鬼隨鬼趨於解黐釋氏語結習方知有身者

己亥十月戲寫鬼趣圖八幀 兩峯

《鬼趣图八》

《空林双鬼》

雷鬼

鼉鼓雲旗
氣象尊嚴
撼山嶽動乾
坤而今久不行
雷雨空守天
庭帥府門

《雷鬼》

丐鬼

鹤氅已碎
为修竹
夜向衍朔
磬蹕行
一点青燐
变星矢空
纷爆竹石破松

《丐鬼》

姚蕭品

姚蕭品者杭州
錢塘人其家會
客因在酒壚宛舍
頃乃活云初見天來
噢彙是縣家所用
出門看之便被提去至
北郭門有數更在船中
提者令品去爭舟品云
吾是緒餘未嘗引挽
遂被捶擊群不獲已
力爲牽之至驛橋亭邊
八九里鬼不復防禦回頭
絕走得脫如

《姚蕭品牽鬼船》

《终南进士出游图》

《钟馗》

目录

前言 / 01

鬼的尊容 / 001

鬼的厉变 / 022

活见鬼 / 038

非鬼之鬼 / 057

鬼在江湖：兼说鬼的打工史 / 072

鬼之形体 / 092

鬼哭啾啾 / 109

鬼影无踪 / 117

人能把鬼吹死 / 124

衣服必须有鬼 / 130

鬼步难行 / 149

长安多凶宅 / 165

幽冥之火 / 190

阴间为什么不能有农民 / 197

除了挨饿，鬼还怕什么 / 209

克僵十策 / 239

前言

《鬼在江湖》是这本书中的一篇，用来作为书名，当然是不能以偏概全的。这里是说，鬼魂如果以生人的面目"生活"在人世间，大抵只能借用"流动人口"的身份。所谓"江湖"，也只是狭隘地限定在这个范围内，像眼下一些如顽童以尿画地、顾盼自雄的"书法家"，虽然被人称之为"江湖派"，却不在我说的江湖之内。所以，鬼所在的江湖也只是人世间的江湖，在这里，鬼魂难得地表现出自身的社会性一面。隐去身份之后，鬼与人可以说融洽无间，害人的鬼不能说没有，但并不比害人的人更多。

江湖之外的鬼魂大抵也是如此。他们为各种规条所束，或者因为自己的好恶，而不愿意和生人接触，偶尔相遇，也是与人一样惊诧，有时现出厉相，只是想吓走对方或掩饰自己的恐惧。我们可以把他们视为异物，却不必妖魔化为恶鬼。

《集异新抄》中有一段记嘉靖时做过南刑部尚书的钱邦彦的事，言其少年时读书僧寺，每夜有披发赤面鬼窥于窗外，诸僧怖慑，不敢出声，而钱生读书自若。老僧慰之曰："所谓'见怪不怪，其怪自坏'者也。"钱先生笑曰："一'坏'字尚作人我相，不如说'见怪不怪,怪自为怪'更恰当。"

好一个"怪自为怪"!大千世界中,如果抱定"人我相",极力夸大别人和自己的不同,从而对立化,那就无物不怪,无人不怪。读书时同室的一位学兄常多奇论,其中之一就是每个人的相貌都必肖一动物,而且秉性往往也与所肖相近,如某兄像马、某兄像牛、某兄像驴、某兄像大马猴等等。经他一分析,便觉得似乎也有些道理。一向以为只有名公巨卿才有的殊荣(如"西山十戾"中和珅似贪狼、曾国藩似癞蟒等等),一下子落入寻常百姓家了。可是既然同学朋友都不妨视为"怪物",那你不让我们"怪自为怪"又将如何?

再看专记怪物的《山海经》,其中所谓怪兽怪鱼怪鸟,其生相也不过是"如马""如虎""如牛"的常见之物,远不如我们宅旁河里田中的河虾螃蟹丑异,何劳我们在旁指指点点,说三道四?但河虾螃蟹与《山海经》中的鸟兽所以一视为寻常而一以为怪异者,莫非是因为前者可以捉来煮熟摆上饭桌,而后者则不大甘心登入我们的食单乎?所以郭景纯序《山海经》云:"物不自异,待我而后异。异果在我,非物异也。"

九十五年前,章太炎对来访的芥川龙之介谈起日本民间故事中的桃太郎,说:"我最嫌恶的日本人,是讨伐鬼之岛的桃太郎。对于喜爱桃太郎的日本国民,也不能不抱有些许反感。"桃太郎现在还作为卡通人物活跃着。在章太炎眼里,他就是一个企图用武力征服某地时,先把对方妖魔化为"鬼"的人物典型。这种典型不仅代表了一部分日本人,在其他国家中也未必没有。人自为人,怪自为怪,四大部洲中各有各的住处,只要两不相干,你管他生着什么模样、做什么怪相呢。一旦要横挑鼻子竖挑眼了,那八成是已经安上什么坏心,要把你吃到肚子里搞各种名目的"共荣"了。

对于妖怪尚要有平等心,去"人我相",对我们自己的鬼魂岂不更应该平等一些?而孔夫子说"未知生,焉知死","未能事人,焉能事鬼",而民间也说"幽明异路","人鬼两不相妨",其意也是叫人先把自己分内的事做好,再谈是不是该对别人横挑鼻子竖挑眼。正是出于这种认识,本书中对各类鬼魂说的好话多了一些。

扣帽子的事现在是不会有了,顶多会有好汉说:你既然认为鬼魂不错,那你为什么不立刻见鬼去?其实这些好汉即便对着鬼魂咬牙切齿,最后也是难免归入一类。一面知道总要难逃一死,归入鬼趣,一面却把鬼魂丑化妖魔化,这也是自老祖宗传下来的人格分裂吧。

每个人都经历过悲欢离合,但绝大多数人的经历都不是可以编成唱本的故事,说起来也不过是"庸言庸行"而已。一个人如果安着心眼给自己造故事,那就要触霉头,一个皇帝要是没事找事地"作怪",如王莽、杨广之流,这个国家的百姓就算是遭了殃。人既如此,鬼何不然?而且鬼要是作起怪来更是明目张胆地找死,既然他已经死过一回,第二回自然要更难看。所以下面要谈的鬼,也大多不过是"庸言庸行"而已。

二〇一五年冬至

鬼的尊容

一

尊容，本来的意思是说尊贵的容貌，可是不知是哪位语言大师始作的俑，现在再说起来，百分百是带着调侃的意味了。但我这里用于鬼先生鬼女士，却仍然是保持本义，一些儿轻佻的意思都没有。不要说常言道的死者为大为尊，试想一下，自古至今成鬼的诸位，起码大部分都是"我们"的祖先或祖先的亲戚吧？那么现在我们谈论起这些老祖宗的模样，敢不说一声"尊容"吗？

而只是尊称一声"尊容"还不行，要真正地表示尊重，就要大家给鬼魂们一个公道，像那些"七分像人，三分像鬼"一类的话明显就带着对祖宗的不敬。清人程趾祥《此中人语》卷二有"捉鬼"一条，所说的缢鬼竟是"状类猕猴，身似无骨，提之长如常人，掷之缩小，高只及膝。遍体毛疏而浅，作灰白色"，这简直成了山魈一类的怪物，谁家的祖宗上吊后就成了这德性？

过去每逢元旦祭祖，富贵人家总要把祖宗的画像，俗称"喜神"的挂出来，供子孙们瞻仰膜拜。所谓"喜神"，就是"鬼像"

的美称,虽然是根据生前相貌所绘,此时却代表着祖宗死后的尊容。试看那些"喜神",哪个不是人模人样?而且比活着的时候更人模人样!赵钱孙李地排下去,家家如此,那么你说鬼的尊容应该是什么模样?但人们就是习惯于家家都说自己的祖宗像人,别家的祖宗不像人。钱绮《钝砚卮言》对此解释道:"鬼神生于人心,自为不易之论。人心有所敬,则为天地五祀之鬼神;人心有所爱,则为祖考眷属之鬼神;人心有所畏,则为妖异厉恶之鬼神。"如果让家家都能一视同仁,对鬼神持以恭敬心,"鬼吾鬼以及人之鬼",那么这篇小文刚开了头就可以收尾:鬼的尊容就和人完全一样,没什么好谈的。

但事情似乎又不那么简单,人生一世,号称百年,从大节分是自少而壮而老,而细分起来,每日每时都在变化,那么鬼的尊容应该取这一生中的哪一节呢?虽然自古即有鬼的"生长"之说,如《列子·天瑞》中林类所云:"死之与生,一往一反。故死于是者,安知不生于彼?"但谁都知道,鬼即使生和长也与活人大不一样,不会这边老人刚一咽气,那边就呱呱落地出来个鬼婴。

按我们的习惯看法,只要新鬼在那边一亮相,就应该沿袭着我们这一边的形象,从此而固定下来,不管是不是参加轮回,反正在冥界停留的这段或长或短的时间内,是再也不改了。而问题就发生在这个"标准相"取材于此公在世的哪个片段,简单说,即鬼的尊容是挂在墙上的还是躺在床上(当然是灵床)的那模样?(谁都知道,挂在墙上的那位要比床上的本尊受看多了。)由于说法并不统一,却又都为民间所接受,所以此题还要接着絮叨下去。

鬼的尊容,如果和人完全一样,那么人们见到的鬼,就会有多种情况,粗分大致为三种:(一)此人生前的"标准"面貌;(二)此人死前不久的面貌;(三)此人死时的面貌。

二

所谓生前的"标准"面貌,大体上适用于我们没有见过的古人或名人,不管历史上有无其人,但我们从各种渠道,小说、戏曲也好,连环画、卡通片也好,对其人有些了解,那么印象中的那幅面孔往往就成了造鬼的材料。如果让今天的戏迷见到曹操的鬼,那八成就是一个白面长须的曹丞相,走路一步三摇,说话的腔调也是湖广音中州韵。自然,因为见鬼者所持的"标准"不同,对不同的人,所见的曹操之鬼也就会有不同程度的差异,不管是什么模样,总是与自己心目中的曹操合辙;至于真的曹操之鬼认不认账,我们是不管的。

为什么举曹操为例,那倒不是因为"说曹操曹操就到",人们扯淡时就爱拿曹操说事,而是我真的在若干年前梦见过曹操,也就是不知真假的曹操之鬼曾经进入我的梦境。但可惜的是,我的梦却不大能证明我的观点,此公先是以舞台形象出现,架势就是当年在中国大戏院看的侯喜瑞老先生的《马踏青苗》,那自然是"活曹操"了,但不知怎么,却又慢慢变成中山装了,胡须也没了,腔调也变了,面孔也不是那么回事了,但是我还是认他作曹操,毕恭毕敬、受宠若惊地听着丞相教令,至于那教令的内容,当然与梦俱散了,只是感觉也不过是扯淡而已。

用做梦冒充见鬼,有些说不过去,那就用鬼故事做证据吧。

鬼在江湖 鬼的尊容

《聊斋志异图咏·阎罗》

鬼故事中也有拿死后的曹操说事的，如清人袁枚《子不语》卷八"见曹操称晚生"一条，只说"须眉苍白"，形象依然含糊。幸好《聊斋志异》中有《阎罗》一则，写一个山东秀才梦中（他的梦是"正梦"，自非鄙梦可比）到冥府代理阎罗王。秀才一下子做了那么大的官，不知怎么摆威风才好，忽然想起《三国演义》中的许田行猎，正义感一发作，也不管它是不是罗贯中的"小说家言"，就把曹操的鬼魂提出大狱，打了二十铁杖。而石印本的《聊斋志异图咏》中此则正配了个曹操鬼魂的小照，虽然比割须弃袍还要狼狈，但关在地狱里已经有一千多年了，却还是舞台上"汉丞相"的那套整齐行头，这就可以看出"标准相"的影响之大。

不仅此也，还是在《图咏》的《聂政》一则中，又可以看到这位名登太史公《刺客列传》的侠客之鬼。聂大侠完成行刺任务，又杀了在场的几十名保镖，然后"自皮面决眼，自屠出肠"，抹了脖子，那尸首的面目没人能认出，可是且看他在《图咏》中的鬼容，就完全是拼命三郎石秀的翻版。

在没有照相术的时代，能找到这两个名人的"鬼像"，也算是不易了。可是如果我们能接受鬼与神本是一物的事实，那么从"神"的标准相中推想起来，那例证可就铺天盖地了。从孔庙的大成至圣先师开始，大者如关圣、岳帅，小者到时迁、潘金莲[1]，就都可以看出人们心目中的神神鬼鬼的标准形象，完全可

---

[1] 张江裁《燕京访古录》记有潘金莲的"神像"云："东四牌楼勾栏胡同，为元时之御勾栏处，中一巨室，废第花园内有一小庙，庙内有一铜铸女像，坐式，高四尺八寸，方面含笑，美姿容，头向左偏，顶盘一髻，插花二枝，身着短袄，盘右腿，露莲钩，右臂直舒，作点手式，扬左腿，左手握莲钩，情态妖冶，楚楚动人。按此第应是勾栏故址，此像当为妓女崇奉之神矣。"

《聊斋志异图咏·聂政》

充作诸公异日见到某位古代名鬼时的参照物、标准器。

当然，不依赖图像，鬼故事中也不是没有可证明的材料。最便当的就是一千多年前的《周秦行纪》了。那里出现了几位历史上有名的后妃的鬼魂，按当时豪门的后房规制组成了一个专门款待贵客的家妓团体，其中汉文帝的老娘薄太后，据作者的想象，年纪最大，充当了家妓总调度的角色，手下的姐儿们则有与她同是汉高祖姨太太的戚夫人，以及汉成帝后宫中的王昭君、南齐后主的潘贵妃、唐明皇的杨贵妃等等，这几位的鬼魂一个比一个年轻貌美。戚夫人、杨贵妃死于盛年，暂不追究，只说那个被薄太后安排陪客人共度春宵的王昭君，其尊容是"柔肌稳身，貌舒态逸，光彩射远近"。须知这个曾经被某大剧作家歌颂为支边知青先驱的王嫱，先嫁了个老单于，只过了三年老单于就死了，昭君苦苦要求回中原，汉廷不许，让她入乡随俗，再做她继子的太太，然后又生了两个女儿，到她去世时，年纪至少也在四十开外了吧（有人推测她死于王莽篡汉之后，也就是说活到了六十多岁，也不能说毫无根据）。所以这个艳光射人的鬼魂应该是她初离汉宫时的模样。曹雪芹写白雪红梅的薛宝琴，他心目中就有个舞台上昭君出塞的影子在。其实即便是现在，我们心目中的昭君也仍然如此，很少有人把她想象成坐在帐篷里戴着毡帽围炉烤火吃羊肉串的老太太的。鄙人命无艳福，连入梦的名人之鬼也多是曹操与准曹操之类，但如果昭君之鬼入了某位幸运者的幽梦，当可证鄙见不虚也。

陆机初入洛阳，途经河南偃师，夜遇早逝的天才王弼之鬼，其形象是"神姿端远"，正是谈"易"说玄的角色。（见唐人陈劭《通幽记》）

唐进士陆乔，家于丹阳，富而好客。一夕，六朝的沈约之鬼来访，"衣冠甚伟，仪状秀逸"，这尊容也要显示他才人秀士的身份。（见唐人张读《宣室志》）

唐太宗征辽，行至定州，见路侧有一鬼，"衣黄衣，立高冢上，神采特异"，则是十六国时后燕的君王慕容垂的鬼魂，一句"神采特异"虽然含糊，也大致表明了乱世英主的形象。（见唐人张荐《灵怪集》）

这些都可以看成古人之鬼的"标准相"。这"标准相"是很重要的，没有它就很容易上鬼当。唐朝西京法海寺的英禅师设水陆大斋，来一大鬼，自称是战国时的秦庄襄王，手下一群饿鬼，则指为范雎、穰侯、白起、王翦、张仪、陈轸之属，此鬼谈了些尽人皆知的秦国故事以证实自己的身份，便把英禅师设下的斋饭一扫而空。（《太平广记》卷三二八引《两京记》，又见《佛祖统纪》，稍有不同。）如果说鬼物中有骗吃骗喝的，那么这秦王之鬼八成就是此类。因为谁也弄不清庄襄王及那群帮吃者的尊容是何等模样，事隔千年，咸阳一炬，更无从查对。

而唐人戴孚《广异记》中记张守珪与胡骑作战被困，忽见山下红旗数百骑，突前出战，守珪随之，穿透重围一角，虏不敢逐。红旗之将谓守珪曰："吾是汉之李广，知君有难，故此相救。后富贵，毋相忘也。"后来张守珪果然做到幽州节度使，为感救命之恩，又造庙又上供，着实地热闹一阵是免不了的。这位飞将军的鬼魂言辞鄙俗，生前征战一世也没落得封侯荫子，死后却要寄厚望于另一丘八，所以也颇有造假之嫌。

当然，这些故事是英禅师和张守珪自己说的，或以此为水陆斋醮的法事做广告，或向手下将士证明自己"福大命大造化大"，以固人心。说是上鬼当，其实还是人在作怪。

三

上面说的是古人之鬼，如果是当下之鬼，而且又是亲戚朋友街坊邻里的，那么其尊容理应是死前不久的模样。这种情况是最合乎常理的，人不论寿夭，一旦溘然，为人一世的生物状态就到此为止，而他做鬼的尊容也即以这一年龄的最佳状态为定格。阁下如果无意中邂逅此鬼，其音容举止，当与生人无异，一般不会产生别的猜测的。

唐人唐临《冥报记》中有南朝刘宋人司马文宣者，其弟方死数月，忽见其弟在灵座上，"不异平日"。

清人钮琇《觚剩续编》有"溺妾入梦"一条，记山东单秋崖投宿村店，见往昔溺水而死的亡妾，"湘裙垂地，玉颜半露"，应该是两年前分别时的容貌，也与生时无异的。

但凡事总有例外，如某人在某地忽然遇到十多年未见之某友，二人倾谈平生，然后别去，接着遇到某友的家人，才知道某友刚刚在数日之前故去，这时方知所见为某友之鬼，那么这鬼的尊容又是怎样的呢，是十多年前的模样，还是十多年后的模样？

这类问题在鬼故事中大抵含糊过去，但我觉得还是与某人十多年之前所见的模样相近为是。须知人到了五六十岁以后，面容体态变化得往往很快，特别是当官的"休致"（"致仕"的意思已经太难懂了）之后，一两年未见，见了之后就有不敢相认的情况，本来精神焕发，意气飞扬，头发染得如八哥羽毛般黑亮，现在怎么衰颓成这模样了？这不妨事，八成是健在的活人。若是十来年未见，再见时当年风采依旧，甚至要更风流倜傥，冬行春令起来，却是有些见鬼的可能了。

这是我说的第二种情况，鬼的尊容就是人的尊容，见鬼与见人没什么差异。例子在鬼故事中俯拾即是，多说无益，不如直接跳过说些有趣的。

四

大约自魏晋以来，人们就渐渐地接受了一种说法，即鬼魂永远保持着死时的面貌。

或有人说，如果鬼魂永远保持着死时的面貌，那对于美丽而夭死的女子无疑是个很大的补偿了。这却未必！这种便宜事只见于前节所述，此处要说的却是另一种意思。所谓"死时的面貌"，说的其实是"尸容"，不是"人面"。而尸容又不以躺在殡仪馆里经过粉饰装修、涂漆打蜡后的那一副为标准，是实实在在的除去伪装的本来面目。当然如果死时脑袋被砍或被电梯夹扁，没了"面目"，那鬼魂就只能保持着"无面目"状态。

此种尸容品类繁杂，多为哀苦悲惨相，但也间有例外，据一位公安朋友所告，他所见的尸首中有一种是笑容满面的，但那是活活冻死的，比其他的尸容尤为可怖。所以不妨断言，尸容没有一副受看的，而以此示相的鬼魂也是一样。让我们先从略为可观之处开始。

清人朱海《妄妄录》卷十一有"金太婆"一则，是说苏州一个姓金的媒婆见鬼的故事：

> 一夜自提竹丝灯从莳泾归家，路远步寒，已及二更，人舍既息，征雨复来。正惶遽间，黑暗中突出一人，揽其袂曰："金太婆，还我碧霞犀手串来！"大骇，举灯瞩视，殊不识认，而面色黄瘦，双眼落窠，相对凛凛，肌生寒栗。答曰："子为谁？未之见也。我何时取尔碧霞西、碧霞东耶？"

此鬼是当地的富翁，生前即便不是"面团团"，也不致"面色黄瘦，双眼落窠"，一副乞儿相的，所以这形象应是其死时的尊容，以致常来串门揩油的金太婆竟不能识认了。

大约正是因此之故，一些鬼就不愿意以面目示人，这大多是有些自怜自爱的女鬼。如五代王仁裕《玉堂闲话》，记唐末时邵元休见一鬼，"不辨其面目，长六七尺，如以青黑帛蒙首而入，立于门扉之下"。邵元休还是个未冠的童子，也不知害怕，只是厉声呵斥，那女鬼也不吭声，只是渐退而出，然后如风而逝。所谓"以青黑帛蒙首"，是鬼不想让人看。

戴孚《广异记》"范俶"一条则是女鬼"以发覆面，向暗而坐"，"薛矜"一条的女鬼是"以罗巾蒙首"，都是同样的意思。那用心很类似于李夫人死前不愿意让汉武帝见到她的容貌。

鬼魂的形象既是人已经成了尸首时的形象，这本身就给鬼魂笼罩上一层阴森恐怖的气氛。即使那人是善终，他的鬼魂也摆脱不掉死尸的阴气，如果他是横死，那就更令人可怖了：四肢不全的，五官有损的，砍掉头颅的，这些人的鬼魂就永远保持着这种残缺可怕的形象。在轮回观念还没有进入中国，或虽然进入却不为俗信所接受的时候，这些鬼魂就要把这种形象千百年地保持下去。这实在是一种令鬼魂和他在世的亲人都极为痛苦的事情，于是也就直接影响到生人社会的刑罚、道德。统治者的凶残和阴狠就不仅表现在要给反抗者以极大的肉体上的痛苦，还要让他们的鬼魂永世受到折磨。中国不少刑罚的制定和实施，往往掺杂着对鬼魂世界的设想。话说得远了，拉回正题。

凶死之鬼如缢鬼、溺鬼、毒死鬼、跌死鬼之类，那形象自然要比善终或病死者凄惨，读者自会想象出那模样。更有一种刑杀之鬼，不仅比以上数种更为惨厉，而且还有些令人想象不出的东西，值得特别介绍一下。

刑杀之鬼中最为常见的就是砍掉脑袋的一群，脑袋掉了却不能丢下不要，其鬼便把这脑袋常提在手里。晋人荀氏《灵鬼志》言嵇康夜行，出洛阳已数十里，投宿于月华亭。亭即驿站，可以投宿的，但此亭是个"凶宅"，历来多有人死于此处。但嵇叔夜心神萧散，了无惧意。坐至一更，操琴自遣，忽闻空中称"善"。

> 中散（嵇康生前曾任中散大夫）抚琴而呼之："君是何人？"答云："身是故人，幽没于此，闻君弹琴，音曲清和，昔所好，故来听耳。身不幸非理就终，形体残毁，不宜接见君子……"中散复为抚琴击节，曰："夜已久，何不来也？形骸之间，复何足计？"乃手擘其头曰："闻君奏琴，不觉心开神悟，怳若暂生。"遂与共论音声之趣，辞甚清辩，谓中散曰："君试以琴见与。"乃弹《广陵散》。便从受之，果悉得。

所谓"非理就终",用现在的话说就是"非正常死亡",结果搞得形体残毁,不成人样。能与嵇叔夜论琴且能传授《广陵散》的,当是何等雅士,此时却只能"手挈其头",提着脑袋见人。(有人猜测这位雅鬼可能就是汉末的大名人蔡邕,确实极有道理。)魏晋六朝时,政局反复无常,死于非命的士大夫不在少数,平日处世,那风险就如同"把脑袋掖在裤腰带上",此时换成手提,虽然未必感到增了多少不便,但记载这些事的故事依然反映着这一群人的悲惨。

嵇叔夜学成《广陵散》不久,自己也上了刑场,脑袋自然也是被砍了。但刘宋刘义庆《幽明录》记会稽贺思令,于月下临风抚琴。忽嵇康之鬼现形,形器甚伟,戴着刑具,面有惨色,向他传授了《广陵散》。嵇康的头颅没有特别交代,显然此时是在腔子上的,但也许是见客人时临时放上的吧。这也不是我随意揣测,有鬼故事为证:

唐临《冥报记》言谢弘敞妻许氏病死,被拘入地狱,尚未见冥官,闻有人呼,虽然不见其人面目,听着声音却很熟,再一细看,原来是自己的姑夫,脑袋在手里提着呢。但这样以腔子与人叙旧,终究让对方觉得不便,便把脑袋临时安置到腔子上,谈完之后,依旧提在手中。好在那时人多是长发,绾个圈套提着也是极方便的。但也有不方便之处,那就是伤口永远不能愈合。好汉们说"斗大的脑袋碗大的疤",那只是假设,既然鬼魂的形象总是维持着初死的状态,那么那"碗大"的只能是血肉模糊的刀口。刘宋刘敬叔《异苑》卷四云:

> 谢灵运以元嘉五年,忽见谢晦手提其头,来生别床,血

色淋漓，不可忍视。又所服豹皮裘血淹满篋。及为临川郡，饭中有大虫，谢遂被诛。

谢晦这脑袋不仅要提着，还要"血色淋漓"！其凄惨已经让人不忍面对了，清人俞樾《右台仙馆笔记》卷十四所记又加了一层。湖州归安乡间，有郁秀才，于同治壬申年至郡城应科考，住甘棠桥关帝庙中。入夜后刚一就枕，恍惚间见一老者一少者，皆以手捧盘，自承其颈下血，对郁秀才诉道："君视我苦否？至今血出未尽。"这二位都是乱离时被杀之鬼，喉咙割断，头颅却还连着腔子，事经多年，刀口的血还在流着，但多到像榨果汁机一般汩汩而下，这想象力就太夸张了。总之，这二位的意思是让客人见识一下，断头的苦痛将与永不愈合的伤口一样延续着。

但中国很多事情，尽管很凄惨，也能够文艺化。大约是砍头渐多，多到砍人者和被砍者都当成一种"事业"的时候，手提头颅便由凄楚而演化为豪迈，杀身成仁或成义的士大夫不仅把手提头颅视为风度，而且还能把头颅当作炮石一样抛掷。杜工部诗云："子章髑髅血模糊，手提掷还崔大夫。"王思任则言："社稷留还我，头颅掷与君。"直到我们曾一度挂在嘴边喊喊的"抛头颅洒热血"。六斤八两连肉带血呼啦啦抛掷了出去，真是视生命如粪土一般慷慨了。

但说句实在话，在人活着的时候，不要说头颅抛不出去，就是抛出去也顶不了什么用。但人死之后，鬼魂的头颅却真可以当作武器来用。比如在冥界遇到仇人，手搏口噬，恨不生吞其肉，但无奈形格势禁，一时施展不开，这时只要把头颅像橄榄球一样抛了过去，那头颅就会在几丈之外自动追咬仇人。这种战法在文献上表达得不像我说的那么明晰,但替这些无头冤鬼出此损招的绝对不是在下,袁枚早在《子不语》中已经多有介绍了。如卷四"七盗索命"条说到"断头鬼",卷五"文信王"条更说到五百个被砍下来的头颅"拉杂如滚球",张口露牙地来咬人,便都是腔子在远处遥控,任由头颅在仇人身上撕咬。当然更早的《酉阳杂俎》中"飞头獠子"的传说,[1] 也会对无头鬼有所启发的。

这如果算是豪放派,那么相对应的也该有个婉约派吧,比如闲着没事的时候,把提着的脑袋置于膝上,摆在案头,无论是孤芳自赏,还是悠然相对,都有说不出的蕴藉风流。袁子才《子不语》卷十六"捧头司马"一条,写陕西高陵县令有一友,前来探访,距城十余里,天色已晚,其友即宿于道旁废寺中。时月明如昼,久不成寐,忽闻正室有脚步声,只见一人,有补褂朝珠而无头,坐于窗下,做玩月状。此人吓得不轻,四处乱钻乱窜,最后爬到一株高树上。

> 俯视窗下,则其人已捧头而出,仍就前坐,以头置膝,徐伸两指,拭其眉目,还以手捧之,安置顶上,双眸炯炯,寒光射人。

我最喜欢的就是此鬼"以头置膝,徐伸两指,拭其眉目",其整饬自好,从容婉转,堪称可人。只是那么可爱的一颗脑袋,

---

[1] 唐人段成式《酉阳杂俎》前集卷四:岭南溪洞中,往往有飞头者,故有"飞头獠子"之号。头将飞一日前,颈有痕匝,项如红缕,妻子遂看守之。其人及夜状如病,头忽生翼,脱身而去。乃于岸泥寻蟹蚓之类食。将晓飞还,如梦觉,其腹实矣。

怎么就让它掉下来了？但也许正是因为它掉下来了，所以才格外珍爱吧。

而此辈的珍爱头颅还有一解，见于纪晓岚的《阅微草堂笔记》卷十七，是说"幽魂无首则不可转生"。那故事写得有趣，且抄到下面，供动辄占问吉凶、斋醮禳解的朋友参考：

一宦家夜至书斋，突见案上一人首，大骇，疑为咎征。里有道士能符箓，时预人丧葬事。急召占之。亦骇曰："大凶！然可禳解，斋醮之费，不过百余金耳。"正拟议间，窗外有人语曰："身不幸伏法就终，幽魂无首，则不可转生，故恒自提携，累如疣赘。顷见公棐几滑净，偶置其上。适公猝至，仓皇忘取，以致相惊。此自仆之粗疏，无关公之祸福。术士妄语，慎不可听。"道士乃丧气而去。

此说也于古有征。早在南宋时洪迈的《夷坚甲志》卷十七"解三娘"条中，就言"顶骨"（即天灵盖）最为重要，移取骨骸不能遗失，因为"不得顶骨不可生"。"不可生"也就是"不能转生"。这就对被刑之鬼常提着脑袋做出了合理解释。其详细的缘由，以我揣测，大约是因为到阎罗殿去办转世手续时，阎罗判官都要验明正身，而这"正身"中，虽然肚子和屁股体积最大，却平淡无奇，不足为凭，所以只能以"正身"中最具特色的脑袋为准。于是这脑袋对此鬼来说，简直就是阳世的"身份证"一般，不可须臾离手，自然平时领取阳世发来的包裹汇款，也必须出示脑袋为证的。

话说无头之鬼既作如此尊容，那么被凌迟而死的鬼魂又是什么形象呢，总不会是一团烂肉吧？古人对此毫不含糊，正是一团零割碎剐下来的烂肉！

洪迈的《夷坚志》是一部很有特色的志怪故事集，其特色之一，就是经常在鬼故事中隐藏着一些不便在其他文字中披露的史料，而从中也可以看到作者的政治倾向。《夷坚丁志》卷七中就有那么一则"张氏狱"，从一个方面反映了北宋末年党争之残酷，并非如一些人想象的那样充溢着精致的风雅，这不仅可补正史所缺，就是在其他笔记中也未必能见到。原文太长而且曲折，简略叙述如下：

事情发生在宋徽宗在位的政和初年，此时正是蔡京当政，数年之前，他就重订元祐党碑，扩大对政敌的打击面，列入党碑者有司马光、苏轼以下文武共三百零九人。其中有礼部侍郎杨畏，其人首鼠两端，人称"杨三变"，显然是蔡京"严打"时的"冤魂"。其为人此处不论，只说到政和初年，杨畏已经死了，但他孙子娶了宗室郓王赵仲御的第四女。这宗室小姐娇生惯养，而她婆婆张氏的脾气则是暴躁无匹，婆媳之间的战争就不可避免了。由于杨家列入党籍，门户不得志，新妇赵小姐觉得有辱身价，于是郁郁寡欢。而婆婆张氏便道："你看我们是元祐党家，所以那么欺负我们。时节早晚要变，我们家也不会总是那么走背字！"

就是这么一句斗气的话，儿媳妇回娘家时告诉了父亲郓王，而郓王的二儿媳又是王安石夫人吴氏的族人，经常出入蔡京府上。经过几位长舌妇的运作，这话传到了蔡京耳朵里，蔡京便兴起大狱，以诽谤万岁爷、图谋变天的罪名，最后竟判张氏凌迟处死。

但事情并未结束，这张氏的鬼魂延续了生前的暴烈，接连夺走郓王三个儿子的性命。过了不久,蔡京也得了病,他心中有鬼,便命道士为他向上帝奏章祈福。

道士神游天门,见一物如堆肉而血满其上。旁人言:"上帝正临轩决公事。"顷之,一人出,问道士何以来。告之故。其人指堆肉曰:"蔡京致是妇人于极典,来诉于天。方震怒,汝安得为上章?"

凌迟而死者的鬼魂就成了这么一堆碎肉!如果像袁崇焕那样一面受凌迟一面被人生吃了呢(见明人张岱《石匮书后集》),如果像郑鄤那样凌迟之后再把那零割下来的碎肉当成治疥疮的膏药卖了呢(见清人计六奇《明季北略》),岂不连这堆血肉都没有了?古人的想象力到此戛然而止,但《夷坚支志·景集》卷二"孙俦击鬼"条倒是略微涉及这一凄惨的题目,只是把凄惨化为一笑。

京西兵马副都监孙俦是个胆子很壮的人。一天,厨娘来报,说每到夜间进厨房,就见有一物蹲于灶下,"蓬头垂发,不可认面目。呼之不应,逐之不退,必鬼也"。孙俦说:"明天再看见,你就告诉我。"次日晚上,厨娘来报,孙俦往视,灶下果然有此物,便笑道:"这是桑仲军人吃了的人的魂魄。"即奋拳直捣其顶,此鬼立刻隐没于地。第二天命仆人掘地,果然得遗骨一具。

桑仲在北宋亡后,率领部曲南下投奔南宋政权,也算是一支"义师"了。但他的队伍也和范温所率"忠义军"一样,以吃人出名。当时的北方,人肉之价,贱于犬豕,他们就把人"整个儿"地做成腊肉,当成干粮,一路走一路吃,到了临安还没吃完。什么"两脚羊""和骨烂"这些名目就是这些义师的创造。但他们以妇人小儿为食,是为了"恢复大业",有"爱国主义"做道德支撑,很多正人君子就对此忌而讳言,装作没那么回事了。孙傅本人也是自金投宋的"忠义",他凭什么能认出这鬼是被人吃过的魂魄,不得而知,也许只是对那有影无形的可怜鬼魂说的一句挖苦话,也许是他亲自吃过,遂能从这鬼魂的形象上看到"全躯腊肉"的某种特征。

五

谈鬼的尊容却说到无"容"可尊的无头鬼和一团烂肉,便不能不让人对鬼魂的形象产生悲悯之心。但我们古人的幽冥文化并没有到此为止,鬼的尊容还要做进一层的发挥。在本文所述的三种之外,还有因一时的"变厉"而显现为可怖的"厉相",更有永久性"异化"为獠牙锯齿、血盆大口等诸狞恶怪异相者。这两种已经不宜再称"尊容"了,所以只好放到另一题目中专门去谈。

且说以上所谈的三种鬼的尊容,由大家选择,估计大多数人认可的应该是前两种吧。但第三种也并不是没有道理。瘸子之鬼是瘸鬼,盲人之鬼是瞎鬼,或在情理之中,再引申一下,生有牛皮癣的做了鬼也要泡温泉,夹扁脑袋的做鬼也不会思维正常,那么刑杀之人成了无头鬼之类,好像也是顺理成章的事了。但这种推论其实是有很多漏洞的,不要说别的,就说那些被枪毙的,一颗炸子打进脑壳,还有身上绑了炸药的人体炸弹,死后的尊容就很难让人揣摩得出来，更有那些被老虎做了点心已经定型为"阴惨"却留有人形的伥鬼，恐怕也要重新改版了。

所以无论从亡者亲属的愿望，还是从人情事理上考虑，第三种都是不大可取的。残疾人生了小孩，尚且是正常人，已经残疾了一辈子，做了鬼总应该解脱了吧，难道还忍心让他们天长地久地永远残疾下去，不仅做鬼，就是转世到另一世也要背着那包袱？

而且人们不是常常把灵与肉看作对立统一的吗？人的死亡，就是魂灵摆脱了躯壳，在那一瞬间，躯壳由人体而化为尸体，而尸体是没有资格代表鬼魂的。（古人对尸变本体的道德认定就持这一观点，那"诈"将起来的尸首就是生嚼了活人，也不影响人们对死者生前品质的评价。）前不久，曾在微博上见到有人引出一句译文"空气中还悬浮着焚烧尸体与烧焦遗体的浓烈恶臭"，对其中"尸体"和"遗体"有什么区别表示想不通。这句译文是否有毛病，我没资格谈论，但"遗体"和"尸体"在内涵上还是有些区别的，那区别我想除了人的感情因素之外，主要是个时间问题。人死不久，放在灵床上供人瞻仰凭吊告别鞠躬等等仪式之时，大约叫"遗体"为当，虽然它其实就是一具尸体。但是诸事如仪之后，停放了或长或短的一段时间，特别是或从冷藏柜中提出，或从福尔马林中钩出，或从坟地里刨出，到那时再叫"遗体"便有些滑稽了。我的表述未必合适，但此处想要说的，就是人死后的尸体既然不能代表逸出的魂灵，那魂灵所化的鬼，就不应该以死后的躯壳做自己尊容的模板，那尊容最起码也应该是其人尚能称为"活人"时的状态，不要说死后，就是弥留之际都不宜用的。试想即便是寿终正寝的诸位，成鬼之后也总是奄奄一息的样子，就是阎王看久了也会窝心，难免一声浩叹：这冥界真是没法待了。

　　古人对政敌恨之入骨，往往在处死之后还要暴尸若干日，把他一生中最丑陋、最悲惨的面目暴露在众目睽睽之下。其用心或许还有一条，就是让这一腐尸的形象取代死者生前的形象，从此定格于民众的心目中。我想，此人即使是罪大恶极，也不必如此阴毒吧。况且此时的尸首已经与本人无干，只不过是一堆臭肉在那里继续腐烂变质下去，围观者不管怀着什么爱憎之情，也只会掩鼻而不忍看，那么我们何必要取这一状态作为鬼的尊容呢。

鬼的厉变

一

"厉鬼"这东西虽然见到的人不多，但这个词却不算生疏，看戏听书，动辄就有"化为厉鬼"的说法，那往往是人被逼到绝路的最后一着，虽然多是空洞的狠话，却也很耸人之听闻。可是到底厉鬼是什么，细究起来，却多有歧义。

一为疫疠之鬼，"厉"即"疫疠"之"疠"。古代大傩有方相氏蒙上熊皮，戴上黄金四目的面具，执戈扬盾，率百隶以驱鬼，要驱的即是此类，或叫疫鬼、瘟鬼，说更通俗些就是传染病之鬼，与本题无关，走到绝路的受欺凌者一般也不会想化为此物。

第二种厉鬼则是恶鬼。比如，陈劭《通幽记》记"建中二年，江淮讹言有厉鬼自湖南来"，这厉鬼"或曰毛鬼，或曰毛人，或曰枨"，变化无方，"好食人心，少女稚男，全取之"，即属此类。但此鬼并非人的鬼魂（所以人死也化不成此物），与《聊斋志异》中那位画皮之物同类，说成妖魔更为恰当。

三是到厉坛享受厉祭之鬼。明清以来，上自都城，下至府县，官府都设有厉坛，所谓"京师有泰厉，王国有国厉，又有郡厉，有邑厉，有乡厉，以祀鬼之无所归者"。每逢三大鬼节，就要有厉祭之举，祭的是死伤非命或绝嗣无后的野鬼游魂，也就是阴间的流浪无依之鬼。这种鬼也不是我们要说的，但却也有些关联。因为这些厉祭之鬼并非仅如当权者说的只是无主孤魂，其中有不少在战乱、刑狱中冤死的百姓，这些人冤气不散，时出为厉。据明末清初人董含《三冈识略》卷四，为明太祖封为"天下厉鬼之首"的松江百姓钱鹤皋，就是因为抗捐抗税起而暴动，被俘后押至南京，临刑时颈喷白血，吓得朱元璋才建了厉坛，安抚冤死而为厉的鬼魂。这些鬼魂严格说起来算不上厉鬼，只是鬼社会中的不稳定因素，有潜在的"为厉"可能而已。

第四种则是"猛厉"之鬼，正是我们要说的。明人陆容《菽园杂记》卷六云："张巡力竭，西向再拜曰：'生既无以报陛下，死当为厉鬼以杀贼。'此厉字与伯有为厉之厉不同，原其意，誓欲为猛厉之鬼以杀贼耳。"其实伯有为厉之"厉"与此并没有什么不同。伯有为厉与张巡之化为厉鬼，都是要以超越生前的猛厉强横之状作祟于仇人，只是陆容以张巡是忠臣，伯有是乱臣，而强为此区别耳。《左传》成公十年言"晋侯梦大厉，披发及地，搏膺而踊"，"坏大门及寝门而入"。这大厉就是得到天帝的许可而寻晋侯报仇的厉鬼，与伯有性质正同。

厉鬼为厉的故事以后有机会谈，此处只说他们的厉相。除了厉祭之鬼或有例外，无论是哪种厉鬼，其相貌都是"不善"的。而第四种最常说的"厉鬼"，尽管其中有正邪善恶之别，说到相貌，则大抵是凶横可怕，让人一看就感到恐惧的。即以守睢阳骂贼而死的忠烈张巡而言，他的塑像多做咬牙切齿凶厉之相，甚至做青面鬼相,而名之曰"青魈菩萨"。同时他们还有超出在世时的伤害仇人的能力,也就是说既有厉相,又能为厉,虽然这些都与鬼品之好坏无关,但其性质则是凶恶的。

但厉相也并不是厉鬼的自然之相,他们也和其他鬼魂一样,其面目基本继承了生前的相貌,而厉相只是一时的变相,此处故称之为"变厉"。所谓厉变或变厉,一般就是说鬼的相貌突然之间变得很凶恶可怕。但这作为定义却不稳妥,因为厉变并不局限于脸蛋部分发生了由善而恶或由俊而丑的变化,一个妇人,娴雅静好地坐在梳妆台前,忽然把脑袋从腔子上摘了下来,放到台面上,那颗脑袋虽然依旧蝤首蛾眉,但这种举止也要算是变厉了。所以本文要说的厉相就不单指"猛厉"之相,还有一种"惨厉"之相,即凶死(或叫横死)者的尸相,如上面说的身首异处即是。当然这种尸相还能进而变厉,也就是变得更令人恐怖。

虽然这变化的幅度有时很大,但还是不离规矩,那规矩大体就是从"标准相"变为死时最惨厉或最不受看的容貌,从生的高峰一下子跌落到谷底。虽然两种相貌都是同一个人,但那变化只在一刹那间,便足以让观者错愕惊惧,吓到丢了魂断了气的可能也是有的。

可是鬼的厉变虽然吓人,其实也不过是人的"厉变"的翻版。人在情绪失控或怒气偾张的时候,总是要伴随着厉声、厉色或者声色俱厉。旧书中说的"怒发冲冠""目眦俱裂"等等,便都是人的厉相,只是有些言辞上的夸张,很难在现实生活中看到文字中的效果。比如大人物的发飙厉变之相,充其量也就是眼睛努出,嘴巴放大,配合上声嘶色变,连"五官挪位"都做不齐全,何谈"七窍生烟"?相比之下,就很不如鬼的厉相可观了。

鬼的厉相妙在并不全是死时尸相的还原,最令人骇惧的是尸相的夸张,像那种七窍流血不止、四肢残缺不全,或者眼睛掉出眶外、脑袋剩下半块等等都是,而对本相的夸张在缢鬼的变厉中尤为显而易见。

作为厉鬼,缢鬼的形象是很惨怖的。这当然与缢死之后的形象相关,吐舌、瞠目、伛颈、披发,这些都是缢鬼变厉时的节目,而其中最主要的夸张点则是那舌头。

现实中缢死者的舌头会吐出唇外一些,但并非一律如此,因为我唯一见过的一位就是牙关紧闭的,虽然那形象也很不好看。可是即使是吐舌吧,我想最多露出三两寸也就到极限了,但到了鬼故事中,如果缢鬼现出厉相,那舌头就由着说故事的人的兴致而伸缩无度了。

有的是"尺许"。《子不语》卷四"鬼有三技,过此鬼道乃穷"条:"作披发流血状,伸舌尺许。"

有的是"二尺"。《夷坚乙志》卷二十"童银匠"中的缢鬼:"遽升梁间,吐舌长二尺而灭。"

两尺的舌头已经很难挥洒自如了,有的还觉得不够吓人,袁枚《子不语》卷二"叶老脱"中的缢鬼长舌竟达数尺:"见有妇人系帛于项,双眸抉出,悬两颐下,伸舌长数尺,彳亍而来。"而明末人所著《集异新抄》中的"长舌鬼",更是"忽吐舌长丈余,缭绕帐外"。

任何夸张都应该有个限度,厉变的效果就是要吓人,以舌头而论,拖出三五寸足矣,如果拉到三五尺以上,那就过犹不及,让人只注意到舌头之长,脸蛋上红红绿绿、眼睛里闪闪烁烁的效果就白费了,而且那么长的舌头,倘用作武器,运作起来也极不灵便，更容易授人以柄，遇到傻大胆一下子牵住，再用钉子钉到桌椅板凳上可就完了。所以有理性的缢鬼即使是变厉，也只是吐舌二三寸，再配合上"面白如粉"或"如纸"，"眼赤色"或者"荧荧作碧光"，这"厉相"其实已经够可观了。

有一种看法，吐舌、瞠目、伛颈、披发，这都是缢鬼的本相，不须变厉即已如此。这当然不能说不对，正如在《鬼的尊容》中谈到的鬼有几种标准相一样。但我仍然倾向于让缢鬼的容貌正常一些，也就是说，如果他不变厉，那就和平常人，顶不济也和那种带丧气相的人一样。

即使是厉鬼，厉相也不是他的本来面目；即使不是厉鬼，他也会有厉相。

二

人皆有爱美之心，鬼又何尝不是？本来好好的一副面孔，带些阴气是不可避免的，即便如此，有的自爱之鬼还不肯以阴惨的鬼面示人。躲躲闪闪，以袂掩面，这固然是怕让生人产生不快，但也有自怜自惜的成分在。如《集异新抄》卷七"真州主人妇"条记一被盗杀害的女鬼，死后仍然爱惜自己的容貌。一江西米商至真州贩米，宿于旅舍：

> 二鼓后，闻床头渐渐有声如步履，久而不绝。商疑惧，启帐视之，有女子两足甚纤，挂于床檐，次见翠裳，次浅红色衣，一女子攀床缓缓而下，容貌可十七八，端丽鲜华，

竟至几前，剔灯启奁。旋以两手捧头置镜前，梳掠妆点毕，还捧置项上，对镜整理再三，收拾奁具，复攀床而上，乃寂然。

《聊斋志异》卷六《缢鬼》一则记录了一个更为怪异的鬼故事，一个缢鬼总是要在夜间的一个时刻，把自缢的过程重演一遍。首先屋中出现的是一个丫鬟，抱着一个包袱，放到椅子上，然后把梳妆盒、镜匣一一摆列在案上，就离开了。俄顷，一少妇自房内走出。她打开奁匣，对着镜子打扮起来，先是梳理长发，然后挽成云髻，再插上簪子，便对着镜子顾影自怜了好一会儿。丫鬟这时又捧来脸盆，少妇开始洗面，毕，又打开包袱取出裙帔，都是很时髦的新样。少妇打扮得齐齐整整，那样子好像是准备私会情郎似的，但接下来却是另外一幕。她解下长带，悬于梁间，然后从容翘足，引颈入套。方一着带，其目即合，眉即竖，舌出二寸许，颜色惨变如鬼了。

蒲松龄慨叹道："冤之极而至于自尽，苦矣！然前为人而不知，后为鬼而不觉，所最难堪者，束装结带时耳。故死后顿忘其他，而独于此际此境，犹历历一作，是其所极不忘者也。"

这个含冤自缢的女鬼，在重演自缢的过程中，容貌前后大异，但又全是鬼相，前面的鬼相与生前无异，后面的鬼相是死后的尸相，但这尸相并未夸张。整个过程都是女鬼无知无觉的下意识行为，如果换个正常的场合，她示人的应该是哪副面貌呢？自尽之前尚且要打扮得漂亮一些，那当然还是前者较合理些。

再举几个例子：

袁枚《续子不语》卷一"缢鬼申冤"："夜半忽闻梁间有声，

观之则弓鞋双垂而下，年二十许之美人也。凭栏望月，取妆奁作梳沐状。"这好像是《聊斋志异》那篇的翻版。

而卷十"认鬼作妹"记缢鬼则云："时三鼓，月甚明，见一妇人年十八九，容貌颇丽。"

清人慵讷居士《咫闻录》卷四"鬼误"："日午，有美妇人风致娟然，飘忽而进。"

这几位全是缢鬼，其容貌全是生前的美女模样，非尸相，更无变厉。

但也有带厉相的，却是另有苦衷。还是《聊斋志异》中的故事，《梅女》一篇，梅女的亡魂初现影于墙，"俨然少女，容蹙舌伸，索环秀领"，看来此时虽然不愿以尸相示人，却也由不得自己。在把她自缢的屋梁砍断焚掉之前，她总是"舌不得缩，索不得除"的。及至把房梁断焚之后，梅女便"喜气充溢，姿态嫣然"了。这才是她愿意示人的面貌，也是鬼魂的正常面容。可是在梅女遇到仇人的时候，还是能变现厉相，"张目吐舌，颜色变异"，这厉相要比"容蹙舌伸"的尸相更为夸张恐怖，这样才能达到震慑仇人的效果。蒲翁此篇屡次言及缢鬼容貌的变化，应该是有意为之的。

明人钱希言《狯园》卷七有"安庆人杀小儿报"一条，写被其叔父用斧劈开脑袋的小儿之鬼总是"流血满面"。满面血污，且流淌不止，这便是此鬼的厉相了，但这厉相在他的冤屈未申之前是去不掉的。后来其冤申雪，仇人抵罪，小儿之鬼再现形时，脸上已经没有血污了。这和《梅女》故事的思路一样，都可以说明一般的鬼魂是不想以厉相示人的。

不想以厉相示人，是因为这厉相实在可怕，而且不管这位鬼魂本质上多么善良，那厉相都是令人厌恶的。冯梦龙在《警世通言》中有《三现身包龙图断冤》一回，把冤死鬼的厉相写得很是恐怖。且说这个被妻子与奸夫谋杀的鬼魂第一次现身："则见灶床脚渐渐起来，离地一尺已上，见一个人顶着灶床，脖项上套着井栏，披着一带头发，长伸着舌头，眼里滴出血来，叫道：'迎儿，与爹爹做主则个！'"我第一次读这书的时候正在上初中，时为傍晚，当时是吓得立刻跑到尚有斜晖的院子里，不敢一个人回屋了。所以那个小丫头迎儿见了主人之鬼，"唬得大叫一声，匹然倒地，面皮黄，眼无光，唇口紫，指甲青"，说实在的，没有登时吓死就不错了。

其次，厉相对冤死之鬼本身往往也是一种痛苦的负担。上面说的那位是在脖子上套着井栏，而有的缢鬼则要肩扛着屋梁，拖着缢绳，不能解脱，甚苦其重。（见袁枚《续子不语》卷七"通幽法"。）至于死于凶器的鬼魂或身上插着利刃，或脸上嵌着菜刀，身首异处的则要提着血淋淋的脑袋，更多见于鬼故事。这些可怜的鬼魂，只能把摆脱这痛苦的希望寄托在申雪冤枉或请僧道做法事超度上了。

三

鬼魂既然不愿意以厉相（包括尸相）示人，那么他们为什么还要"变厉"呢？无劳多想，就知道他们是要用厉相来吓人。

北齐兰陵王高长恭心壮而貌美，每上阵对敌，戴以面具。柳毅传书之后，成了洞庭君的倒插门女婿，据民间传说，又继承了老丈人的神职，可是他温文尔雅的一个书生，镇不住乌龟王八众水怪，便覆以鬼面，昼戴夜除。说起来这都是一种假的"变厉"。

人、神如此，鬼何不然？但鬼为什么要变厉吓人？大致有两类：

一是被动的防御，袁枚《续子不语》卷十"认鬼作妹"条，记浙江藩司衙门打更者陈某，胆气甚豪。一夜巡更墙外，见一妇人年十八九，容貌颇丽。陈某握其腕调戏之，少妇遂变其貌甚狞恶是也。

二是主动的进攻，《夷坚甲志》卷十三"杨大同"条记杨大同娶鬼妇，颜色日枯悴，其兄疑之，呼道士以符箓治之，妇忽变形，作可畏相，欲杀杨是也。当然主动的进攻也有是非之别，一是正义的复仇，二是反社会倾向的伤害无辜或者是极端利己的找替身。这些在鬼故事中都是常见的情节，不必多叙，下面仅介绍一些除此之外的变厉，但最终也还是脱不掉"吓人"。

鬼与人一样，开个玩笑，搞个恶作剧也是常事。只是人做鬼脸不过是个怪相，鬼做鬼脸就要吓死人。谑而至于虐，玩笑过大就成了事故，如王熙凤对付贾瑞大爷那一招便是。

戴孚《广异记》载一薛矜，唐玄宗开元年间为长安尉，相当于都城管治安的副市长了，但在都城算不上大官。他主管宫市，即宫内采办，所以每天轮流着到东市西市转，为皇上办货。这一天到东市，见一坐车，车中妇人手白如雪，薛矜于是由素手而想到玉臂，然后按照道德家的指示一路想下去，心就走了邪路。他让手下人拿着一个银镂小盒站到车旁，那东西估计是给皇上物色的，这时派上了用场。妇人见了，便让婢女问价。手下人答道："这是长安薛少府的，他吩咐说，如果车中人问，就便宜着出了。"妇人甚喜，表示谢意，薛矜便上前勾搭起来。妇人道："我在金光门外，君宜相访也。"

第二天，薛矜便抖擞着精神前去拜访了。只见妇人门外车骑甚众，不知都是什么贵客，踟蹰着未敢通报。好不容易等着客人们陆续引去，薛矜才让随从递上名片。里面传话，邀薛矜先到外厅坐，说："等着主人妆束。"薛矜坐在厅里，觉得灯火都是冷的，心中暗暗疑怪。须臾，引入堂中，见其帐幔全是青布，遥见一灯，火色微暗，将近又远，如在旷野，心中便猜疑这里的主人不一定是人，但是既已求见，便想打个招呼就走，少找麻烦，这时心里就不断念着《千手观音咒》。

及至进入内室，只见妇人坐于帐中，以罗巾蒙首。薛矜此时色胆又壮了起来，岂有不见美人之面就宝山空回的，便上前去揭妇人罗巾。妇人那边还躲闪着，似乎有些羞涩，这更让薛少府添了几分邪火，上前用力一扯，终于把罗巾拉下，只见"妇人面长尺余，正青色，有声如狗"，想那相貌，大约与狒狒、山魈差不多了吧。薛矜这一吓，登时就昏死过去了。薛矜的随从在外等候已久，见无声息，便直入室宇，只见有一灵堂，而薛矜正在其内，灵堂甚小，刚刚放进一个人，其间绝无空隙。随从拆倒灵堂之壁，才把主人弄了出来，见其已死，唯心上微暖。把他搬到附近旅店中将息，经月余方才苏醒。

唐代风气开放，自公主而下，贵妇人外遇似是常事。在车外露出"手白如雪"，正如梅里美《查理第九时代轶事》中的那位戴着面纱的女主角，本来就是供人浮想联翩的诱饵，目标正是要钓只大鱼的。但这位薛少府，在这位贵妇人眼里，其等级不过如王熙凤眼里的贾瑞，所谓想吃天鹅肉的癞蛤蟆一只也。所以这里的变厉,不过是示以薄惩,并不是恶鬼的噬人。此类故事历来多有,因为贾大爷这种人物始终未绝也。清人闲斋氏《夜谭随录》卷二"某诸生"故事也可一看:

苏州某秀才,自某训导家醉归,时已二更,一人提着灯笼独行于僻巷。相去一箭地外,有红衣女子行其前,约略甚美,秀才心向往之,就要追上去一睹华容。及至追上,果然容貌艳绝,便试以游词谑语,而女子并不恼怒。秀才因问道:"深夜独行,将何往乎?"女子答道:"家在许举子桥。"秀才道:"巧极了,与我正是一路,可偕行相伴。"于是且行且谑。既至,女扭头对秀才说:"暂在儿家住上一宿如何?"秀才大喜过望,连声答应。

俄而入门,有小楼二间,女缘梯而登,生随之,女曰:"请少坐,儿入取茶。"女入,生瞥见一少年郎倚窗读书,心殊忐忑,频睨之,蓦觉其颜色惨变,自于项上取下其首置于案头。秀才骇极,大呼而踣。对门有卖豆腐者,早起磨浆,闻声出救,见有人在桥下水中,拯之,逾刻始苏。诘得颠末。生曰:"但已登楼,何反入于坎中乎?"卖豆腐者才说:"近日有淫妇奸夫为本夫杀死于此,君所遇,想即其鬼之为厉耳。"

说是其鬼为厉,其实还是这秀才自找的。女子并没有勾搭秀才,只是见秀才调戏,才设了圈套,由她的阴间夫君变厉以惩其轻薄。"淫妇奸夫",出于卖豆腐者之口也很相称,但作者未必赞同,我感觉他笔下的这对郎才女貌的小夫妻还是很刁钻可爱的。

还有一种情况,就是鬼物被揭破身份之后往往要现出厉相。

洪迈《夷坚志补》卷十六有"处州山寺"一则,言处州缙云县近村有一山寺,处势幽僻。有闽僧行脚至彼,住在且过堂中。过了几天,也没见他出屋进斋饭。寺僧怪之,问其何不索食。闽僧曰:"身老矣,不能免食肉。多蒙小行哥照顾,每夜携酒炙果实见过。既得饱足,故不欲又叨斋馔耳。"寺僧曰:"二三年前,有小童名阿伴,自缢于此堂,常常出惑人。前夕,本寺一房内有壶酒盒食忽不见,疑师所享必此也。惧为彼所祸,今夜倘再来,愿斥之曰:'汝非阿伴乎?何得造妖作怪,不求超脱?'徐察其色相如何?"客僧受教。至晚小童复至,即如所言责之。童面发赤色,无以对,吐舌长尺余而灭。此后再有来宿者,不复有影响矣。

据寺僧所说,鬼物一经揭穿,其"色相"必有变化。这也不见得是什么阴间的规矩,只是以人事推想:蓦然被别人揭穿谎言,或识破身份,除了奸商政客脸皮超厚者之外,恐怕都要"色变"的。但对鬼来说就不仅是色变,还要现出厉相,其实这正是鬼通人性的一面。这个行童隐没之前现出惨厉之相,自是猝不及防的反应,但也有警告对方不要继续追查的自我防御性的威胁。

还有一种变厉也是鬼魂之不得已。鬼魂正常以面貌示人时是标准相,可是在背人的时候,大约是精神松懈了吧,往往不由自主地现出尸相。如依此说,这些鬼要做出标准相,也是很耗费精神的,正如猪悟能在流沙河幻成一个胖丫头,但只要一走神,那嘴就拱了起来,我们生人在交际场、谈判桌、主席台、贵宾席上一副正襟危坐时也要耗费精神一样。俗话中有一句"上得厅堂,下得厨房"的话,但上厅堂和下厨房用的精神究竟不一样。

宋人平话中有一篇《西山一窟鬼》,其中谈到李乐娘的侍女锦儿,初次见面,算是"上厅堂"吧,真个是"眸清可爱,鬓耸堪观,新月笼眉,春桃拂脸;意态幽花未艳,肌肤嫩玉生香"。那是要给客人"惊艳"的感觉,不打起精神是不可能的。可是李乐娘和吴教授已经过了新婚大喜很久了，彼此就都难免放松。这天天刚亮，锦儿下厨房准备早饭，不想这天吴教授破例早起，看到的锦儿的背影却是"脊背后披着一带头发，一双眼插将上去，脖项上血污着"。女人放松的结果顶多是个蓬头垢面，而女鬼却成了能把人吓个半死的厉相。

一早醒来，难免睡眼惺忪，精神恍惚。如果是睡得入了黑甜之乡，又将如何？净饭王王子乔达摩·悉达多在王宫中一觉醒来，看到平时端庄秀丽的宫女们的睡态，现出一片口水横流、面目痴呆之相，由此而悟出人生的"丑"。（而我这类庸人就缺少悟道的根性，思路往往与佛陀正相反，比如看到某会中某些代表的痴蠢的睡相，便颇为体谅他平日扮出顾盼神飞相的辛劳。）人的睡相尚且如此，鬼如果睡兴浓时又将如何？

南宋无名氏所撰《鬼董》一书中有个"陶小娘子"的故事。男主人公樊生见这位小娘子的第一面，是"粲然丽人，目所未见"。樊生虽然是富二代，但家教颇严，他不敢把小娘子带回家，就带到自家当铺的一处仓房楼上。半夜情之后，樊生早早溜回家，只剩下小娘子仍在睡着。天色初白，看库的佣人送热水上楼，不想此时的陶小娘子的形象是"自腰以下中断而异处"，大约是睡到酣时偶一翻身，就把腰以下的部分脱挂，弄得成了两段。这种变厉效果，陶小娘子本人肯定是不知情的。但读到这里让人心中觉得好惨，原来这小娘子是被她的主人齐腰铡断而死的！

四

以上谈到的鬼魂的厉变，不管有多么恐怖，但大体都是鬼魂本身具有的形象。但另有一种厉变则超出了正轨，表现了一种无序的随意化，走到极端，就把鬼魂妖魔化了。

长久以来，人们都认为鬼魂有一些人所不具有的"灵异"功能，比如前知、隐形、为厉之类。另外在他们为厉之时，能呈现出超自然的本领。但这些都是有限度的，即以变厉而言，缢鬼的舌头能吐出二三尺，已经算是夸张，但究竟不离本色；变得"狞恶"，也只同于生人的怒相。人死为鬼，总不能一下子就像成了神，通灵变化，无所不能。可是有的笔记小说只为吸引眼球，便不顾正常的幽冥观念，胡说八道起来。

清凉道人《听雨轩笔记》卷三记绍兴卧龙山仓颉祠旁佛寺中厉鬼。说在明末乱离时官匪杀人无算，隔百余年，被杀之鬼仍然为厉，其中有做矮人状，长三尺，阔二尺余，首居其半，有的则是面深蓝色，两目长及于耳，张口如箕，赤舌焰焰做舔物状……这些对厉鬼的描写已经有些妖魔化，但比起清人林西仲的《林四娘记》，却只能算是小巫而已。

林四娘之事最初见于清初人王渔洋《池北偶谈》，她本是故明衡王后宫的宠姬，"不幸早死，殡于宫中。不数年，国破，遂北去"，她的鬼魂在青州府观察陈宝钥面前现形时，略让人感到惊异的就是"腰佩双剑"而已。（蒲留仙《林四娘》即本此。）林西仲笔下的林四娘本与王渔洋所记是同一人，但身世却大不相同了。据她自述："故明崇祯年间，父为江宁府库官，遘谮下狱。我与表兄某悉力营救，同卧起半载，实无私情。父出狱而疑不释，我因投缳，以明无他。"说到底，只是一个为表示自己清白而死的寻常缢鬼而已，如果她有怨有恨，那也应该去找自己的混账老爹算账，可是却没来由地在青州衙门掀起一场大战。

山东青州道佥事陈宝钥，夜间闻传桶中有敲击声，问之则寂无应者。其仆不胜扰，便持枪伺之。至此主人并没有任何过分的举动。但当夜那鬼魂就始以"怒詈"，继之推中门而入，"青面獠牙，赤体挺立，头及屋檐"。陈宝钥调来二十名标兵守门，至夜，鬼却从墙角出，"长仅三尺许，头大如轮，口张如箕，双眸开合有光，蹩跚于地，冷气袭人。兵大呼，发炮矢，炮火不燃，检铣中矢，又无一存者。鬼反持弓回射，矢如雨集，俱向众兵头面掠过，亦不之伤"。

一个缢鬼，本相是"国色丽人，云鬟艳妆，袅袅婷婷"，怎么就能忽而是一丝不挂、青面獠牙的丈二恶鬼，忽而是头大如轮、口张如箕的三尺矮鬼呢？不要说人的鬼魂，就是妖精也不能如此随意变化啊。而且能让火炮不燃，箭矢反射，神通如此，干脆就召集五千吊死鬼去打红毛夷吧。

鬼魂的厉变和鬼魂灵异虽然源于幽冥文化的幻想，但却都是有自己的界限的。写故事拍电影，为了营造恐怖效果，便在鬼的五官四肢上变换花样，实在是末流把戏，得到的效果往往不是可厌就是可笑。鲁迅先生在《捣鬼心传》一文中说：

> 小说上的描摹鬼相，虽然竭力，也都不足以惊人，我觉得最可怕的还是晋人所记的脸无五官，浑沦如鸡蛋的山中厉鬼。因为五官不过是五官，纵使苦心经营，要它凶恶，总也逃不出五官的范围，现在使它浑沦得莫名其妙，读者也就怕

得莫名其妙了。然而其"弊"也,是印象的模糊。不过较之写些"青面獠牙""口鼻流血"的笨伯,自然聪明得远。

这个"脸无五官"的厉鬼,据《鲁迅全集》的注释,见于南朝宋人郭季产的《集异记》:"中山刘玄,居越城。日暮,忽见一人著乌袴褶来,取火照之,面首无七孔,面莽儻然。"此后千余年无人领会此意,至袁枚《子不语》卷四"陈州考院"一则,方才出现了"身长二尺,面长二尺,无目无口无鼻而有发,发直竖,亦长二尺许"的青衣之鬼,只是发竖起二尺,身长仅二尺,还未脱变形的窠臼。[1]

与此出于同一机杼而稍显笨拙的,则是用一头乱发把五官严严实实地全部遮盖,这在女性鬼魂的形象上尤其出彩。像日本鬼片《午夜凶铃》,我在看到第三遍时,依然能被那个从电视机里爬出来的披发女鬼吓得浑身发冷,效果也很不俗了。

---

[1] 南宋张端义《贵耳集》卷中引《夷门志》,说宣和间宫禁中出了妖怪,不但没有五官,连四肢都省了。因为其怪来时有声如雷,人们就叫它作"㹠"。但此物是怪非鬼,不在所论之数。

活见鬼

一

俗话有"活见鬼"一语,以喻事之离奇至不可思议者。但"活见鬼"之奇,并不在于"见鬼",见鬼并不奇怪,人死之后成了鬼,自然就可以看到其他的鬼,想不见都难。其"奇"乃在于见鬼的是活人,"幽明异途",人鬼不搭界,生活在两个不同维度的空间,按理是不应该互相碰面的。

如依"幽明异途"之说,人不能见鬼,鬼也应该不能见人吧。从道理上本应如此。如果人不能见鬼,而鬼却能见到人,这不但于天地之理不公,而且恐怕要生出不少乱子。

比如在鬼魂一面,如果触目皆是活人,正如我们走到大街上触目皆是鬼物一般,这些可怜的鬼魂就是每天灌上一桶心灵鸡汤,恐怕也要惶惶不可终日了。所以我特别赞成美国鬼片《小岛惊魂》中对人鬼双方"能见力"的处理,人不易见到鬼,鬼也同样不易见到人。小儿眼净,能见到异物,对于鬼也是一样,他们中的"小鬼",也是因为"眼净",所以才能见到生人。在阿加莎·克里斯蒂（不错，就是那位推理女王）的短篇小说《灯》里，"凶宅"中可怜的小幽灵只有屋子的小主人能见到，而且结成朋友，孩子的外公则只能听到幽灵的脚步声，至于男孩的母亲，连脚步声也听不到。

再打个比方，鬼差勾人生魂，所见到的按理说仅是生魂，以锁或枷套住牵走的也只是魂灵，他不会同时看到两个形象，一个是实体，一个是魂灵。假如他同时见到灵与肉，那就好像我们的眼睛发生了"散光"，在公路上迎面开来一辆车，但在散光的眼睛里却是两辆，那么要躲避哪一辆呢？鬼差捉魂也是一样，如果他眼中既能看到生人的实体，又能看到此人的生魂，弄不好也会像土地爷扑蚂蚱似的了。所以鬼差只有在魂形相离的时候才能捉魂，否则他就什么也看不见。

但这只是"道理"如此，而我们听到的鬼故事，有些却是不大讲这些"道理"的。但也不能说古人没有类似的见解。明末人《集异新抄》中，作者曾炼耳报法，召来故人鬼魂，

> 问："还识我否？"鬼言："不识。"问："何以不识？"言："不见故不识。我不能见尔，犹尔之不见我也。"

清人许秋垞《闻见异辞》卷一"鬼抢馒头"条就说过如下一句：

> 盖人视鬼，但见一团黑气，故不分明；鬼视人，但见一片红光，故不敢近。

鬼那一边的事用不着我们关怀，只说我们这一边，以"活见鬼"为不可思议，虽不能算错，但这只是就普通而言，有特殊缘分、小儿眼净则算是例外，而另外还有一种被称作"见鬼人"的巫师和特异功能者，则更是以"活见鬼"知名于世。

二

如果要追溯起来，"活见鬼"的事应该在原始巫术时期就已经存在，但在成型的鬼故事中，东汉应劭《风俗通义》中北海相周翁仲的属吏周光，大约是最早的一位了。[1]

周光陪上司的儿子回乡祭祖，周公子祭奠如仪，该"伏惟尚飨"了，据案大嚼的却是一个脸上能刮下半斤猪油的屠夫之鬼，而周家可是世代簪缨啊，怎么会出现这么一个祖宗呢？又见一群身穿官袍的鬼，只是远远站着，看着屠夫而大咽口水，却不能上前一动食指。周光回去之后向上司如实汇报，周翁仲立刻明白了，这儿子不是他的骨肉，所以祭祀时只有这孩子的亲祖宗才能受享。周光不是专职的巫师，只是有见鬼的特异功能，此外需要提醒一下的是，周光所见诸鬼，无论是贵是贱，全是和在世时一样的尊容。

魏晋之后，"活见鬼"的记载多了起来。但多见于孙吴、东晋等所谓"六朝"。固然这种事是南北皆有，但南方的巫风盛行或是一个重要原因。这些"活见鬼"的主角是巫师，但也有不少

---

[1] 像《庄子·达生》中说的"齐桓公田猎于泽，见鬼"，那鬼其实是鬼怪之鬼，与人鬼无关。

平常人甚至是士人。在这些故事中，见鬼不是单纯的特异功能表演，总是要强调它在生活中的实用性，实际上也是对巫术做宣传广告：由这些故事我们大致可以知道，生活中遇到某些事，千万不要忘了找巫师交心。

一是人生病，则求巫师视鬼，以觇察是什么鬼在作祟。比如晋人陶潜《搜神后记》中谈到安西参军夏侯综能见鬼，一次行于路上，见一小儿，便说："这孩子要闹大病了。"果然一会儿这孩子就病倒了。其母求问夏侯综怎么知道的，夏侯综说："我见这孩子在路上乱扔泥巴，误中一鬼脚。那鬼恼怒了，便作祟让你儿子患病。你用酒饭祭祭这鬼就会没事的。"

所以晋人干宝《搜神记》卷二就记到，吴主孙休有疾，便求能见鬼者，正是怀疑有鬼暗害自己。但他对见鬼人的本领不大放心，就要测试一下。他杀了只鹅，埋于苑中，上架小屋，摆上了家具，以妇人衣履着其上，然后让巫师来看，说："你如果能说出此冢中妇人形状，当予厚赏，我也就相信你果真能视鬼了。"此巫看了一天也不吭声。孙休急了，此巫说："说实话，我实在看不见什么女鬼，只有一只白鹅立于墓上。我疑心或是鬼物变化，想等它恢复原状之后再向陛下报告的。"

二是迁墓改葬，但乱葬岗子中无碑无铭，黄土白骨，让人无法弄清身份，这时的见鬼人就能从白骨丛中看到尸主的"鬼相"，也就是他生前的形象。

《三国志·吴书·妃嫔传》注引干宝《搜神记》：吴主孙休的朱夫人为孙峻所杀，胡乱埋于石子冈上。及至孙皓即位，就想改葬，可是坟墓相接，无可识别，最后只好"乞灵"于巫师。孙皓虽然是个亡国暴君，但小权术却很不少，他让两个巫师分别看，最后一汇报，结果相同："见一女人，年可三十余，上著青锦束头，身穿紫白袷裳，脚下丹绨丝履，登石子冈，上至一半，以手抚膝，作长叹声。小休须臾，便至一冢上，徘徊良久，奄然不见。"

陶潜《搜神后记》卷六所记范启迁母墓事也是如此，只是见鬼人不是专业巫师，而是正在做着豫州太守的袁彦仁。他能隔墓看到墓中人，并说明衣物颜色形状，正与范母入殓时的衣着相同。及至开棺，衣物早已全朽，但墓中有一石碑，写的正是范母。袁彦仁看到的墓中人虽然没有什么动作言语，但能辨识衣物的原形，这也算是能见鬼了。

三是给自己建造房屋时，不仅不能强拆别人的房子，也应该看看下面是否埋有死人，对死人的房子强拆后果很严重，因为弄不好就遇到比自己更牛的鬼。

唐人张鷟《朝野佥载》记武则天时的司礼卿张希望，扩建旧居，有见鬼人冯毅告诉他："你要建的新堂之下，埋有伏尸，是晋朝时的三品将军。对您这事极为恼怒，恐怕不利于阁下。您最好改个地方。"张希望觉得自己位列九卿，就不买三品武职的账，笑道："我自小到大也没听说过有这种事，请你别啰唆了。"此后月余，冯毅来见张希望，只见一鬼手持弓矢，紧跟在张希望身后，就在张登台阶的时候，那鬼引弓射中张的肩膀。张突觉背痛，以手抚之，当天就一命呜呼了。由此可知，在兴建土木时，不仅要请阴阳先生看风水，请见鬼人这一层也是不能少的。

见鬼人还有一个本事，就是能捉鬼。鬼差勾魂，而人几乎无法反抗，并不是鬼差有什么本领，而是因为鬼能见人而人不能见鬼。如果人能见到鬼差，哪怕他脱下警服，换了便衣，就不妨采取一些预防措施,决定是硬抗还是软磨,或是把那些贱货收买了。至于那些坑害生人的鬼界黑社会,更可以先下手为强,或以智取,或以力搏。

《搜神后记》记一小儿,与同伴牧羊于野。见一鬼伏于草丛间,处处设网,欲以捕人。可是未等此鬼设网毕,小儿即窃取鬼网,反倒把鬼罩住了。这就是能见鬼的好处,起码不会被鬼坑害。人世间喻法为网,常见人间鬼蜮之辈弄法,往往就是用法做圈套,如果百姓掌握了法网,那么落网的就是这些舞文弄法之辈了。

见鬼的用途多多,可以防身,可以克敌,此外我还可以补充一个为古人所忽略的。现在不是很时兴"亲子鉴定"吗?婚外情一多,生下的儿子就弄不清是哪家的种,这不要紧,只要遵照周翁仲的办法,让儿子祭一下祖先,再请见鬼人看看来吃祭品的是不是本家的祖宗,那就一切了然,而且比眼下的鉴定法更精密,因为它可以找到这孩子的根脉,看他是杀猪的还是卖鸭的。

袁子才《随园诗话》载张岂石(名灿)先生的豪言壮语,言:"见鬼不怕,但与之打,打败了也不过和他一样。"但这有个前提,那就是他能白昼见鬼。若平凡如我辈,则鬼在暗处,我在明处,就只有挨打的份儿了。

可是据说这视鬼术也可以传授。唐初人明崇俨的视鬼术就是他父亲做县令时的一个衙役传授的,不但能视鬼,还能召鬼役鬼。这些鬼当然都是野鬼,近似于流氓无产者,能把这些家伙组织起来,驱使利用,明崇俨就等于成了比黑社会还黑的头头儿,所以武则天时就让他做了正谏大夫。正谏大夫的正经职责是什么,不必问,武则天在宫内杀人太多,冤死鬼往往作祟,明崇俨的职务就是"为武后作厌胜事",用流氓鬼来围追堵截冤死鬼,起码阻止他们到天帝那里去上访告状。所以最后明崇俨之死,《唐书》明言"为盗所刺",却又泄漏了一个秘密,即可能是"为鬼所杀",原因是他"役鬼劳苦",自己的帮派内发生了"下克上"——但也不能排除冤鬼收买鬼杀手的可能性。

唐初及武周时代,宫中养着不少见鬼人,还有个名号,叫"见鬼师"。他们主要是为宫廷服务,也间或替官僚们打听一下冥府对他们前程的安排,看看居室的吉凶,有没有仇人暗算。朝廷上下对他们深信不疑,他们就可以趁机贩卖私货。他们往往假传鬼旨(当然那是已故皇上、贵戚之鬼),暗报私怨,给自己或同伙加官晋爵。有兴趣的可以翻看一下张鷟的《朝野佥载》,那书有多条相关的记录,此处仅举一例:

中宗之时,有见鬼师彭君卿,因被御史所辱,怀恨在心。他日,正好百官集于朝堂,彭君卿就诈宣先帝高宗之敕曰:"御史不检校,除去巾带。"御史听说是先帝鬼魂下的旨,只好摘掉官帽。不想这见鬼师得寸进尺,又道:"先帝有敕:赏给他一顿板子!"但御史专掌朝廷规章制度,觉得这不合规矩,便抗旨道:"御史不奉正敕,不合决杖。"君卿曰:"既不合,先帝有旨:且放却。"这御史便重新戴上官帽,仍煞有介事地舞蹈拜谢而去。就是这么胡闹,仍然少有人怀疑见鬼师的捣鬼。

三

历代鬼故事中,活见鬼的事太多了,但大多是炫耀见鬼者的本领，所见之鬼却被置于配角甚至道具的地位，与活人比没什么特别的表现，顶多是弄个吊死鬼、无头鬼的"尸相"，连个稀罕些的"鬼模样"都没有，所以渐渐让人觉得无趣了。

但到了清代，这一颓势似乎有些转机，自称能见鬼者屡见于文人墨客甚至达官贵人的笔下，他们所见极少可骇可怖的恶鬼，多是可笑可怜的怪胎。这种把怪物向鬼界的引进，就差一点儿颠覆了我们鬼祖宗鬼爷爷的形象，仿佛让我们进入了电影《黑衣人》的世界。

先说那个敢和鬼打架的湖南湘潭人张岂石，他是康熙年间进士，主要活动于雍乾时代，官至大理少卿。此人见鬼的故事，当时没什么记载，但被子孙流传下来，又让他曾孙张云仪的学生欧阳兆熊录入《水窗春呓》中几则。

其一云：先生性方严，不苟言笑，但一天坐在轿子中，忽然自己笑了起来。人问他笑什么，乃云，方才见一大肚鬼，身高不满三尺，敞怀露着大肚子，形如柳条编的大栲栳，蹒跚而来，走得累了，便靠墙喘着大气。正好有一醉汉经过，一脚踩上鬼肚子，躬身打起裹腿来。只见那鬼，肚子被踩得塌下去，眼珠子却突了出来，老先生见了便不禁失笑。

张岂石自己又说过：

> 凡鬼最势利，见人袍服华炫，遥拜作乞怜状，褴褛者则揶揄之，或掬尘土洒其面，或牵蛛丝网其目，又或相与共指而目笑之，则其人必遭困厄之事。

他既然能见鬼，神鬼一物，所以也能见到神。他说神道身高与房檐相齐,腰粗数围。据此,那些成了神的鬼起码也要有三米多高了。

清人钱泳《履园丛话》又记有安徽歙县人吴鸣捷,为嘉庆年间进士,曾做过陕西咸阳县令。据说他能白日见鬼,每日所见以数万计,比他见的人还多。一日,他见两鬼争道,正好有一醉汉踉跄而来,一鬼躲避不及,身体为醉汉撞得粉碎,另一鬼拍手大笑,不一会儿,又有一人来碰笑者,碎裂如前,前一碎鬼也拍手大笑。看此两鬼情状最妙。

由上两条所记,可知"酒能壮胆"之言不虚,连鬼见了醉汉都要退让三分,人哪里敢惹。

又清人俞少轩《高辛砚斋杂著》记一黄铁如者,名楷,能文,善视鬼,并知鬼事。

> 据云:每至人家,见其鬼香灰色,则平安无事,如有将落之家,则鬼多淡黄色。又云:鬼长不过二尺余,如鬼能修善,则日长,可与人等。或为淫厉,渐短渐减,至有仅存二眼旋转地上者。亦奇矣。

此说与张岱石不同。张是据子产之说,"人死越数年,其鬼渐缩小,豪贵有气魄者则不然",可以说是老调重弹。而黄楷之说则是鬼可以成长也可以消亡,全看其为善为恶,与富贵贫贱无干。又说新鬼和生前大小迥异,只有二尺多高,修善之后才能与人等高。这算是他的创见。至于鬼日渐变小,最后竟只剩下两只眼睛在地上打转,其设想之奇也是出人意外了。

据纪昀《阅微草堂笔记》,恒兰台也能见鬼,但不能常见。

他对纪晓岚亲口说起所见之鬼，形状仍如人，唯目直视。衣纹则似片片挂身上，而束之下垂，与人稍殊。又言鬼之质同如烟雾："望之依稀似人影，侧视之全体皆见，正视之则似半身入墙中，半身凸出。"依此之说，在人眼中的鬼，如同墙上的深浮雕一般了，这却是前人所未尝言及。

关于鬼的颜色，此公说的又与黄楷所说"香灰色""淡黄色"有所不同了："其色或黑或苍。"纪大人对此还要"格物"一番，引《左传》"新鬼大故鬼小"之说，认为鬼质为气而气有厚薄，初死之鬼色黑，日久则淡而变苍。他要说而没说的是，再过一段时间，就可能由苍而变无了。

至于恒兰台说的"鬼去人恒在一二丈外，不敢逼近。偶猝不及避，则或瑟缩匿墙隅，或隐入坎井，人过乃徐徐出。盖灯昏月黑，日暮云阴，往往遇之，不为讶也"，不过是陈陈相因，毫无新意。

纪昀又言其"里人"有一视鬼者，所见之鬼又有不同："鬼亦恒憧憧扰扰，若有所营，但不知所营何事。"每天忙忙乱乱，却不知做什么，这有些像常人中的"无事忙"。"亦有喜怒哀乐，但不知其何由。"无缘无故而忽笑忽哭，就像是神经病了。但从此处可以看出纪昀对鬼世界思考得周密，那个世界没有任何产业，没有任何娱乐，你说他们又有什么可做、有什么可感呢？

那"里人"又说，鬼之间也争强好胜，与人一些不差。但在鬼与人之间，则鬼"莫不畏人"。可是鬼也有不怕人的时候，那是由于他们所住之处为人所占，"鬼刺促不安，故现变相驱之去"。鬼本善良，但他也有忍让的底线，被强拆逼得"你流氓我比你更流氓，你土匪我比你更土匪"，为厉为祟，也是恶人自找的。还有一种强魂恶鬼,生前就是恶人,死后戾气未消,仍如人世无赖,横行为暴。此等鬼物其实欺软怕硬,"遇气旺者避,遇运蹇者乃敢侵"。

清人梁恭辰《北东园笔录三编》言一道士能见鬼,言午后鬼出,或大而长,或小而短,或老或少,无处不有。或食烟,或吸气吸精,或啜人畜所食之余。这已经不像是说鬼魂之鬼,倒像是说流浪猫狗了,这个老道纯粹是满嘴跑火车。

虽然言鬼者多,但清代"活见鬼"的大名人则非罗两峰莫属。扬州八怪中的罗聘,以《鬼趣图》名世,此图我只见过珂罗版印的,虽然有些怪诞,但与所期望的还相差不少,也就是并不如想象的那么有趣,"不过如此而已"。或以为此"鬼趣"之"趣"乃"六趣"之"趣",鬼趣即鬼界也。其实并不然,罗聘所画正是要表现诸鬼物的奇怪之趣,只是这趣与今人已经颇有距离,而对于看过鸟山石燕所画的《百鬼夜行卷》的人,可能更觉得稀松平常了。

但罗聘仍然是当时谈鬼人中最有趣者。记载其见鬼的书不少,只摘几种有名的,也是同时代人写的。

纪昀《阅微草堂笔记》卷二言罗两峰目能视鬼,并引其自述:

> 凡有人处皆有鬼。其横亡厉鬼,多年沉滞者,率在幽房空宅中,是不可近,近则为害。其憧憧往来之鬼,午前阳盛,多在墙阴;午后阴盛,则四散游行,可以穿壁而过,不由门户;遇人则避路,畏阳气也。是随处有之,不为害。

罗氏又曰：

  鬼所聚集，恒在人烟密簇处，僻地旷野，所见殊稀。喜围绕厨灶，似欲近食气。又喜入溷厕，则莫明其故，或取人迹罕到耶？

"凡有人处皆有鬼"，这已经与汉魏六朝的"人鬼异途"之说完全相反，虽然这并不是罗聘所创，但自唐宋以来却没有比他说得更明确的了。鬼畏阳气，但凶宅之鬼不可近，正与纪昀"里人"的观点相合。细论起来，都不是胡言妄语。

袁枚《子不语》卷十四记有两条罗聘事，与纪晓岚所记相似又略有不同，可见纪、袁二氏自己的说鬼风格：

  每日落，则满路皆鬼，富贵家尤多。大概比人短数尺，面目不甚可辨，但见黑气数段，旁行斜立，呢呢絮语。喜气暖，人旺处则聚而居，如逐水草者然。鬼逢墙壁窗板，皆直穿而过，不觉有碍。与人两不相关，亦全无所妨。一见面目，则是报冤作祟者矣。贫苦寥落之家，鬼往来者甚少，以其气衰地寒，鬼亦不能甘此冷淡故也。谚云"穷得鬼不上门"，信矣！

又一条记两峰自言：

  鬼避人，如人之避烟，以其气可厌而避之，并不知其为人而避之也。然往往被急走之人横冲而过，则散为数段，须团凑一热茶时，方能完全一鬼，其光景似颇吃力。

鬼避人而不知其为人，这正是人鬼不能相见的一例。罗聘谈鬼绝不是信口胡编，也不像他所画之鬼的怪诞，这也许是经过纪、袁二位谈鬼大家过滤后的结果，如换个等而下之的角色来转述，或许就能看到罗氏信口开河的一面。钱泳《履园丛话》卷一五有"净眼"一条记罗两峰说鬼，多与前引相重，其不同者如下：

乾隆壬子岁，余游京师，晤两峰，辄喜听其说鬼。言在玉河桥翰林院衙门旁，见金甲神二，长丈余。焦山松寥阁前见一鬼，长三四丈，遍身绿色，眼中出血，口中吐火，或曰此江魈也。一日有友人留夜宴，推窗出溺，一鬼仓卒难避，影随溺穿，状殊可怜。

除了最后几句说鬼之形体可为溺尿穿透，乏善可陈。而后面谈到的焦山之鬼三四丈，在朱海《妄妄录》卷一中则更加夸大，成了"青面赤须，长数十丈"，从江边举足一纵，就到了焦山岭上，其首邈入云际，简直成了把华山一擘两半的巨灵神，真是痴人说梦了。

清人说鬼，难免信口开河，特别是罗聘、朱海这样的文人，本来他们就是以画鬼侃鬼当作砭刺社会、发泄情绪的一种手段，其信不信鬼都很可疑，说有见鬼的本领，更是只有鬼才相信。唐弢先生在八十多年前写过一篇杂文《鬼趣图》，算是罗两峰的知己,也是供我们读某些鬼故事或鬼画的一个指南。

相对来说,这种借鬼出气而编出来的故事,就往往不大尊重鬼的情状,可是无论好歹,一般都有些许趣味。只有一个松江胡宝瑔,是说鬼人中最令人讨厌的一个俗物。他官做到一省之长——河南巡抚,却自称能见鬼神,并言不敢进庙,因为一进去,庙中神佛都要起立相迎,弄得他怪不好意思。又言"前日见庙前有天蓬神两位,被河神锁系,求我说情",他觉得如果自己参与,大神一定不会驳自己的面子,何必让人为难呢,于是只好装作没看见。虽然此公的大话还没说到"我的朋友华盛顿"的程度,但也算是厚脸皮的妄人了,这种人官做得越大,脸皮就愈见其厚,言辞也愈见其妄,而接着就是官也做得更大。

四

这些人为什么能活见鬼,一说是有法术,一说是少而患病,愈后即能见鬼。还有的是"生而如是,莫知所以然"。

《夷坚三志·壬集》卷三"刘枢干得法"条言:"眸子碧色,堪入鬼道。"又有相书言:"瞳神青者能见妖,白者能见鬼。"此说到了清代依然见于鬼故事,《妄妄录》卷十"蓬头鬼"一条道:"俗言人目碧色者能视鬼。"杭州吴山刘道士,双瞳碧绿,人问能见鬼否,答云:"然,来游山者不若人之多也。"据说胡宝瑔的眼就是"碧色"的,人们不知他可能是个混血杂种,他却以此诈人。

清人汤用中《翼駉稗编》卷六"啖鬼"条,言其家浣衣女仆蓝妈，粗笨多力。夏日薄暮，于西廊下见一蓬首妇，在堂檐下偷饮绿豆汤，细看面如纸灰，知为鬼，绕出其后，径抱其腰。鬼惊跳，家众集，鬼宛转化为朽木。烧之，啾啾作声，木中得血筋，长三指许，啖之以酒，自后两瞳变碧，昼能视鬼。有被鬼祟者，蓝以桃枝击之，鬼即逃去。则吃鬼者两瞳即可变为碧色而能见鬼也。

而《夷坚支志·甲集》卷三"包氏仆"条，言能吞食千年乌鸦之目，就能洞视鬼神。乌鸦不难找，但谁能问它的岁数？总不能见了乌鸦就剜眼睛吃吧。另外《酉阳杂俎》卷十六中有饮狒狒血可以见鬼之说，那是因为在唐朝时狒狒还是像凤凰一样的稀罕物，今天动物园中倒是可以看到狒狒，却与古代所说的不是一回事，那是披发食人的，人不被它吃已然侥幸，还敢吃它吗？至于《抱朴子·内篇》说的服鹆子赤石丸、曾青夜光散、葱实乌眼丸……皆令人见鬼，那些丸散不但没处买，也不提供配方，更是忽悠人玩了。

所以要想活见鬼，除了"生而如此"或者去到江湖上找师傅，恐怕别无指望了。当然还有一种，就是体质荏弱，半死不活，也就是处于半人半鬼的状态，这种人也有活见鬼的可能，但这是我们谁都不希望的。

其实见鬼虽然是个特异功能，可是试图以此谋生，也很艰难。比如接下那些医生束手的病人，即使看出是鬼物作祟，也要有治鬼的神通，况且仇鬼报仇，有些鬼的作祟自有不得已处，总不能替恶人消灾吧。如果想远离是非，就把看见的东西画成《鬼趣图》来卖，但这也不大容易。不要以为罗聘《鬼趣图》上画的就是他看到的，纪昀就不相信罗聘《鬼趣图》画的是他亲见之鬼，不过是"以意造作"而已。"中有一鬼，首大于身几十倍，尤似幻妄。"所以如果缺乏"极端浪漫主义"的想象力，就不要想当鬼画家，而想当鬼画家，还是没见过鬼而单凭胡思乱想更好些。

或者说不想以视鬼谋生，只当成个业余消遣吧。但这也不是什么好玩的事。那些生而能之的见鬼者，就是不想见都不行，美剧《灵媒缉凶》的女主角做了地方检察官的助理，半夜醒来，只见床头上站满了男男女女、老老小小的一群诉冤的鬼，你说那感觉如何？《夷坚丙志》有"沈见鬼"一条，说沈某患眼疾，遇到个神仙给了他三粒仙丹，服后眼病倒是好了，可是行经城外石桥，正是往昔兵难杀人之地，此时沈某只见桥上桥下"披发流血者，斩首断臂者，三两相扶，莫知其极，奇形异状，毫毛不能隐"，把他吓得从驴背上跌了下来。前不久在某杂志上读到一篇文章，提到某地在某时的屠杀，杀人手段有"砍头、棒打、活埋、石砸、水淹、开水浇灌、剖腹、挖心、掏肝、割生殖器、零刀剐、炸药炸、轮奸后捅死、绑在铁轨上让火车轧死"等等，那超越人间世的残忍，印到纸上尚且惨不忍睹，如果目能见鬼，还敢到某地旅游吗？

说到此处，想见鬼的人可能要打消念头了，但世事不由己，你不想见鬼时，往往又遇到非见不可的事。纵观历代鬼故事，哪个不是人和鬼打交道而生出来的？而且更有甚者，从唐代以来就有世上"人鬼各半"之说，尤以南宋时最为盛行。走到大街上，会场里，乌压压一片中竟然有一半是鬼物，你和他谈生意，说理想，论婚嫁，表忠心，却不知他原来是个鬼。如依此说，则凡人皆能见鬼，只是无辨别其为人为鬼的能力罢了。但此题说来话长，还是另做一篇吧。

附：唐弢《鬼趣图》

清人罗两峰有几幅《鬼趣图》，慕名已久，可是无从得见。去年沪战以后，偶从旧书店里买得两册文明书局玻璃版本，为顺德辛氏芋花盦所藏，才知坊间已有印行。

画共八帧，也许是因为绢本的缘故，除了第二、第三、第八帧外，其余都很模糊。诗文题识，乾嘉以后，代有名手，多到八十余人。大都借题发挥，牢骚多端，颇合我这个"也被揶揄半世来"者的脾胃。

全集第一帧，在模糊里辨认得出的，是两个面目狰狞的半身鬼，站在黑雾浓烟里。有始无终，原是鬼国惯例，至于放些空气掩住马脚，也似乎不足为奇。张问陶句云："莫骇泥犁多变相，须怜鬼国少完人。"这种说法，至少在我看来，还是有些绅士们所谓"存心忠厚"之意的。

第二帧画一个羸奴，跟在胖主人后面，赤身跣足，戴了顶缀着残缨的破帽，使出腐儒摇摆的架子，仿佛在暮夜奔走。"冠狗随人空跳舞"，便是在夜台，也还忘不了施展钻营的伎俩。

除了一男一女外，第三帧里还有个白衣无常，宽袖高帽，拿着扇子和雨伞，与《玉历钞本》所画的颇有出入。第四帧里看得清的，是一个拿着藜杖，状如弥勒佛，然而却哭丧着脸的矮胖子。蒋士铨七古开篇云："侏儒饱死肥而俗，身是行尸魂走肉。"看来这位矮先生，生前惯做歌颂圣德的妙文，和三角式的肉感小说，颇曾发过一番财的。

罗聘《鬼趣图》

第五帧是一个瘦长的鬼物，在云端里奔驰，头发披散得像"大师""艺术家"之流。这个鬼物既能上达天听，要不是诡计多端，想必终有些吹牛拍马的秘诀。第六帧是一个头大过身的怪鬼，吓跑了两个鬼子鬼孙。第七帧只看得清一顶伞和几个鬼头。第八帧在全书里最清楚，是两个骷髅，在枯木乱石、蔓草荒烟里对语。张问陶题句云："对面不知人有骨，到死方信鬼无皮。"

如果拿来移赠当今的无耻文人，却是绝妙好联！

这八帧画的含义，于这个社会实在太稔熟了。古人以为画人难于画鬼，所以颇有人替两峰担忧，原因是："却愁他日生天去，鬼向先生乞画人。"

其实这也并不是难以解决的问题，两峰只要带着这八帧画去见鬼，同时告诉他们说："这便是人！"

一九三三年八月二十三日

非鬼之鬼

前文说到清人说鬼多有借鬼说人而不大尊重鬼之情状者，留仙蒲翁应是其中巨擘。《聊斋志异》中的《画皮》一篇，说到那物，或叫"狞鬼"，或叫"孽鬼"，或叫"鬼子"，或叫"厉鬼"，全离不开一个"鬼"字，却都不是通常意义的"人鬼"，即"鬼魂"之"鬼"。那物为道士所追，瞬间便由美女化为邻妪，而这老妪之化，也是一张人皮，换起来比川剧的变脸还要快。人的鬼魂没有这样的神通，也用不着另画一张人皮披在身上。人鬼更不会吃人心肝，就是吃了猪肝，也不过做做样子，原物依旧摆在供桌上。但这货是个什么东西，蒲翁始终没给个定名，妖、魔、鬼、怪，似乎都沾边儿，却也很难归类，但故事并不让人感到不对劲儿，就是因为本来就存在着一些不好具体归为某类的东西。

读古代的志怪小说，这类东西很有一些，即以大鬼为例，如《志怪录》言会稽郡有鬼，"长数丈，腰大数十围"，"头如五石箩"，荀氏《灵鬼志》言一赤鬼，"长可丈许"，唐人薛渔思《河东记》言一妇人，"长三丈许，衣服尽黑，驱一物，状若羝羊，亦高丈许"，这些显然都不是人的鬼魂。此外如瘟鬼、疫鬼、疟鬼、疠鬼之属，慈悲为怀的玉皇上帝动辄就派出数十万头到下界清理低端人口，其名目繁多，不胜枚举，有兴趣的读者可以看看晋道士王纂的《神咒经》，都是与鬼魂无关的东西，却都称作"鬼"。

下面要介绍的几种，不好定为鬼魂，却与鬼魂脱不清干系，都是"人鬼"的变异或性质相近的"鬼物"。另外还有一些变鬼、刀劳鬼、地羊鬼、拨厮鬼，以及山精木魅、花月之妖之属，还是马马虎虎地划归"妖怪"一族，我们不去管他了。

腐尸之鬼与枯骨之精

先说一种"腐尸之鬼"，见于唐人牛肃的《纪闻》。

说是东都洛阳道德里有一书生，傍晚时行过中桥，遇贵人部从，车马甚盛。车中有一贵妇人，年二十余，丰姿绝世，见到书生，便让他随之而行，二人边走边聊，甚是欢洽。车队南行，不觉出长夏门，就到了龙门。大家知道，就是时至今日，龙门石窟仍然是远在城外的。车队进入一很气派的府第，华堂兰室，极尽豪富。妇人摆下宴席，珍馐美馔，请书生享用，喂饱之后，自然就是床笫之事。睡到半夜，书生突然惊觉，发现所卧之处竟是一石窟，什么华堂美室，一切都不见了，而本来横陈的美妇竟是一女尸，月光之下，腐涨膨亨，臭不可闻。书生吓得体如筛糠，四肢并用，勉强爬出了石窟。天亮时走到了香山寺，向寺僧说起所遇。寺僧把他送回家，而他没有几天就死了。

这种腐尸所化之鬼，与明清时的僵尸不同，因为僵尸是不腐的；而汉魏以来的走尸之鬼不过是独往独来，也不能变幻出这么排场的车马豪宅。这倒是个很有唐代特色的东西，难免让人想到是对某种风俗故事的影射：唐时公主贵妇最好偷情，从外面拐来少年，用过之后，弃如药渣。如果再进一步联想，那车中的美女，也和车队、美馔一样，不过是个托儿，真正登场的主角不过是个肥蠢淫荡的丑妇而已，这或者可以一破某些少年企望艳遇的痴念吧。

枯骨之精的品类稍多一些，先看戴孚《广异记》所记的"白骨小儿鬼"，也是似鬼似妖的东西，举止颇为怪异：

周济川有别墅在扬州之西郊，兄弟四人俱好学。一夜讲授罢，时已三更，忽闻窗外有格格之声。济川于窗间窥之，乃一白骨小儿，于庭中东西南北趋走，始则叉手，俄而摆臂。格格者，骨节相磨之声也。济川招呼兄弟们共看，其弟巨川忽厉声喝之，小儿闻声一跃，登上台阶，再喝一声，已然入室，三喝之后，竟要跳上床了。巨川连声急呼，小儿便啼叫着："阿母喂儿奶！"巨川一巴掌把他打落地上，不想手一抬，他竟粘上似的随之升床了。这小骷髅辗转腾挪，身手捷若猿猴。众人齐以棒击之，一棒打中，骨节散落如星，但旋即又拼接在一起，依然一面蹦跳着一面叫着"阿母喂儿奶"。把他用口袋装上，扔到四五里外的枯井中，可到了夜里，他又回来了，手里提着那个口袋，蹦蹦跳跳，颇为自得。再把他装进口袋，用绳子拴紧，坠以巨石，沉入河底，却是无用，天一黑他又一手持口袋一手拿绳子地进了大门。最后众人想了一法，把一段大木挖空，将这小骷髅塞进去，再用铁页封上两头，钉以铁钉，加以铁锁，扔进长江，嘴里说着：

"敬以棺椁相送。"此后果然就不再回来了。

这个小骷髅想必生前只是个吃奶的婴儿，但死后成了枯骨，竟能腾跃如猿猴，如丢弃的小猫小狗一样能自己找回家来，就不似一般的鬼魂了。可是他并不为害于人，只是见人就要奶吃，为了这口奶，坠井沉河他都要跑回来，其身后的执着让人想起生前失乳的可怜，或者竟是个被遗弃而饿死的婴儿吧。这样一想，这白骨小妖顽皮赖骨的怪异倒让人不由不生出悲悯之情了。

唐人薛用弱《集异记》中的"枯骨之精"更是让人同情了：

金友章隐居于蒲州中条山。见山中有一女子，每日常至门前挈瓶汲水，容貌姝丽。友章心生喜悦，遂主动交谈，言语相投，便结成夫妻。二人相敬如宾，友章每夜读书，常至半夜，妻子则旁坐相伴。如此过了半年，这天夜里，友章如常执卷，而妻不坐，但伫立侍坐。友章乃令妻就寝，妻曰："君今夜归房，慎勿执烛，妾之幸矣。"友章答应了便去看书，看完书就把妻子的话忘了。他照旧秉烛就榻，一掀被子，见妻子竟是一具枯骨。友章并不惊怕，只是一阵伤感，轻轻地又把被盖好。须臾，其妻乃复本形，谓友章曰："妾非人也，乃山南枯骨之精。此山北有恒明王，为群鬼之首，众鬼每月必一朝见。妾自事金郎，半年都不至彼。方才妾为鬼使捉去，打一百铁杖，此时妾正现白骨之形，不意为金郎所见。事已彰矣，君宜速离此山，不要再留恋我。此山中凡物总有精魅附之，恐损金郎。"言讫，涕泣呜咽，因尔不见，友章亦凄恨而去。

这本是一个很凄婉的爱情故事，让人联想起一个被黑社会控制的善良的风尘女子，只是被我剪裁得没了情趣。如果不是女子自言是"枯骨之精"，以她的形象风度而言，更像是一个美丽贤良的鬼魂。但说是精怪，也并不对她的品格有什么贬损，精怪本来也是有善恶之别的。按我们对灵界的惯常理解，人不死可以成仙，而非人之物如禽兽之类，如果不死则成为妖精，而人之骨骸究竟算是人还是非人呢？金友章与之生活了半年之久，没有受到任何伤害，也没有什么后遗症。所以她的身份越发模糊，起码在妖与鬼之间是难于分辨的。

相比之下，薛用弱《集异记》中谈到的另一位"枯骨之精"就更"纯粹"一些：

岐人于凝带醉乘马而行于旷野，忽见百步之外，有枯骨如雪，箕踞于荒冢之上，五体百骸，无有不具，眼鼻皆通明，背肋玲珑，枝节可数。于凝跨马稍前，枯骨便开口吹嘘，槁叶轻尘，纷然自出。于凝召来一队大兵，用箭射之，不能中。但此物也不伤人，僵持了一阵，便"欻然自起，徐徐南去"了。

暴露于野的枯骸本来是应该引起路人的怜悯的，所以最早的这些"白骨精"虽然难免恐怖的成分，却少有凶残的性质。

段成式《酉阳杂俎》卷四亦记有一枯骸之精，言姜楚公赴一公宴，座上一妓绝色，献杯整鬟，未尝见手。众人怪之，有客被酒戏曰："莫非是六指么？"乃强行牵手而视。不想那妓随牵而倒，竟是一具枯骸。故事最后说了一句"姜竟及祸焉"。姜楚公即姜皎，玄宗时人，以功封楚国公，后因被谗得罪，朝堂决杖，配流而死。牵枯骸之手的并不是姜皎，见此枯骸的又不止姜皎一人，作者以枯骸为姜之祸兆，似过于牵强。这个枯骸之精只是浑水摸鱼地混到公宴间凑凑热闹而已，与万岁爷的喜怒不测有什么关系？

洪迈《夷坚支志·景集》卷八"泗州邸怪"与姜皎事有些相

近，就什么兆头也不是：

宋宗室安定郡王赵德麟，建炎初自京师，也就是那座被金兵攻破又遗弃了的东京，挈带一堆大老婆小老婆沿河东下。行抵泗州北城，于驿邸歇宿。傍晚时，赵德麟呼索开水，即有妾应声捧杯以进，而用紫盖头覆其首。赵德麟道："汝辈既在室中，何必如是！"便以手揭去盖头，原来此"妾"竟是一具枯骨。赵德麟略无惧容，一连抽了这骷髅几十个耳光，喝道："我家不是无人使唤，要尔怪鬼何用！快给我滚！"那骷髅便自冉冉而灭了。这具枯骨似有趋炎附势的贱毛病，只是见了贵人就忍不住凑上去巴结，但也看不出有害人之意。

到了明代，《西游记》中的白骨精是要吃人肉了，但只是要吃唐僧之肉而已。那肉被宣传成长生不死的九转仙丹，在求长生的人或怪看来，唐僧就只是个一百多斤人形的大药丸子，和仙话中常现形为可爱小儿的人参、黄精一样，所以这白骨精对于徒有一具臭皮囊的我辈来说，也并没有多大的危险性吧。

袁枚《子不语》卷十九"卢彪"一条中的白骨精有些《集异记》"枯骨之精"的影子，虽然已经变得很有些不是东西了，却也没有杀人吃人的习性：

杭州卢彪扫墓归来，将入瓮城，见一女子高坐石上，如有所待，见到卢彪便大笑，奔前相扑。卢彪只觉得冷风如箭，毛发尽颤，惶急之间，诵《大悲咒》拒之。女大怒，将手向上一伸，两条枯骨侧侧有声，面上非青非黄，七窍流血。卢彪不觉狂叫仆地，枯骨从而压之，于是昏不知人矣。后来卢彪为人所救，见其七窍及辫发中尽为青泥填塞，而他两手也都是泥污，别人猜想：他全身皮肉都没有被伤害的痕迹，那些青泥大概都是他自己塞的吧？

同书卷十七的"白骨精"则变得有些凶恶了，但伎俩也平常，连个半截的木栅栏也过不去：

> 一夕，月色甚佳，主人闲步前山，忽见一白物，躄踊而来，棱嶒有声，状甚怪。因急回寓，其物已追踪而至，幸庄房门有半截栅栏，可推而进，怪不能越。主人进栅胆壮，月色甚明，从栅缝中细看，乃是一髑髅，咬撞栅门，腥臭不可当。少顷鸡鸣，见其物倒地，只白骨一堆，天明亦复不见。

三世鬼精与生身活鬼

古人有"妖鬼"之说，唐人柳祥《潇湘录》说：

> 鬼神必不肯无故侵害人也，或侵害人者，恐是妖鬼也，犹人间之盗贼耳。（见《太平广记》卷三百五十"欧阳敏"条引）

这里的"妖鬼"似只是对鬼魂中的非法之徒的一种恶谥，而这非法也未必皆是伤天害理，只是不为主流社会所容纳而已。但后来常说的妖鬼不是此类，而是一类似鬼似妖的东西，所以柳祥的那段话到了宋人黄休复《茅亭客话》卷十"孙处士"那里就做了发挥，其实是另做定义：

> 凡鬼神必不能无故侵害生人，或有侵害者，恐是土木之精、千岁异物、血食之妖鬼也，此物犹人间之盗贼。

此类东西难得有什么标本，更不方便对活体做细致的观察，分门别类是不可能的，只是囫囵地有个名称就不错了。可是到南宋又有了"鬼精""活鬼"的名目，虽然听起来有些怪异，却与上述妖鬼不是同类，只是一种有些反常性质的鬼魂而已。

洪迈《夷坚三志·辛集》卷十"王节妻裴"条，介绍了一个"三世鬼精"，空前绝后的这么一个品类。平时说轮回转世，是人死为鬼，鬼再转世为人。但此物既称"三世"，莫非是鬼死了再转生于人世，在人世却还是以鬼的身份存在？但读起来却又不像那么回事。

浙江龙游人王节是个走江湖的术士，以卜筮为生。南宋孝宗淳熙十六年，他到了湖南潭州益阳，遇上了另一个江湖术士彭六，而彭六的妻子裴氏与之同行。他们住在同一旅店里。这年六月，彭六死了。店主人张二可怜裴氏无依无靠，就做媒让她嫁给了王节。王节时年二十九岁，而裴氏二十五岁，年时相当，甚为惬意。夫妻二人继续四处漂泊，数年之间，生了两个儿子。这一年他们过洞庭湖，有巴陵人刘一郎者，能知人未来事，人称"活神道"。刘一郎见了这二人，便悄悄对王节说："汝妻非人，乃三世之鬼。先在永州东关惑杀蔡氏儿，继在桂府（即桂王府）化为散乐，惑杀杨十二郎，其三则彭六也。既夺三人精气，养尸成人，他日汝定丧命！"王节并不相信，依然和裴氏走江湖。第二年，他们走到蕲州，遇一云水道人，见了裴氏，立刻大声喝道："此三世鬼精，何得在是！"王节闻之大怒，揪住老道就要开打。

道人说："何必如此，我现在就召天将，让你知道她是何物！"裴氏正立于侧，遂拍掌大笑，腾空而灭。

原来这"三世鬼精"是这个鬼物三次化身为不同的人，夺了三人的精气以养其本尸。鬼而成精，也就是鬼中的妖物了。但我总觉得这颇像江湖上四处骗婚的妇人，嫁一次人就捞一笔遗产，每次都要换个身份。这种人物南宋时就有，而今天，可能五世的"鬼精"都不稀罕了。

《夷坚三志·壬集》卷十又有"颜邦直二郎"一则，出现了"生身活鬼"和"无身之鬼"，都不是一般的鬼魂，但却不能说不是鬼。故事较长，但不便节略，因为一些情节正可以看出这两种鬼的特色也。

故事是由弋阳县丫头岩的一个农夫何一引起的。何一自小到外地为人做奴仆，服侍的主人是颜二郎（名邦直）。为仆三年，何一辞归父家。两地相去数十里，从此就没有再来往。到了庆元二年四月，何一正在田中插秧，忽见颜二郎立于面前。何一见到旧主人，就到田垄上行礼。颜二郎说："你随我走吧！"何一和一起插秧的同伴们打了招呼，就随二郎走了。眼看着半个月过去，何一也不回来，其妻齐氏就让自己的哥哥齐五到颜家打问，不料颜家说道："吾家二郎已经去世十九年了，怎么会要何一做使唤！"齐五一听妹夫被鬼捉去，还能到哪里查问，只好回来。而何一从此杳然，没处再寻找了。及至庆元四年的正月，何一忽然自己回来了。妻子一见跟着死人走了两年的丈夫回来，又疑又怕，问起这两年的行踪，何一便讲了起来：

"颜二郎带着我，先去游庐山，遍历诸寺庙。到冬间，直至夔州巫山庙。去年四月，我们到了蕲州蕲水武三郎家。武三郎点茶款待，颜二郎对他说：'君宅中一女妾，是生身活鬼，另拾得一子，在左侧七个月，亦是鬼魅。'武三郎说：'我家里有五六个妾，哪一个是鬼？'二郎说：'针线人桂奴是也。'武三郎命把桂奴唤至面前，扣审其事。桂奴看着二郎说：'你道我非人，尔是何物！尔乃无身之鬼，拐骗何一给你做苦力，随你往来五千里，不能见自己妻儿，尔这才叫损害人命！'二郎答言：'吾虽无身，然赖生前看《度人经》有功，故逍遥自在。吾欲拔度何一超生离苦，岂是损他！'桂奴无言以对，大骂武三郎道：'吾处汝家，殷勤数年，并无违约。今日被颜二泄了，全不会与我做主。'抱拾得之子，走向厨中，遂不见。颜二郎还要挟我游大孤山，我不肯从，私自跑回家来。"

妻子闻言大惊，但此后一切如常，并无异状，眼见的是人不是鬼了。不想到了二月间，何一正在田中劳作，又听见颜二郎招呼他跟着走，这次何一并没有走，只是倒地而亡，尸体留下，走的只是魂儿。用神仙家的话说，就是"尸解"了。

所谓"生身"，就是"生人之身"，能以生人的肉体形象出现，但又能一下子就消失得无影无踪，则是生人所办不到的。桂奴这种"生身活鬼"，在南宋时最为常见，后面将写一篇《鬼在江湖》，专门谈这类在人间打工讨生活的"生身活鬼"。但既然是以"生身"混迹于人世，则已经近于妖了。一般的鬼魂全是"无身"的，但看这个颜二郎的行迹，却与一般鬼魂有些不同，因为生前看《度人经》，落得死后逍遥。何谓逍遥？就是不为冥府所录，以鬼魂状态游于世间，而且还能"拔度"生人，这就应该属于"鬼仙"了。

鬼仙

鬼仙也是一种边缘性的鬼类，大致也分两种：一近于仙，如宋人文莹《湘山野录》卷上所言石曼卿死后现形，自言"已作鬼仙"者是；另外一种则近于鬼，不过是不入轮回而永远做鬼，或者能预知之类，便被谀称为"仙"了。我曾写过一篇《凄惨的鬼仙》，里面的樟柳神、髑髅神、肚仙、灵哥等，都可归入后一种"鬼仙"，但实际上，称为"鬼妖"也未尝不可的。

鬼仙大抵是经由修炼而成，樟柳神的"修炼"是被动的，为术士所"炼"，也为术士驱使，为奴为妾，是没有一点儿自由的。更多的则是主动修炼，所谓"太阴炼形法""回骸起死法""九天玄女法"，不知这些是不是一回事，反正全是炼魂成形、起死回生的，而回生之后也不是平常的人，似鬼似仙，故称为鬼仙。像石延年的不经修炼而成为"鬼仙"，乃是"异数"。

石延年为北宋名士，磊落敢言，能文善诗，而最突出的则是酒量极大，和刘潜坐在酒楼上对饮，从早喝到晚，面不改色，宋时人厚道，不叫他们"二百五"，反称"酒仙"。及至这位酒仙得了肝硬化，年未半百就升天了，遂有传闻：

> 曼卿卒后，其故人有见之者，曰："我今为鬼仙，所主芙蓉城。"欲呼故人往游，不得，忽然骑一素骡去如飞。又降于亳州一举子家，留诗一篇，其一联云："莺声不逐春光老，花影常随日脚流。"（见《欧公诗话》）

石曼卿的呼故人往游，正与颜二郎之招呼何一相同，都是度人成鬼仙，可见鬼仙也有无须修炼，仅凭介绍人即可入籍者。而曼卿降神于乩坛，也正是"鬼仙"的身份。至于芙蓉城，北宋诗文中多次提到，在曼卿之前有王子高遇仙人周瑶英，与之游芙蓉城事，而这位周瑶英正是鬼仙，见叶梦得《避暑录话》；在曼卿之后则有丁度死后为芙蓉馆主，好像这所在是专为鬼仙安排的宾馆似的。

九天玄女法见于《夷坚乙志》卷七"毕令女"。故事写县令毕造之长女大姐为前妻所生，其妹二姐为后妻所生。二姐恃母钟爱，每向大姐凌侮。有人来议大姐婚事，垂就而不成，大姐怏怏以死。死后冥司以命未尽，不复拘录，魂魄飘摇无所归。遇九天玄女出游，怜其枉，授以秘法。于是大姐之魂先结识一书生，然后两情缱绻，每夕必至，或白昼亦来。事为毕家所闻，二姐力言发大姐之墓，于是全家至停棺之处，见墓后有缝，宽可容手，启砖见棺，大钉皆拔起寸余。及撤盖板，则大姐正叠足而坐，自腰以下，肉皆新生，肤理温软，腰以上犹是枯腊。由此可知所谓九天玄女法，不过是通过男女交媾而采生人精血，以生血肉，此间不能发视，一旦发视，其法则败，而且不能重新再来。故事中大姐与书生夫妇之情甚笃，虽然采了精血，但对书生的身体并没有任何损害。功败垂成，确实可怜。

可是这种采生法早在魏晋志怪小说中就多次谈到，如三国时曹丕《列异传》之谈生故事：

> 谈生者，年四十，无妇，常感激读书。忽夜半有女子，可年十五六，姿颜服饰，天下无双，来就生为夫妇。乃言："我与人不同，勿以火照我也。三年之后，方可照。"为夫

妻，生一儿，已二岁。不能忍，夜伺其寝后，盗照视之，其腰上已生肉如人，腰下但有枯骨。妇觉，遂言曰："君负我，我垂生矣，何不能忍一岁而竟相照也？"

这里的"腰上已生肉如人，腰下但有枯骨"，与毕大姐正好相反，但性质却没有什么差别。采生以复活，是让骨骸生肉，成功了也不过如桂奴一般的"生身活鬼"。所以这种办法是变不成鬼仙的。但我觉得"毕令女"故事中讲的只是传了千百年来的老套子，并不是真的九天玄女法。

《夷坚三志·壬集》卷十"解七五姐"条中则谈到九宫玄女的还魂返生之法，不知这个九宫玄女与九天玄女是不是同一位，但法术却与上述的很不相同。

故事中的解七五姐，自幼熟读父亲所藏的法术之书，又在梦中见到九宫玄女，授以返生还魂之法。其父为七五姐招赘施华为婿，夫妻情甚笃好。施华在外经商，写信给七五姐，倾诉在解家为赘婿，日为丈人丈母凌辱百端，最近生意又颇挫折，发愿暂不回家，待做出一番家业之后再接妻子，并望妻子不要改嫁。七五姐见信，心甚哀苦，故意绝食而死，让人看着却似是病瘵而亡，然后以九宫玄女之法返生，只身投奔丈夫。

与毕大姐所用的九天玄女法不同的是，七五姐的复生并不依靠交媾采生，而且她的尸骸仍在棺中，且已腐朽。七年之后，解父听说女儿在外地与丈夫生活在一起，疑为精魅假托，召请法师考治。不想七五姐的九宫玄女之法胜过法师，并道："我蒙九宫玄女传教返生还魂之法，得再为人，永住浮世。常存济物之心，亦不曾犯天地禁忌。尔有何威神，能治于我乎！"眼见得是成了有神通的鬼仙了。这位七五姐不仅贞烈,而且有勇有谋,为了与丈夫团聚,不吝舍去肉身,在鬼仙中也称得上奇杰了。

又《夷坚甲志》卷十二"缙云鬼仙"条,所言鬼仙英华也是女子,不仅能为人治奇病,且能预知人生死。相好齐生将远行,英华泣曰:"相从之久,不忍语离。观子异日必死于兵,吾授子一炷香,愿谨藏去。脱有难,焚之,吾闻香烟即来救子。但天数已定,恐不可免尔。"既别,而齐生从军淮上,与李成战,竟死。

以上这些鬼仙的品格都是很优秀的,与樟柳神、灵哥之类的高下之分显而易见。直到明清,鬼仙仍然不绝于世,虽然不尽如樟柳神之辈的奴婢气,但也少了宋代鬼仙的神采魅力。我常认为仙人的历史到了钟吕八仙已经集大成,也就是终结了,明代后期虽然有了张皮雀、尹蓬头之类的市井、清客型的游戏神仙,但只是回光返照的一闪罢了。神仙如此,鬼仙亦然。

《聊斋志异》中有"王兰"一则,言王兰暴死,却是鬼卒之误勾,想放回阳世,尸体却已腐烂了。于是小鬼与阎王合谋,想了个主意,让王兰之魂窃取一只千年老狐的仙丹,吞入肚中,就速成为鬼仙了。王兰虽然成了鬼仙,但格调却不高,只是用医术走江湖赚钱而已。让我感到奇怪的是,世上哪有这么肯承担错误、负责到底的阎王小鬼!

清代佚名《蝶阶外史》卷三"黄光鬼语"中所写的冥府就更为通达人性了:凡人生前无罪者,全到一个叫"黄光"的轮回所,等待二十五年,即参加轮回。如果有的鬼魂不想加入轮回,则可以去修仙,即拜一人为师,学导引延年术,学成可为鬼仙。成了鬼仙做什么?也不过是到人间走江湖,装大师。按照一种聪明人的逻辑，冥府的制度肯定是最优越的，否则为什么全世界的人都要去死呢？那么，这个"黄光鬼语"或者可为一证吧。

鬼在江湖：兼说鬼的打工史

一

　　正常人在正常的情况下不能见到鬼魂，亘古以来好像没什么异议。当然这并不妨碍在非正常情况下偶尔见到鬼魂的可能性，但那究竟是特例。而且与此相配合的是，"人鬼异途"，各自在自己的空间中活动，两不相妨。如果有意来往，那就去找巫婆神汉做中介，但这中介可不是媒婆的说媒拉纤，只能像《春秋配》里的老太太来回传话，人鬼"授受不亲"，双方很难见面的。

　　可是到了唐代后期，却忽然出现一种与这成见大不相同的说法，就是人鬼不但活动于同一个空间中，而且人鬼就在一起相处。也就是说，鬼魂与生人一样生活在世上，工农商学兵，农林牧副渔，其中就有一半是鬼魂在顶着名额。这样一来，人鬼之间就不但是只能互相看见而已了。此说初见于唐人李复言《续玄怪录》的佚文"叶氏妇"，说中牟县梁城乡有叶诚其人，他老婆耿氏目能见鬼。就是这位叶太太揭出了几千年不为人知的大秘密：

> 天下之居者、行者、耕者、桑者、交货者、歌舞者之中，人鬼各半。鬼则自知非人，而人则不识也。

据此，则叶太太的本领并不在于能见鬼了，因为见鬼之能，已经人人有之了，只不过是不知其为鬼而已，叶太太的本领乃在于从芸芸众生中把鬼识别出来。

世上"人鬼各半"，这话让人乍一听来，不禁有些毛发悚然，记得若干年前我读到此处，就下意识地看了看我的同桌，想来那眼光一定有些异样吧。叶太太说："鬼能知道众生中谁是鬼谁是人，而你们凡人却不行，顶多能知道自己不是鬼而已，只有我才具备把鬼从人中识别出来的本事。"这话更让人悚然，我想，幸亏这位太太没有神父牧师的神职和某某级的专家头衔，如果她有了这种为官方认可的资质，再加上官方委任的职责，从我们班里划出不是百分之五而是百分之五十的鬼来，那日子可是真的没法过了。同桌两年半，多少总有些感情，倘若旁边这位突然被揭露出鬼的身份，真让人一时有些失落。再换个角度来想，倘若揭出的不是他，而是我自己呢？这可全凭叶太太一张嘴啊！

所以这时就不能不先考虑叶太太是人还是鬼的问题，如果她本就是鬼，那么她指为鬼的就一定是人，这岂不人鬼颠倒？更何况既然叶太太自称有识鬼之术，别人难道就不能自称是火眼金睛吗？所以想来世上人鬼各半倒也无所谓，我们千百年来不就这么过来的吗？若是出了一批叶太太之流的巫婆大仙，各自标榜，党同伐异起来，那才是大麻烦，非把世界搅得昏天黑地不可。

是人不是人，不能自己说了算，要听别人怎么说。如果说是鬼呢，那最好听人家自己的，别人（或鬼）的栽赃诬陷、揭发批判都是定不了案的。

二

李复言在"叶氏妇"中,只是说了前面所引的几句,剩下的就扯起别的闲篇,到底也没说清这世上怎么个"人鬼各半"来,而且在同时代的其他记载中,也没有任何可以支持叶太太高论的鬼故事。[1]所谓"耕者""桑者"中都有一半是鬼,这话也太不着调。诸位试想,大家同住一个村,谁家生了孩子,谁家死了人,人人都心中有数,怎么能让人相信这父老乡亲里面会有一半是鬼呢?即使偶尔跑来几个外来户,哪怕其间混进鬼物,怎么也不会达到"人鬼各半"的指标,况且众目睽睽之下,怕也难于藏身。所以叶太太之说不仅没有鬼故事支持,而且从根本上说,就没有现实生活的支持。于是这一说法沉寂了几百年,直到南宋,在互不相识的外来人口于很短时间内大量涌入都市之后,才开始在市井中兴起。

南宋时的鬼故事,与此前甚至此后的时代相比,有一个很引人注目的特色,那就是出现了大量的"市井之鬼"。鬼不但处于荒野墟墓、穷乡僻巷,而且直接走入都市,甚至就在光天化日之

---

[1] 唐末五代有些故事也谈到鬼在人间的活动,但大多是属于奉有特殊使命者,如《稽神录》中有阴司派到人间的掠剩鬼:广陵法云寺僧珉楚,与中山贾人章某亲熟。章死数月,忽遇章于市中。楚曰:"君已死,那得在此?"章曰:"然,吾以小罪而未得解免,今配为扬州掠剩鬼。"复问何为掠剩,曰:"凡吏人贾贩,利息皆有常数,过数得之,即为余剩,吾得掠而有之。今人间如吾辈甚多。"因指路人男女曰:"某人某人,皆是也。"

下与人相处，人不知其为鬼，他们却很清楚这扰攘世界中谁是人类谁是鬼族。

洪迈《夷坚丙志》卷九有"李吉爊鸡"一条，为此类故事的典型：

范寅宾为调官之事从长沙来到临安，这天和客人到有名的升阳楼上喝酒。只见有个卖卤鸡的小贩走上前来，向范连拜了几拜，并把所携卤鸡尽数奉上。范定睛一看，其人竟是旧仆李吉，可他不是早在几年前就死了吗？范惊问道："汝非李吉乎？"曰："然。"问："汝既死，安得复在？"李吉笑道："世间如吉辈者不少，但人不能识。"指楼上坐者某人及道间往来者曰："此皆我辈也，与人杂处，商贩佣作，而未尝为害。岂止此处有之，公家所常使唤的洗衣妇人赵婆，也一样是鬼。公归后可试问之，她当然不会承认的。"便从腰间取出二小石，道："公示以此物，她必本形立现。"范问："汝所烹鸡可食否？"曰："如不可食，岂敢以献乎？"良久乃去。范回家之后，向赵婆示以小石，赵婆立刻颜色大变，只听如裂帛般"刺啦"一声，便不见了。

这些鬼魂在背后的饮食男女上是否有别于常人，文中未提，但日常的体貌行止与生人可以说没有任何不同，只要他们自己不说，就不会把他们从人群中识别出来。所以他们有一个特殊的名称，即"生身活鬼"。

而《夷坚丁志》卷四又有"王立爊鸭"一条，与"李吉爊鸡"其实是同一故事的不同版本，但这个鬼魂说得更为明晰些。他先说：

今临安城中人，以十分言之，三分皆我辈也。或官员，或僧，或道士，或商贩，或倡女，色色有之。与人交关往还不殊。略不为人害，人自不能别耳。

又言其所卖卤鸭俱系真物，以及自己在人世生活的艰辛：鸭是从市场上买的生鸭，每天五双。不等天明，携至大作坊，就着人家的釜灶把它卤熟，而付给作坊主人柴料之费。市场上卖卤鸭的都是这么做的：

一日所赢自足以糊口。但至夜则不堪说，既无屋可居，多伏于屠肆肉案下，往往为犬所惊逐，良以为苦，而无可奈何。鸭乃人间物，可食也。

如果撇去此人的鬼魂身份，他不就是个离乡背井到都市中讨生活的小贩吗？无屋可居，为犬惊逐，说是野鬼可，说是流民也不错的，但这里还是强调了他们鬼的特征：伏于屠肆肉案下，是因为夜游神忌荤腥，不会巡察至此。但狗却能看见异物，吠叫起来惹动四邻，也是很让鬼惊心动魄的。当然也有可羡之处，在南宋都城的市场上竟没有"城管"！

请读者注意，李吉所说的混迹于人中的鬼是"商贩佣作"，而到了王立这里，则是"或官员，或僧，或道士，或商贩，或倡女，色色有之"了。虽然二者似有很大区别，但认真分析起来，这二位所列举的，包括"官员"在内，诸如僧道、商贩、倡女、佣作等各色身份，绝非泛泛一说，而是经过用心选择的，那就是他们的职业身份都具有很强的"流动性"，亦即多为外来人口。如果都市里没有大量流动性的人口，那么在生于斯长于斯的乡民、市民的包围下，鬼是很难混入其中的。

但对其中的"官员"，这里还是要多说几句。这些官员中的鬼，其实在冥界也兼着官职，前面脚注中提到的在唐代时即已出现的"掠剩鬼"，就是由"掠剩使"的鬼官管理着（"掠剩使"见牛僧孺《幽怪录》卷三"裴璞"一条），而到了南宋，则又有"掠剩大夫"之名（见洪迈《夷坚丙志》卷十"掠剩大夫"条）。这些属于冥界的官员现身于人间，见到某贪官和奸商搜刮盘剥了"数外之财"，则"或令虚耗，或藉横事，或买卖不及常价"，总之，看似替天行道，其实就是以其人之道还治其身，制造些事由，或让他们滥嫖狂赌，或让他们横祸临头，或让他们生意失误，最后把这些横财敛到玉皇大帝的腰包中。俗话说，"恶人自有恶人磨"，大家可以想一想这些掠剩鬼在人间是以什么身份什么职业出现。潜入贪官家中的小偷，政治暴发户包养的二奶三奶，蒙骗教坊中走红倌人的气功师，勾引富二代的帮闲，应该都是掠剩鬼乐于藏形的职业吧。

除了掠剩鬼之外，人间还有其他公干的冥官。如《夷坚甲志》卷一"孙九鼎"一条，言北宋政和年间，太学生孙九鼎于七夕之日在汴河边上散步，忽遇一身穿金紫的官人，骑从很是排场，原来是姐夫张妩。此人早已亡故，现在冥界做着城隍司注禄判官，可是在人世却以贵官身份出现。他身上有钱，但"钱不中使"，冥币不能在人世流通，他的实际身份仍然是鬼，但却能带着一群骑从招摇于都城。王立所说的"官员"即属此类，因为他就对着自己的小舅子指点着路上行人，说："此我辈也，第世人不识之耳。"与卤鸡卤鸭的故事都是出于同一炉灶。

除此之外，我们再看僧道、商贩、仆役、倡女等流动性身份，如果再加上乞丐、盗贼，简直就是一个流民组成的"江湖"世界！"江湖"容易为"鬼"所冒入，这反映着当时人们对"江湖"的认识。

江湖并非从南宋时才出现，但在南宋初，由于金人入侵及南宋内部的战乱而产生的大量难民，在短时间内如波涛般涌入城市，就使得此时的"江湖"发生异常的膨胀。鬼故事的内容往往能从独特的角度反映出社会心理的波动。而市井鬼或江湖鬼的出现，也就隐约地透露出市民社会对外来人口大量涌入的不安和担忧。虽然本土居民的生活已经不能脱离外来劳动力，但却有一种不自主的排斥心理，好像是"非我族类，其心必异"似的。说街市上鬼的数量已经占了十分之三，这也许反映着外来人口在都市人心中所占的大致比例吧。

这些鬼大多只是从事低级的服务行业，商贩佣作，摆个小摊或为人浣洗打杂。他们卖的食物不是鬼界的东西，甚至连不宜健康的添加剂都没有，货真价实，人吃了没有任何妨碍。他们为人劳作杂务也与生人无二，他们并不做为害于人的事，但就是有一样，他们另有自己的一个艰难、悽惨但黑暗的"社会"（似乎还有自己的暗号如小石子之类），为生人所不了解，甚至根本就不知道有这样一个隐性的社会。这就是"鬼能识人，人不能识鬼"！

三

以上谈到的流动性人口中，形形色色的仆役佣作，即没有任何产业、只能为别人打工者，可能是人数最多且最具代表性的了。下面我略微走一下题，简单叙述一下鬼到人世打工的"历史"，由它的演变，可以反映出南宋这个"鬼江湖"与往代不同的特征。

六朝时佛法初弘，饿鬼之说开始流行，所以冥间的鬼魂多为饥饿状态。但冥界是个没有商品的社会，所以劳动力也成不了商品，无处买卖，于是而有了鬼魂跑到人间打工助役以求一饱的故事。

刘义庆《幽明录》云：宋永初三年，吴郡张隆家，忽有一鬼，云："汝与我食，当相佑助。"张隆便给这鬼做了饭，让他来吃，其实却"恶向胆边生"，想制造机会把这鬼砍死。但鬼是不会为人看到的，张隆便把饭放到一处，觉得鬼已经开吃了，便朝那地方一刀砍去。此时便闻有数十人哭，哭声还很是悲凄，有一鬼道："砍死了，到何处找棺材啊？"又听一鬼道："主人家有艘破船，这家伙可当宝贝呢，我们把它弄来做棺材吧。"只见那船凭空而至，于是而斧锯声起，好像是要把船改装成棺材似的。直到日色既暝，又闻群鬼吆喝着要把尸体放进棺材里。张隆是什么鬼也看不见，只见那船渐渐升空，直入云霄而渐渐消失。然后又闻有数十人大笑声，道："你岂能杀我也，只是刚才你对我心怀恶意，所以要把你的船给弄没了。"

鬼来帮工，不但得不到人的信任，而且还会招来杀身之祸。但这时的鬼连同他们的工具都是隐形的，而且他们能把人世的木船抬入云霄，也不是常人所能做到的。刘敬叔《异苑》卷六有一条，也是说鬼虽有帮人的诚意，却往往为人暗算：

元嘉十四年，徐道饶忽遇一鬼，自言是其祖先。其时正是冬日，天气晴朗，此鬼便对徐道饶说："你明天可把屋里的稻谷拿出去晒晾，天就要下大雨了，下起来就没个晴日。"徐道饶听了鬼祖宗的话，开始晾晒稻谷，此鬼也亲自动手帮着忙活，总算把稻谷晒好了，第二天果然下起了大雨。在此之前，好像这鬼并没有对人们显露真身，但后来就有人见他时而现形，其形则如猕猴。徐道饶便琢磨自己的祖宗未必是这么个熊样，八成是别的鬼物来冒充的，便找道士请来灵符，悬张在门窗中。此鬼见了，便大笑云："你想以此断我来路，我自能从狗洞中出入的。"虽然这么说，但他从此也就不来了。

六朝小说多有民间故事成分，往往把鬼当成呆子来戏弄，虽然那些鬼有些委屈，但只要别把故事发挥为道德的说教，读起来还是诡谲可喜的。比如像宋定伯卖鬼的故事，如果只让狡狯者得意一阵也就是了，若是再编入"不怕鬼的故事"，把那倒霉的老实鬼与敌人挂搭在一起，就卖乖得有些扯了。因为同样还有不少鬼故事，是那些鬼反过来戏弄人的。下面这个故事也是说鬼到人间求食，走的却是邪路一派，但也别有趣味，其实也是民间故事的一种类型，和近年的"新警察"故事是同一路数。最后的结论似乎有些"百姓不宜"：要想吃饱饭，卖苦力不如胡捣乱。也是见于《幽明录》：

有一新死之鬼，面黄肌瘦，神情委顿。一日忽遇生时友人，是已经死了二十年的老鬼了，此时却比活的时候还肥健。肥鬼问道："你怎么混成这鸟样了？"瘦鬼道："我实在饿得难挨了，老兄有什么方便法门，快传授给兄弟吧。"肥鬼道："这太容易了，你到人家中只管作怪，人必大为恐怖，自会给你吃的。"新鬼听了，立刻跑到村东头，那家奉佛精进，屋西厢有磨，瘦鬼就像人一样推转此磨。这家主人听到磨盘自己转了起来，就对孩子们说："佛可怜我家贫苦，让鬼推磨来了，你们赶快推几车麦子让他磨吧。"到了晚上这些麦子才磨完，把瘦鬼累个半死，却没人给他饭吃。他再见到肥鬼，便骂道："你怎么哄骗我？"肥鬼道："你只管再去作怪，一定会有收获的。"瘦鬼又跑到村西头一家。此家奉道，门旁有个石碓，瘦鬼便上去，做出舂米的动作。这家主人道："昨天有鬼助某甲磨面，今天又来助我舂米了，赶快推一车谷子给他。"瘦鬼干到晚上，又累个半死，这家还是没给他一点儿吃的。瘦鬼暮归，向肥鬼大发脾气道："你为什么欺骗我？接连两天我助人打工，连一碗饭也没落到。"肥鬼道："是你没找对人家啊，这两家奉佛事道，情自难动。明天你找个寻常百姓家作怪，保你如意。"瘦鬼这次又到了一家，从门进去，见有一群女子正在窗前共食。他到了院里，见有一白狗，便抱了起来在院子里乱跑。这家人见狗在空中飞来飞去，大为惊恐，说从来没见过此等怪事。找个巫师来看，道："有客鬼讨吃的来了。可把狗杀了煮熟，连同甘果酒饭，摆到院中祭祀，就没事了。"其家如巫师所教，瘦鬼于是大快朵颐。自此之后，他只要肚子一饿，就找个人家作怪，当然也就跟着肥了起来。

这些鬼其实也没有什么神通，只是一个让人"看不见"，就足够混饭吃了。如果他在人前不能遁形，那就只好和穷人一样去卖苦力。

有形还是无形，这正是南宋时的打工鬼与其前辈的分别之处。鬼如不能现形如常人，就等于没有打工证，无法在都市中立足混饭吃的。

当然，有形的打工鬼在南宋之前也不是没有出现过，五代徐铉《稽神录》卷三有"林昌业"一条，讲的是林昌业家有良田数顷，正想着找人把谷舂成米，运到城里去卖，忽有一梳着双髻的男子，年可三十，须髯甚长，上门求职。林问他是何人，此人只是微笑，唯唯而不答。林某知道他是鬼物，便让家人给他饭，让他吃得饱饱的。次日，林某忽闻仓下有舂谷声。视之，正是昨日男子在那里舂谷。林问他话，鬼仍笑而不言。林某为他准备丰盛的饭蔬，他就卖力地干活。此鬼舂谷月余，然后自己用斗来量，得米五十余石，遂拜辞而去，卒无一言，不复来矣。

　　这个男子是不是鬼，自己没说，是林昌业认定他是鬼。他大约也知道为人识出，所以只是笑而不言。此鬼能为人识出，并继续以鬼的身份来打工，就仍旧沿袭着六朝以来的风格，与南宋时鬼以人的身份打工，一旦为人识破就立即消失，还是有着明显的区别。另外，这种鬼能现形的事例还是稀见，所以南宋时大量不为人识别的市井之鬼的涌现，仍然具有独特的意义。

　　到了南宋，市井间竟有十分之三的居民是鬼，具体到打工者一行可能比例要更大些。在前一篇谈到"生身活鬼"时所引《夷坚三志·壬集》卷十"颜邦直二郎"条中的"桂奴"，只是其中一例，另如《夷坚三志·己集》卷四"傅九林小姐"一条，写蕲春人傅九郎与乐妓林小姐情好甚笃，却为林母所阻，不能遂意，便共缢于室。两年之后，有苏某在千里之外的泰州酒肆中见到二人当垆供役，给酒家打工。苏某不知二人已死，便问傅九怎么离开家乡的。傅九笑而不答。次日苏某再去寻访，主人言："傅九郎夫妻在此相伴两载，甚是谐和。昨晚偶来一客，好像说起他往年的短处，便羞愧不食，到夜同窜去，现在已经没法儿找他的下落了。"这个店主东怎么也想不到雇了两个鬼做伙计，就是我们现在来看，他们也不过是一对私奔的情人而已。

这些鬼只以普通打工者的身份示人，一旦为人识破，他们立刻消失。《夷坚志补》卷十六"王武功山童"条，则记王武功家的僮仆、乳母也全是鬼，而他们也非常忌讳被人识破。这故事很有意思，大家可以看看，这写的是打工的鬼还是打工的人：

河北人王武功，寓居鄞州。乾道六年九月间，雇一小仆，方十余岁，名山童。至次年四月，王武功生了一子，便雇了贾某之妻为乳母。不久，山童忽然不辞而别，到处寻找，仍无下落。是年冬，王武功去临安调官，忽遇山童于江上。山童把旧主人邀入茶肆。王武功好言对山童说："你服侍我十个月，备极勤谨，我也很照顾你，为什么不告而去？"山童道歉说："山童今日不敢隐瞒了：我其实是个鬼。可恨后来的那个乳母也是个鬼，她怕我把她的底细漏泄出去，就百般找我的碴儿，欲伺机陷害，所以我才逃离主人家。主人回家后，千万要让主母小心，好好看护小官人为上。"说罢便辞去了。王武功惦念儿子安危，也不去临安调官了，掉头便回家。到家与妻子说起此事，即呼乳母抱儿出来。乳母意态自若，嘴里还洋洋自夸把孩子照料得那么丰腴可爱。王武功先把孩子接过来，交给妻子，然后笑着对乳母说："山童说你是鬼，是这样的吗？"乳母拍着巴掌喊冤，快步走入厨房，嘴中连称："官人却信山童说我是鬼！"众人正要答言，这乳母已经奄然而没了。这故事有一点没交代：那个乳母的丈夫贾某，他是人还是鬼呢？既然没交代，是人的可能性很大，也就是说，此人娶了个鬼太太。

由上面这些故事可以知道，虽然鬼到人世打工的故事很早就有，但只有到了南宋时，打工之鬼才特意"人格化"起来。或者因为冥间的饥寒难挨，或者是悯念阳世的寡妇孤儿而为他们积攒些钱米，这些可怜的鬼魂冒着风险来到这个已经不属于他们的世界，他们不但是异乡人，而且是"异类"，所以那些故事读来往往让人感到凄苦。

鬼到人世打工是为了聊解饥寒，他不能做田螺姑娘，更不能学雷锋，不论是计件还是计时，他们必须让主人看得见自己，把钱或口粮交到自己手上，同时又不能让主人知道自己是鬼，否则就会被赶走。在南宋时期，这些到人世打工的鬼一般不会弄神作怪，什么兼人之力和夺天之巧都是极少见的事。他们的辛苦劳作完全和普通人一样，如果有些不同，顶多也不过是来时的恍惚不明和去时的或"刺拉"一响或悄没声的奄然消逝。

但令人百思不得其解的是，城市的打工者如果是失去家园的贫苦百姓，那谁都能理解，因为除了这块大地他们实在也无处可去；可是鬼魂呢，他们本有属于他们的冥土，现在却钻出坟墓，走进城市，难道只是为了混一口饱饭？如果冥界的鬼魂都忍不住饥饿，相当于世上总人数若干倍的鬼魂纷纷越界，这人世岂不成了鬼区？仅仅为了填饱肚子，不能成为鬼到阳世打工的理由，所以我不能不产生联想：产生这些故事的社会心理含有难民涌入的阴影。

但鬼魂到人世打工还有另一种理由，却是让人能够认可的，那就是人死之后，留在人世的老小无人抚养，这些鬼魂为了他们的生存而留在人世打工。我在《恩仇二鬼》一文中曾经介绍过《夷坚丙志》卷七"蔡十九郎"的故事，一死去多年的小吏之鬼，家中贫困，便为一考生盗出考卷，收些费用，以贴补家用。这种故事在南宋时有，到了后代，南宋那种大规模的鬼打工故事没有了,可是鬼为亲属打工的故事却仍能偶尔出现,因为它自有其存在的社会基础。这些故事不但能为人理解,也最能引起同情,就不仅仅是"伤哉贫也"的感叹了。

明人王兆云《白醉琐言》卷上有"鬼工"一条,言扬州泰兴有百姓王三者病死,已埋于城外两年了。一晚,妻儿闻叩门声,问是谁,答曰:"我王三也。在外佣工,今得银钱归,以相赠尔。急开门勿疑。"妻啐骂曰:"我夫死已两年,何鬼假托骗人!"王三曰:"非也。你如果不相信我,可先把我的工钱收下。"妻于门缝接过,得银钱数星,钱千文,这便打开了门,一看,俨然是故夫仪容。王三拭泪而入,坐床上,言曰:"自我去后,就得以复生。一直为孙大户家盖房,遂得此工钱。我尚念家,不知家人念我否。"妻为沾襟答言悲苦状,呼儿起拜。……最后,王三还是为邻里及妻儿所疑,跟随着行踪,至郭外葬处,墓旁一穴如斗。王三屈伸臂颈,以头先入,再一抬身,就不见了。其妻率众邻持锹锸,掘其入处。其棺已腐,王三卧棺底上,颜色如生,肢体柔而温,目光瞭然而口不能言。众大骇,扶以出,积薪焚之,自是绝迹。又使人问孙大户,工人中有没有个王三,答云有之,无他异,唯不与众共餐及不肯持铁器耳。众人由此悟出,原来鬼是怕铁的(严格说来,怕铁器的是僵尸)。从此乡里再遇到不认识的人来帮工,就先用铁器试他一试。难道世上还有那么多鬼在流浪?

这种越界而到阳世的鬼,尽管其情可悯,并且没有害人之心,但还是不能为世人所容,最后只能用不客气的手段遣返回阴间了。这个故事中的王三似乎与南宋的打工鬼很是相像,但其实还是很有区别。南宋的全是鬼魂,即这一时期特有的品类"生身活鬼"，而王三则是僵尸。据王兆云说，王三可能得了太阴炼形之术，那有些牵强。太阴炼形术总要在地下有百十年的功夫才行，王三一介小民，素无传授，在棺材里没多少天就钻出来了。王三所以被安排成僵尸，估计是觉得鬼魂不应该有那么真实的形体吧。但有的故事并不在意这一点。

清人《翼駉稗编》卷三有"鬼卖糕"一则，言吴江董某偶游苏州虎丘，于千人石畔遇故邻许某，擎糕一盘，高声叫卖。见董即来寒暄，并赠二糕。董忽记其已死，因问何由至此。许曰："在此七八年，已有家室。"因邀董至僻处，谓曰："我阳寿未终，误服药死，一灵未散，卖糕为生。幸勿泄也。"举手而别。董归，告其家，赴苏寻之，终不复见。

这故事中的许某身份也很费解，能娶妻，能做小营生，是鬼魂还是僵尸？无法追究，最后也只能用"生身活鬼"来含混过去。

民国时人郭则沄，在《洞灵续志》卷七中记清末时发生在北京南城的故事，说有挑水夫曹七者，日常往来担水于米市、绳匠二胡同间。后偶入某酒肆，大醉暴卒。酒店主人恰好是他老乡，便出资把他埋葬了。一日，酒店主人过米市胡同某宅，见曹七面赤汗流，担水如故，大为惊异，便对这家的主人说起曹七醉死之事。此家又转告邻里，弄得全都知道挑水的曹七是个鬼，谁还敢要他送水。酒店主人回家之后，一夜入静，忽门窗自开，一莽汉闯入，大吼道："我死城外，人无知者，以母老儿稚，思再取水钱若干为养赡计。以若一言立破，今势不两立，必索命！"这位曹七不依不饶。最后请个中间人说合，酒店主人掏出三百贯赡养曹七家属，再做一番法事，送曹七之魂"归里"，才算完结。可是"归里"是什么意思？是送回老家，还是送到他城外的葬身之处？说得很不负责任，而且一句"其魂"，便把曹七之鬼定为鬼魂而不是僵尸，也给读者留下一些疑问，比如：那种有形无质的鬼魂怎么会挑起百十斤重的水桶到处跑？

四

《白蛇传》看到断桥相遇，观众很少不跟着小青骂许仙无情无义的。可是没有一个设身处地地站在许大官人立场上，想想自己要是和一条丈二长的大白蟒同床共枕又会怎样。如今妖精换成了鬼物，十个人中就有三个异类，而自己却不知道哪个是人哪个是鬼。

还是看戏，改成《打登州》，秦琼披枷带锁走在路上，一会儿来个算卦的，一会儿来个卖马的，还有卖字画的，卖烧饼的，原来都是贾家楼结拜的一伙好汉。其实他们根本用不着装扮，本身就是江湖中的角色。台下看戏的自然都明白，可是如果多个心眼，想想和自己一起看戏的观众席中，若也是这种戏里的成色，眼下是彼此相安，可是忽然一声"梁山泊好汉全伙在此"，是不是自己也要吓得屁滚尿流呢？

回到本题，"以十分言之，三分皆我辈也"，现在我们见了这话只当作好玩的故事来看，可是如果我们生活在南宋的都市中，这话弥漫流传开来，就一点儿也不好玩了。前面我们介绍的那些故事中的鬼主角，都是与人相处而不相害的，但这些故事本身就是恐惧不安的心理产物，最终还是要以人鬼不能相容的结局收场。下面讲两个较长的闹鬼故事,这种觌面即鬼而且全是厉相登场的大场面,前所未有,后世难见,完全是南宋都市的特色产物。

冯梦龙《警世通言》第十四卷《一窟鬼癞道人除怪》,源自《京本通俗小说》中的《西山一窟鬼》。《京本通俗小说》共存七篇,作者为南宋时人,而《西山一窟鬼》写的正是南宋初绍兴年间的事。《警世通言》很好找到,此处仅提取其大意。

秀才吴洪到临安赶考,落第后无颜归里,便在临安教几个小孩度日,等着三年之后再参加考试。这位外乡人在临安举目无亲,就这样过了一年多。这天,曾经是邻居而后来搬走了的王媒婆突然来访,要为他做媒,女方是"从秦太师府三通判位下出来"的姬妾李乐娘。此时又来了个保亲陈干娘从中撮合,婚事说成,李乐娘还带着个侍女锦儿,就嫁了吴教授。夫妻二人过得很是和美。

这一天正是月半,学堂要拜孔夫子,吴教授早起了一会儿,从厨房前过,"看那从嫁锦儿时,脊背后披着一带头发,一双眼插将上去,脖项上血污着"。把吴教授吓得登时昏倒在地。及至救醒,吴教授便说自己着凉,被风吹倒,心里却存着疑惑。过了不久,时值清明,吴教授遇上个熟人王七三官人,拉他过了玉泉、龙井,直到西山驼献岭下,那里是王七三官人家坟,有看坟的安排下酒菜,二人喝得大醉。

下面就开始闹起鬼来:先是回家路上遇到大雨,二人窜进一处野墓园避雨,只见一人貌类狱子院家打扮,从隔壁竹篱笆里跳入墓园,朝着一个坟头叫朱小四出来,而坟里有人应着,随即墓上土开,跳出一个人来,便是朱小四。吴教授和王七三官人吓得跑入一座败落山神庙，把两扇庙门关了，只怕那两坟里的鬼进来。这时只听得外面有人敲门，却是吴教授的浑家带着锦儿找来，要领丈夫回家。且说道："你不开庙门，我却从庙门缝钻入！"两个倒霉蛋继续逃难，下得岭来，见一所林子里走出两个人，却是陈干娘和王婆，道："吴教授，我们等你多时了！"二人知道不妙，跑到岭下，见一酒家，想找些吃的，不想酒保也是个鬼。……最后总算弄清：李乐娘是秦太师府三通判小娘子，因怀孕分娩而亡的鬼；从嫁锦儿，因通判夫人妒色，吃打了一顿，自己抹脖子自杀的鬼；王婆是害水蛊病死的鬼；保亲陈干娘是在白雁池边洗衣裳，落在池里溺死的鬼；驼献岭上跳出坟来的朱小四，是害瘆病死的鬼；岭下开酒店的，是害伤寒死的鬼。全是横死之鬼！

这故事在南宋时很出名，吴自牧《梦粱录》卷十六记临安中瓦内王妈妈家茶坊，名叫"一窟鬼茶坊"，正是借这故事以做招揽。而且触目皆鬼的故事并不是仅此一例，宋代无名氏《鬼董》卷四所记陶小娘子事就很相似：

临安某当铺的樊生，与其徒李某游西湖某寺，拾得一女子履，绝弓小，鞋中有一纸片，写道："妾身要选配偶，有姻议者，可访王老娘问之。"樊生正是青春年少，得之若狂，可是又不知这女子是什么人。后日他过升阳宫的当铺前，听两个老妈子在后面走，互相语笑，多提及"王老娘"。他便尾随其后，至一茶肆。两妪叫出王老娘，说起陶小娘子的婚事。王老娘道："眼下尚无当人意者。而且小娘子自以鞋约，说得鞋者'谐'之。"樊生在旁听了大喜，待二妪离去，独呼王老娘，说起自己拾到绣鞋之事。二人遂约以明日会某氏酒肆中。

樊生如期而往，只见王老娘走在前面，后面随一四人抬的小轿，又一女奴随其后。掀帘出揖，粲然丽人，饮酒至暮，语浸亵狎。王老娘托故出去，两个就在酒楼上成其好事了。可是樊生之父家教甚严，樊生以野合，不敢携女回家，正好在后市街有个当铺存货的屋子，不知怎么，那女子早已知道了，就拉着樊生到了后市街。二人相挽登楼，让轿夫等在大门外。看守货房的佣人见那几个轿夫穿的衣服全是纸做的，不禁惊呼失声，刹那间那四个轿夫就消失不见了。樊生正在楼上得意，并不知道楼下的事。到了半夜，樊生回家，那佣人相送，告知所见，樊生还不肯相信。

第二天早晨，佣人烧好热水送上楼，只见那婢子竟是一个枯骸，女子在床上躺着，却是自腰以下中断，分做了两截。佣人赶忙去樊家报告樊父，樊父前往验视，却是荡然空屋，什么都没了。更想不到的是，那女鬼已经到了樊家，直入樊生之室，涂脂抹粉，出拜公婆，俨然新娘子了。樊老愁坏了，只好找来一个会法事的张先生考召，连吓唬带哄，那女子恨恨说："反正我不能放过此人！"便化为旋风而灭。

过了一个多月，樊生与李某游嘉会门外，李某喝多了，惹翻了省史赵某。赵某想收拾李某，樊生便与李某一起逃走，他们不敢走来时旧路，便登上慈云岭，绕入钱湖门中岭。正好来了一阵骤雨，他们跑到一户人家躲避。那家的主母自称是顾六之妻，丈夫死未足月，还停在灵床上。天色已昏，雨却不止，顾六老婆为二人准备了床，让他们留宿，嘴里却说着："升阳宫前酒馆里，你只请了王老娘，现在有急事了才投奔我。"李某对樊生说："她怎么知道这些事，莫非也是鬼？"二人心虚，哪里能入睡。到了半夜，只听叩门声，呼顾六甚急。二人窥见皂衣卒自灵床上曳走了老翁,又叮嘱老妪好好看待客人,不要让他们走了。樊李二人更害怕了,相扶自后门逃出。望见荒丘中灯烛森列,有绿袍人正在判案,有鬼吏拥着顾六翁媪,旁边有一漂亮女子,腰腹中绝,用线缝缀着,正是陶小娘子。二人吓得赶紧逃走,跑了约有一里地,听到舂米声,见一人家有灯光,前往投奔,问主人姓名,叫雍三,是卖糕的,此时正在捣米粉。二人对主人讲起所遇之怪,雍三笑而不答。二人喘息未定,只见四个轿夫抬着陶小娘子,连同王老娘、顾六等一起奔至。樊李二人知道要坏事了,便奋臂乱击,最终还是力尽而仆。群鬼正要下手以甘心,正值殿前司某统制从卒百许人,呵殿而至,群鬼才一哄而散。此时樊、李二位已经昏不知人事了。

二人被救之后,惊魂已定,才开始访求群鬼的来头:陶小娘子确为张氏的姬妾,以与外人有情好而被主人拦腰一剑而断,王老娘居新门外,也是以奸被杀,顾六翁媪、雍三等全是岭边新葬者。作者最后交代:揣测此为绍兴末年事。与"一窟鬼"的流传时代差不多。

遇到一个就是鬼,然后被这些鬼追赶着,气氛营造得很是恐怖,但结局也不过是虚惊一场。这里并没有宿业的冥报,也没有当世的仇怨,顶多像是一场局诈,一个富家子弟落入一个圈套。整个故事还是很市井化的。类似的艳遇女鬼的故事,在南宋时很有不少,如《夷坚丁志》卷九的"西池游",《夷坚志补》卷十的"杨三娘子",有兴趣的读者不妨自己找来看看,即使是在网恋大行其道的今天,那些故事也是尚有可借鉴之处的。

鬼之形体

鬼形与质的四种组合

眼下要谈鬼的形与质,想起来也不过就是个"看得见"(形)和"摸得着"(质)的问题。于是以二者为母,便有了如下四种组合:(一)既看得见也摸得着;(二)虽看得见却摸不着;(三)虽摸得着却看不见;(四)既看不见又摸不着。

我觉得这第一个"既看得见也摸得着"就没必要谈了。一是前一篇已经说过了,不必重复,二是此种说法已经把鬼的形体落"实"到极致,有形有质,除了关键时刻能像土行孙那样一扭屁股就不见了之外,完全和人一样。到这地步,还有什么必要探索鬼的形与质,看看别人、摸摸自己不就都明白了吗?可见"有鬼论"扯到鬼和人没区别的地步,实际上就是把鬼"论没了"。人在乡下咽了气,却又跑到城里摆起菜摊,娶妻生子,一样也不耽搁,这能叫死了吗?死生的界限都模糊了,人和鬼也就没什么区别。所以"有鬼论"论到了极端就成了"无鬼论"。

第二个"虽看得见却摸不着",也就是一个有形而无质、如梦如烟的幻影,这情况稍微有些复杂。举例来说,在祭鬼时,有人说他能见到鬼在吃馒头,我们凡庸之辈无此眼福,但却实实在在见到那馒头从始至终就放在那里,一动也不动,起码从外形上是完好的,所以鬼的"吃"并没有经过一个以质对质的真正咀嚼。男女交欢,如《聊斋志异》中的《伍秋月》,在伍秋月一面是与生人交媾,但在王鼎这面只不过是梦境,所以虽然似乎是"灭烛登床,无异生人",但最后的结果还是"女既起,则遗泄流离,沾染茵褥",一场贾宝玉梦游太虚式的梦遗而已。

有人说这是一时幻觉,或者头昏眼花,或者思虑过度,与鬼无干。我看这种解释其实与"科学"尚远,顶多能解释一些个例。前不久看新版的卡通片《猫和老鼠》,有一段鬼魂到人家开派对的情节,大杯大瓶的可乐、香槟倒进嘴里,在腔子里停也不停,直接就流到地板上。可见中外对此的思路完全一样。

第三种的"虽摸得着却看不见",似乎有些荒唐,但换个角度来想,不是你去摸鬼,而是鬼来摸你,那就并不稀罕了。县太爷坐在堂上摆着臭架子,突然一个大耳光"摸"过来,声音脆响,而且那臭脸也随之肿起了半边,可是却看不到是谁"摸"的,就算是此类。隐形的鬼魂对生人轻则戏谑、揶揄,重则施以暴力,生人却因为看不见而只有被动招架,这方面的故事和影视作品太多了,以后有机会要专门去谈。

而第四个"既看不见又摸不着",岂不就是无鬼了吗?这却不然。无形无影并不代表就无声无息。很多,甚至绝大多数相信有鬼的人,其实是没有见过鬼的。在这方面好像大家都信奉着一个公理:看不见不等于没有。真或假的无鬼论者常这样质问有鬼论者:"你说有鬼,拿一个来我看看!"这种论说看似理直气壮,其实最没有底气。世界上不能立刻"拿"来却存在的东西有的是，人眼看不见的光，人耳听不到的声音，人体感触不到的微物质，都是不能因为你自己的五官无能就不存在的。

莫泊桑在一篇小说中曾叙述了"我"和一个修士关于灵魂可见性的对话。"我"说："如果世上除了我们还有幽灵，那么我们早该发现他们了；您和我一定都见到过。"修士说："世上所存在的，我们连百分之十都没有看到，不是吗？譬如，就拿风来说吧，它是自然界最有威力的，能把人吹倒，把房屋吹垮，把树连根拔起，把海浪高高举起……它杀戮，它呼啸，它呻吟，它吼叫，可是您见过它么，您能看见风么？而风是存在的。"所以鬼也可以引为同例，不能因为看不见就说他老人家不存在。

孔夫子有言：

> 鬼神之为德，其盛矣乎！视之而弗见，听之而弗闻，体物而不可遗，使天下之人齐明盛服，以承祭祀，洋洋乎如在其上，如在其左右。（见《中庸》）

圣人看来也没见过鬼神，但仍然能感到"如在其左右"。更何况，五识中除了眼看和身触之外，还有耳听、鼻嗅、舌尝。没有形和质，看不见，摸不着，舌头想必也无法尝出鬼的滋味，但却可能有声、气和臭味。所以在谈完鬼的形体之后，不妨另开出几节谈些"既看不见又摸不着"的问题。

鬼魂现形的三种方式

　　鬼的形体，既然圣人已经说是"视之而弗见，听之而弗闻"了，按理鬼的存在并不是什么至关重要的问题了。但实际情况却非如此，除了迂夫子之外几乎没有人把圣人的话当回事儿，于是历来关于有鬼无鬼的论辩，最后总是归结到这个最简单而又无法回避的问题：鬼究竟有没有看得见、摸得着的形体？

　　对于有鬼论者，这确实是个很难向别人做完满交代的问题。鬼自然是能为人所见的，否则你如何知道他存在？鬼又不是随时能为人所见的，否则无鬼论者何必提出疑问？于是有鬼论者为他们的论点筑起的第一道防线就是：鬼是既可见又不可见的。这样一来，我看见了鬼，就已经证明了鬼的存在，而你虽然没有看见鬼，却也不能证明鬼的不存在。这委实是个看似蛮横却未必不合法理的论据，起码不比无鬼论者的"你拿个鬼来让我看看"更不讲理。[1]所以从古至今，尽管关于鬼魂形体的各种说法层出不穷，这一基本论据却是始终坚持不变，也确实无法改变的。

---

[1] 而我认为，很多自称有过见鬼或有魂灵脱壳经历的人，并不是常被人指责的那样信口胡编，自欺欺人。季羡林先生遇到别人"中撞科"的事，已经写到自己的一篇短文《我的母亲》中，季先生是不会打诳语的。另外我再补充白寿彝先生亲口讲的一件事。白先生是著名的马克思主义史学家，一向并不相信鬼神的。但有一天夜里十一点多钟，他突然打电话给我的同学商传，让他赶快到他家来。白先生见了商传就说："今天我经历了一个怪事，刚睡在床上，梦中不小心从床上掉下来，但却感觉自己就悬浮在天花板上，向下看到自己就躺在地上。我挣扎着想下来，但越是心急就越动弹不得，好像贴到天花板上似的。过了一阵儿，心里想，莫非这就是死了吗？如果是这样毫无痛苦地死去，那也不错。一有这样的想法，我心里也渐渐平和，这时就觉得自己缓缓地下降，最后合归自己的身体里。"这事是商传亲口对我讲的，而且希望我有机会写到《谈鬼录》中。

有多少鬼故事，就有多少鬼现形的例子，可是归纳起来，也不过三种：本尊现形、梦境现形和附体现形。而这三种模式早在先秦时代即已经形成。仅以《左传》中已经成为经典的几次见鬼事件为例。

一、春秋时郑国伯有闹鬼的故事已经详述于《说魂儿》中，话说伯有被杀七八年后，突然在都城闹起鬼来："郑人相惊以伯有，曰：伯有至矣！"于是一市之人吓得乱窜，"不知所往"。这一市之人只是"相惊"，大多数人其实是什么也没看见，如果这不是伯有余党故意制造的"诈营"，那么就可能是伯有现形于个别人的眼中，而其他人则看不见。这事记载在《左传》昭公七年。

另宣公十五年还有一事，就是读者熟悉的"衔环结草"中的"结草"报恩故事。魏武子有个爱妾，无子。武子患重病时，对儿子魏颗交代："我死之后，你就把她嫁人吧。"可是及至将死之时，又对魏颗说："我死后，你一定要把她殉葬。"武子死后，魏颗没按照老爹的遗言办，径自安排这女子嫁人了。他对此还有个说法："人在弥留之际，往往头脑昏乱，说出的话也未必出于本心。我应该按照父亲清醒时的交代来处理。"及至辅氏之战，两军交锋之际，魏颗正与敌将杜回苦斗，眼见要落下风，忽然间就冒出一个老人，结草为绳，把敌将杜回绊了个大跟头，于是魏颗就轻松地捉了个活的。可是一转眼间，那老人又不见了。到了夜里，魏颗梦见老人说："我就是你所嫁妇人之父。你用先人之治命，所以我以此相报。"

这两个故事都是鬼魂以本来形象现形于白日。魏颗在战场上见到老人之鬼，战车的其他将士未必也能看到，而伯有现形于街市，能看到他的，无论恩仇，想必也是与他熟识之人。

二、魏颗事后面提到了老人鬼魂又现形于梦中。而伯有之鬼也曾入人之梦：

> 或梦伯有介而行，曰："壬子，余将杀（驷）带也。明年壬寅，余又将杀段也。"及壬子，驷带卒，国人益惧。

伯有之鬼顶盔戴甲而现形于叙述人的梦中，并带有威胁地讲述了他的复仇计划，某年要杀驷带，某年要杀段，而老人之鬼也是在梦中交代自己的身份和报恩缘由。可见梦中之鬼更为从容，不像白日现形的鬼魂总像个哑巴似的。

《左传》成公十年还有一则也是鬼魂入梦宣告复仇的：

> 晋侯（景公）梦大厉，披发及地，搏膺而踊，坏大门及寝门而入。

这个厉鬼是晋国赵氏的祖先之鬼，为了晋侯灭了赵氏一族而上请于天帝，得到复仇的批准："杀余孙，不义。余得请于帝矣！"这一年，晋景公大病，结果成为史上唯一一个死于茅厕粪坑里的国君。

三、还有一种鬼魂现形，则是附着于人或物上。《左传》僖公十年，晋大夫狐突至曲沃新城，忽见被冤自缢而死的太子申生之鬼。申生对他说："夷吾（申生之弟，新即位的晋惠公）无礼，我已经得到天帝的同意，要把晋国送给秦国，由秦人祭祀我。"这应该是申生之鬼现了形，但杜预注说，这是狐突"忽如梦而相见",不管怎样,总之是上述的两种现形之一。狐突说,"为报复夷吾而让晋国灭亡,晋国的百姓又有何罪?而且您的神灵也不可能受到别族他姓的祭祀。这事还要重新考虑一下才好"。申生之鬼说:"你说得有理,我再向天帝请示一下。七日之后,在曲沃新城的西侧,'将有巫者而见我焉'。"也就是说,那时申生之魂将附体于巫师与狐突对话。

又,《左传》庄公八年还载有鬼魂附于动物的故事。齐襄公田猎于贝丘,见一大野猪,但从猎者看到的却不是野猪,而是被齐襄公杀死的公子彭生,便齐声喊道:"这是公子彭生啊!"襄公大怒道:"彭生岂敢见我!"一箭射去,"豕人立而啼"。襄公大惧,坠于车下,伤足丧屦。当天晚上他就遇弑而亡。

这是鬼魂附体于动物,但这个故事很是蹊跷,因为它似乎违反了"常理"。彭生之鬼向襄公复仇,不相干的人也许看不见现形之鬼,但襄公是必须要看到的,否则就失去了"复仇的快感"。现在却是别人都能看到复仇的鬼魂,唯独襄公看到的只是一头野猪,那便不得不让人怀疑,这些已经蓄谋弑襄公的左右人等,故意利用"杜伯射宣王"的老故事演了一场闹鬼的戏,从而掩盖当天夜里即将发生的血案。[1]尽管如此,鬼魂能附于动物的世俗观念却是真实存在的。

---

[1]《墨子·明鬼》:周宣王杀其臣杜伯而不辜,杜伯曰:"吾君杀我而不辜,若以死者为无知,则止矣;若死而有知,不出三年,必使吾君知之。"其三年,周宣王合诸侯而田于圃田,车数百乘,从数千,人满野。日中,杜伯乘白马素车,朱衣冠,执朱弓,挟朱矢,追周宣王,射之车上,中心折脊,殪车中,伏弢而死。当是时,周人从者莫不见,远者莫不闻。

如影如烟的形体

鬼的形体可隐可现,那么这隐现的契机掌握在谁的手中呢?一种说法是,在白天鬼是不能活动的,俗话把荒唐无稽的事说成"白日见鬼",就是讲光天化日之下很难见到鬼魂。依照此说,鬼魂的隐现是不能由自己决定的,他们只能在夜间出现。但难道夜间就是鬼魂的世界了吗?经验又告诉人们,事实并非如此。因为即使在夜间人们也是无法随意见到鬼魂的。在西方的鬼故事中,鬼魂大约有他们可以随意现身的聚集地,或坟场,或深山。(穆索尔斯基的交响诗《荒山之夜》、歌德的《浮士德》中的剥落坑,都是根据这种传说而创造的。)那是他们的天下,他们可以随心所欲地在其中狂舞嚎叫。如果有生人不慎走入,正如外乡人误入了流氓地痞的地盘,只有遭到欺侮和戏弄了。

中国最早的鬼故事中,缺乏这种为鬼魂提供狂欢的浪漫场所。人们所能见到的大多只是偶然出现的一个或两个鬼魂,至多也不过是几个鬼魂围在一起烤火或赌牌而已。中国古代的鬼魂是回避生人的,他们似乎不愿意在生人面前现形,除非是冤魂索命或有非现形不可的特殊事情。这样看来,他们的现形与否又好像是由他们自己来决定了。

认为鬼可以自己控制形体的隐现(当然也要有条件的限制),这种认知比较普遍。晋人戴祚《甄异记》云:

> 广陵华逸,寓居江陵,亡后七年来还。初闻语声,不见其形。家人苦请,求得见之。答云:"我因瘵,未忍见汝。"(《太平广记》卷三百二十二"华逸"条引)

这个鬼是隐形的，但所以不现形，是因为形貌憔悴，不愿亲人见而伤心。有的则是无人时现形，及至发现有人，则立刻隐去。张读《宣室志》言唐大历年间，进士窦裕下第后将往成都，行至洋州而卒。淮阴令沈生与他友善，但数年未见，此时调官为金堂令，上任时路经洋州，住在驿馆之中：

> 是夕，风月晴朗，夜将半。生独若有所亡，而不得其寝。俄见一白衣丈夫，自门步来，且吟且嗟，似有恨而不舒者。久之，吟曰："家依楚水岸，身寄洋州馆。望月独相思，尘襟泪痕满。"生见之，甚觉类窦裕，特起与语，未及，遂无见矣。乃叹曰："吾与窦君别久矣，岂为鬼耶？"（《太平广记》卷三百三十八"窦裕"条引）

这个鬼魂可能习惯于月夜行吟，这夜却没想到故人来此，所以一闻动静，立即隐形而逝。

有说鬼由现形到无形之间要有个能为人所见的"过程"，即渐渐隐没，而不是倏然而逝，一般是用"如烟雾而散"来形容。

魏晋之前著名的"吴王小女"故事，同是一个鬼魂，她可以与爱人在墓中"三日三夜，尽夫妇之礼"，但当她的母亲见到她而上前搂抱时，她却"如烟然"，变成有象无形，然后消逝了。

洪迈《夷坚丁志》卷四"郭签判女"也是如此。湖州德清县郭签判，女儿死后，停柩于宝觉寺僧房中，入夜即出，与人交媾，大为妖害。后来把灵柩迁葬，却闹鬼如故，只好把那三间僧房扃锁闲置。后来，有宗室子赵大要借寺院房屋喝酒，和尚说寺

中只有这三间闲屋,却是闹鬼的。赵大说无妨,我会对付她的:

> 即日启门,通三室为一,正中设榻,枕剑而卧。夜漏方上,女已飒然出,艳妆鲜服立于前。赵曰:"汝何人?何为至此?"笑而不言。问之再三,皆不对。赵遽起抱之,颇窘畏,为欲去之状。俄顷间如烟雾而散,怀中了无物。……

鬼不仅能隐能现,而且还能大能小,小到可以从墙缝门隙中出入。薛渔思《河东记》言进士段何赁居客房,卧病逾月,一日感觉小愈,便沐浴之后凭几而坐,"忽有一丈夫,自所居壁缝中出,裸而不衣,啸傲立于何前"。不仅如此,有的鬼甚至能背着活人之魂从门隙出入。戴孚《广异记》有"安宜坊书生"一则:

> 开元末,东京安宜坊有书生,夜中闭门理书。门隙中,忽见一人出头。呵问何辈,答云:"我是鬼,暂欲相就。"因邀书生出门。书生随至门外,画地作十字,因尔前行。……俄至定鼎门内,鬼负书生从门隙中出。……

所以棺柩只要稍有缝隙,其中的鬼魂就可随意出入。此种故事甚多,不必举例。有的甚至说,即使是墙壁城郭,鬼魂也可穿行无碍,那么有缝无缝都是无所谓的了。《夷坚甲志》卷一六"李知命"条,言李知命宿于豫章村落。就枕未睡,月色皎然,见窗外有人往来。李知命到窗口外望,只见窗外那人忽然回头,正与李知命看个对脸:

如一男子，缁巾汗衫而立，恍忽间已入室。李疑其盗也，熟伺所为。俄至前，绕床而行，床之东北皆距壁，而其人行通无所碍，方知鬼也。……

这只是居室的墙壁，甚至厚至数丈的城墙也是照旧。《夷坚三志·己集》卷五"黄氏病仆"条言：都市中只要遇到市曹在刑场处决罪犯，那当然是城里最热闹的所在，不仅城内闲得蛋疼的市民都来围观，就是闲鬼们也一哄而至，把刑场周遭的房顶屋檐坐得满满的。那边一刀砍下，受刑者的脑袋刚一落地，他的鬼魂就从腔子里冒出来，升至屋顶，把房上的众鬼挨个拜了一遍，然后仓忙狂走。"城郭墙壁，并无隔碍，亦不曾有神道阑问。"

古代时鬼魂远行，需要路引关防，一路还有河神拦阻，自从近代有了邮政，外地的鬼魂就可以跟着信函回家探亲了。晚清人薛福成《庸庵笔记》卷六有"新鬼回家"一则，记光绪四年天津瘟疫，死者甚众，朱云甫观察于五月初一病卒于天津招商局。他在上海有两处住宅，一在城内，一离城二十余里。就在本月初五日午后，城内宅中有一女佣，忽瞠目呓语，家人环听之，竟是朱云甫的口音。再一细问，乃大哭道："我已于初一日辰时死矣。"家人大惊，问既死何以能至此。曰："我钻在报丧信函中，附轮船南来，将近海口，我急欲到家，离船而走，甚劳倦也。"再问报丧信何时可到。曰："明日辰刻。"信函是封着的，莫非鬼魂钻到信封里？其实不必，他只要"附"到信函的"体"上即可，正和他附到女佣身上一样。

鬼魂形体的可隐可现，除了可以引申为虚无缥缈、能大能小、能升能隐的鬼的"神异"之外，还有相反一路，即让鬼形发生低级的变异。比如《阅微草堂笔记》卷十有言,说人间斋醮施食于饿鬼,众鬼魂前来受食,只见"鬼形为黑影,高可二三尺,或逾垣入,或由窦入,往来摇漾,凡无人处皆满"。及施食撒米时,则"倏聚倏散,倏前倏后,如环绕攫夺,并仰接俯拾之态,亦仿佛依稀。其色如轻烟,其状略似人形,但不辨五官四体耳"。这就与鬼魂生前的形象大有差距了。

有的说鬼魂为一团黑气,其实与黑影说是一回事。也是《阅微草堂笔记》,其卷三有云:"昌吉叛乱之时,捕获逆党,皆戮于迪化(即今乌鲁木齐)城西树林中。""后林中有黑气数团,往来倏忽,夜行者遇之辄迷。"纪昀认为此是凶悖之魄,聚为妖厉,犹蛇虺虽死,余毒尚染于草木,便遣数军士以火枪击之,应手散灭。

但据许秋垞《闻见异辞》卷一"鬼抢馒头"条所说,则鬼形本身并非一团黑气,只是因为"人视鬼,但见一团黑气,故不分明;鬼视人,但见一片红光,故不敢近"。人的本形不是红光,所以黑气也不是鬼的本形。如果某人为鬼所欺,也就是在鬼眼里他已经不是红光了,而是他阴气太重,也就快与鬼为邻了。

这样一来,黑气说与人形说并不相悖。而袁枚《子不语》卷十八"鸟门山事"的故事中,在这方面更显示了说鬼故事的随意性:绍兴张某,行过鸟门山,先遇一好鬼,为一白须老叟,老叟对张某说:"君前去到新桥地方,有五个溺水鬼,坐而待君。我为君先往驱除之。"张与其偕行至新桥,果有黑气五团,踞桥而坐。叟先往,折树枝打之,声啾啾然尽落于水。

若有若无的质性

谈鬼的"形",总是回避不了鬼的"质"。以上所说的能隐形,如烟如气,能穿墙入壁,都体现着(在人的眼睛看来)鬼魂"有形无质"的性质,但这些往往又成为鬼的灵异特征,使他们具有了人所没有的神性,当然也成为构成鬼的恐怖性的一个因素。但是鬼如果只是这样有形无质,就只能吓一吓人,是不会对人造成什么伤害的。[1] 所以鬼的灵异必须兼有人的特质才能为祸为福于人。于是在编造鬼的灵异故事的时候,就不得不把"质"的内容掺和进鬼魂之中。历来传说中鬼物作祟,或翻盆倒罐,或投砖掷瓦,或拖人入水,或悬人于梁;伤人时则用气吹,用手掐,用绳索套,用铁矛刺;作怪时能推得磨盘辘辘地转,甚至能把一条船合力托起到半空中。这类鬼故事以前已经介绍过不少,如果这些鬼没有实实在在的"质",对于我们这些从小就不能摆脱万有引力的凡人来说,就是不可想象的。

不仅如此,鬼故事的作者似乎有意让虚幻朦胧的鬼魂也具有生人一样的质性,比如体温和血液。洪迈《夷坚三志·壬集》卷六"蒋二白衣社"条,言鄱阳百姓蒋二,因事夜归,遇上大雨,便撑起雨伞继续赶路。当他走到锦标坊澹津湖北岸洪丞相府前时:

---

[1] 与鬼形如烟如气的说法相似又有些相反,袁枚《续子不语》卷六有"鬼被冲散,团合最难"一条,云:县令胡宝瑔能视鬼,一日出堂理事,有皂役仓促后至,甫入门,俄一鬼趋出,与皂相值,为皂冲仆,其鬼四肢悉散堕地上,耳目口鼻手足腰腹,如剥开者,蠕蠕能动,久之,渐渐接续,又良久,复起而去。

逢一人，随踵相就，亦自有伞。近而即之，体冷硬如冰雪。正尔疑之，俄别有呼己者曰："今岁是闰年否？"蒋察其非人之谈，答之曰："汝莫是鬼乎？"应声大呼而灭。

又如明末清初人屈大均在《广东新语》卷二十八中记下一则"王小姑"的故事。王小姑初嫁不久就生了病，好像是热病，不吃熟食，"日嚼梨枣饮水而已"。她死后的一天晚上，"诸姊妹并立庭中，月色凄清，霜叶微坠，有物随风而至，灭于阶下，流香馥郁，冷然袭衣"。这是小姑的鬼魂来了，初则"就之弗见"，但终于现形，有人戏摸其臂，只觉得"玉腕如冰"。

王小姑的鬼魂，在没有现形时让人感到"冷然袭衣"，既现形之后，则抚之"如冰"。这是用鬼的体温冰冷来显示鬼魂与人不同的特征，但这恰恰又把人的体温特征加到了鬼的身上。

鬼不但有体温，还有血液。洪迈《夷坚丁志》卷十五"晁端揆"条，说晁谋居于京师，与里中一少妇眉目传情而未能谐愿，一夕：

妇忽乘夜来，挽衣求共被。晁大喜。未明索去，留之不可，曰："如是，得无畏家人知乎？"既去，蓐褥间余血涴迹，亦莫知所以然。越三日，过其间，闻哭声，扣邻人，曰："少妇因产而死，今三日矣。"晁掩涕而归。

前面曾说过的断头而死者的鬼魂，也是鲜血淋漓，只是没提落在地上会不会留下痕迹。而这位因分娩而死的产妇，尸身有血，其鬼魂也随之淋漓不止，却是污人床茵，成了有质之血了。

鬼故事中常见以利器砍鬼的情节，往往是㪣然一声，血流不止，有的甚至可以顺着血迹找到鬼窝。

如俞樾《右台仙馆笔记》卷五记其门生之父王蟾生，读书东安村之八蜡庙。一日，诸友外出，王君独留。突见一老叟兀立案前，年可六十许，黄面白髯，双睛开合不止，两手向空做攫抓之形。王君惊问何人，叟不答，徐徐却走，退至东壁，如嵌入者，两手攫抓如故。至夜，王君宿于楼上，夜半闻扣窗声，窥之，则有长人足立庭中，而首出楼外。诸友中有吴友霞者，素有胆，伺其人探手入，急以匕首刺之，中其腕，大叫而遁，匕首亦随腕俱去。明晨得匕首于殿庭之西隅，血凝如膏，腥秽不可近。其时庙中人咸集，循血迹求之，至庙后，有败棺数具，一棺盖有渍血。僧曰："必此棺为怪矣。"

俞樾认为，白日所见的老叟或即棺中人。"若夜所见者，怪也，非鬼也，鬼安得有血乎？"

这当然是承续了纪昀的见解。纪昀认为"鬼有形无质，纯乎气也；气无所不达，故莫能碍"（见《阅微草堂笔记》卷十四），所以什么墙壁屏障都可以穿行无碍。至于能与人交媾的，他认为有两种情况：或是精魅而非鬼，或是鬼而凭借了其他有质之物。

同时的袁枚也有类似见解，《子不语》卷十八"赠纸灰"条云：

> 杭州捕快某，偕其子缉贼，每过夜子不归。其父心疑，遣徒伺之。见其子在荒草中谈笑，少顷，走至攒屋内，解下衣，抱一朽棺作交媾状。其徒大呼，其子惊起……抚其阳，冷如冰雪，直到小腹。其母问之，曰："儿某夜乞火小屋，

见美妇人挑我，与我有终身之计，以故成婚月余，且赠我白银五十两。"母骂曰："鬼安得有银！"少年取怀中包掷几上，铿然有声，视之，纸灰也。访诸邻人，云："攒屋中乃一新死孀妇。"

这里说的女鬼是附上朽棺才与人交配的，但同书卷六又有一"门夹鬼腿"的故事：

杭州尹月恒被一群无赖鬼讹上了，领头的附上尹月恒之体，非要尹家请他们饱餐一顿不可。尹家不敢不从，即备饭为主人谢罪。鬼吃饱喝足，家人便送鬼出门。杭人风俗，"凡送鬼者，前人送出门，后人把门闭"。不想关门者心急了些，又听鬼（自然是附在尹月恒身上的）大叫道："汝请客当恭敬，今吾等犹未走，而汝门骤闭，夹坏我腿，痛苦难禁。非再大烹请我，则永不出汝门矣。"

如果按照鬼能穿墙过隙的说法，门怎么能夹住鬼腿呢？这只能解释成无赖鬼的碰瓷故伎吧。可是道士巫师捉鬼拿妖的事又怎么解释呢？既然可以把鬼物锁到铜柜中，装进葫芦里，用鞭子抽打，用针锥扎刺，那么门夹鬼腿又有何不可？

而且古代还有一些鬼因为身上疼痛而请人治病的故事。医生治病，大抵是方剂、针砭二途。但鬼的"有形无质"却是个难题：熬上锅汤药，对着虚空实在不知道怎么灌进鬼肚子里，而用针灸也同样是无处下手。可是鬼有鬼的办法，而国医的神妙也是匪夷所思，请看宋人释赞宁《东坡先生物类相感志》卷六中的一个故事：

徐秋夫为射阳令，尝夜有鬼呻吟，甚悽苦。秋夫曰："汝是鬼，何所须？"答曰："我姓斛斯，家在东阳，患腰痛死，须为鬼，而疼痛不可忍。君善医，乞救。"秋夫曰："汝无形，何得措治？"鬼曰："君但将刍缚作人形，案孔穴针之。"如其言，为针腰四穴，肩井二穴，设奠而埋之。明日见一人来谢，曰："蒙君疗疾设奠，病除肌解，感惠弥深。"忽然不见。

鬼能有疼痛，自然是有质了，而又须让人施针灸，则经络穴位与人无异，可是这鬼魂连形都不能显现，所以只能用其他人形之物让鬼魂附上。从道理上看这很荒谬，但故事除了新奇之外，却并不令人感到与其他的鬼故事有什么相悖之处。人们已经习惯于鬼魂在形与质上的矛盾，鬼魂的形可现可不现，这并不影响鬼魂的"质"的存在，而这个"质"并不在于是不是可触可摸，而在于要具有生人的能力和特征。也就是说，鬼魂只是另一个世界的具有"特异功能"的"人"。这说法似乎很荒谬，但如果解读一下中国大量的鬼故事，我们就可以看出，除了不是存活于人世间以外，生人所有的生理功能鬼魂几乎全都具有。

鬼哭啾啾

鬼的有"声"应是确凿无疑的了。既然强调其鬼声，那多是因为未见其面而仅闻其声。鬼哭，鬼叫，鬼嚎，鬼闹，鬼骂人，还有入了经典的"鬼唱歌"。其中最悦耳的是"鬼话"，而最动人的则是"鬼哭"。

鬼能说话，这已经不待说明了，在鬼故事中可以找到无数例证，只要能看见鬼的人往往都能听到鬼的说话。那是幽明两界交流的主要方法，也是生人借以了解冥界的渠道之一。但就是这个鬼故事的最基本的要素，却也不得不留下一个无法弥补的漏洞，那就是：鬼在与人交谈时，只有那人自己能听到，其他的人是既看不到鬼，也听不到鬼话的。这样一来，所有的鬼话都只能通过那个能听见鬼话的人来传递，篡改修正、无中生有就在所难免了。

所以就有了这么一种见解，明人游潜在《博物志补》卷下中说道：

> 鬼神，二气之良能，谓其无知，不可也。然于有所见有

所闻者，物怪耳。盖鬼神无形与声。《中庸》曰"视之而弗见，听之而弗闻"者也。

其意若曰：孔夫子不是说鬼神"视之而弗见，听之而弗闻"吗？所以鬼是有的，而且有知有觉，但却是看不见也听不到的，说鬼有形有声都是扯淡。有形有声的不是鬼，而是物怪！

这先生把《中庸》里的这句格言发挥得很极端，不但一下子让巫婆神汉对鬼话的权威解释权落了空，而且整个鬼世界也就成了一片空白。如果再引申一下：鬼既然看不到，连个说话放屁的动静都没有，那还怎么证明他的存在呢？所以这位游先生确实是居心不良，让我们那些靠鬼话混日子的朋友们的钱包顿生危机。

因此靠鬼话混日子的朋友必须咬紧牙关，把鬼话坚持到底。即使阁下听不到鬼声，但却必须承认鬼声的存在，很简单的解释就是，见鬼如同做梦，当一个人进入梦境的时候，他见到的和听到的一切，别人是无法看到和听到的。所以白日见鬼，只能说此人的梦魂与鬼相接，虽然他本人正乖乖地睁着大眼立在那里。至于游先生，你听你的物怪声，却不要干涉别人说听到的是鬼声好不好。

只有一种鬼不会说话，那就是哑巴鬼。也就是说，生前是哑巴，那么死后他的鬼魂也不会说话。汤用中《翼駉稗编》卷三"商城疑狱"条，记商城县太爷张敦仁，中年丧偶，独居于二堂之侧：

每夜睡醒，辄闻床前地上嗒嗒有声，问之不应，拍床叱之，即止。一夕，月明如昼，响又作，揭帐视之，一鬼披发浴血，向床叩首。张知有冤，披衣起坐，叱问何人，欲诉何事。鬼惟以手指口，哑不能言。因谕之曰："既不能言，冤何由白？"鬼乃以手指床前桌下，盘旋化作黑烟而没。次早呼人就所指处掘之，得鲜血一团，并无尸骨，莫可证据。有老茶房年已八十余，云："乾隆初年有白宦官此，白滇人，携一哑子，常在厨下打扫。一日忽不见，群哗为逃。今所见毋乃是欤？"……

正是由于有这个观念，所以有些盗墓人，怕墓主的魂灵去到阴府告状，竟然把尸体的舌头都割了下来。按照鬼魂保持生前面目的惯例，这个残虐的举动恐怕是徒劳的。

至于鬼哭，也是指鬼的发声。那当然不是"无声而泣"，但也不必是那种声泪俱下的"哭嚎啕"，能为人见的自然是涕泗交流效果最佳，如今不为人见，就应该把力气集中用在喉咙上，所谓"干打雷不下雨"之干嚎，或如王翰之句"鬼哭啾啾声沸天"的效果为最佳。《史记·天官书》有云："鬼哭如呼。"所以这鬼哭也许与鬼嚎是同义，就是以宏大之声表达内心的痛楚而已。

仓颉造字，"天雨粟，鬼夜哭"，这位鬼先生身份不清，未必是我们说的"魂魄之余气"的那种，姑且不说他。但"天雨"和"鬼哭"凑到一起的语言感染力很强烈，从此"鬼哭"和"雨夜"往往纠缠在一起。不管是"雨冷香魂，秋坟鬼唱"的凄艳，还是"新鬼烦冤旧鬼哭，天阴雨湿声啾啾"的惨怛，都让多愁善感者忍不住想找个秋雨之夜听听鬼的哭诉，一掬同情相惜或者同病相怜之泪。

鬼哭的理由多种多样，可能比人哭的品类也少不了多少，但归到根柢，总不离为自己和为子孙两类，当然也有为宗庙为社稷而哭的鬼，但那宗庙社稷本来就是他或他主子的家当，与黎民百姓并无关系，说到底还是为自己而已。

而鬼哭也有大人之哭和小民之哭，二者之间很不容易和谐共振。

一国将亡，据说皇上家的祖庙或殿堂中就会出现鬼哭。五胡十六国时此类的记录就很有一些，诸如前赵刘聪时的"鬼哭于光极殿，又哭于建始殿"，"鬼哭二宫，夜夜不绝"，刘粲时的"鬼大哭，声闻百里"，还有的是"鬼夜哭，三旬而止"。哭上几十夜尚可理解，只是这"声闻百里"，让人有些不可思议。估计那意思只是说百里之内的人都能听到哭声，像全体闹了耳鸣似的隐隐听到鬼哭，并非如同在都城架上高音喇叭，一直传到十环以外。

但这些大人之鬼闹出那么大动静，难道是想让国人陪着哭？当然不是，因为谁都知道，大人鬼哭只能让小民偷着笑，而且说穿了，这鬼哭大多是小民们捣的鬼。耳鸣是没法儿找证明的，更无法追查到声源，就是用 21 世纪的高端技术也无法为耳鸣录音。如果举国人民的耳朵都能听到这个匈奴王朝的祖宗鬼魂在哭叫，那只能说这个王朝已经失去了人心，王朝末日，恶贯满盈，这也是诅咒之一种吧。

而小民的鬼哭更为凄惨，那往往就是英主王师之所赐。董含在《三冈识略》卷一"松城屠"记载了顺治二年的松江（在今上海）鬼哭：

> 八月初三日，王师抵松城。时百姓已归顺。乡官沈公犹龙，前总制两粤，有威望，倡义守城，募乡兵为拒敌计。而

孤城无援，所募皆市井白徒，金鼓一震，鸟散鼠窜，杀戮最惨。先是，鸺鹠集于谯楼，每夜闻数万鬼哭，又百鸟哀鸣，至是果罹屠城之祸。

读惯了"王师北定中原日"的诗，不要误以为"王师"都是收复失土和解民倒悬的。这里的"王师"（虽然当时抗清的军队也叫"王师"）就是把松江屠了城的清兵。数万鬼哭，这些鬼就是将被屠戮的百姓的先人，他们为将临浩劫的子孙哭泣，当然随之而来就是成了无人祭享的孤魂野鬼。

说也奇怪，早在三十多年前，明万历三十八年，松江一带就已经发生过一次大规模的鬼哭。当时人钱希言在《狯园》卷十三中记载道：近庚戌春，松江、嘉兴诸地村落中鬼哭者三日。有司以闻于都御史周公，亲为余谈。

钱希言没活到"王师"入关的时候，所以他记的这事有些"灵异"。

如果这个鬼哭是先人对子孙即将遭受祸难而悲哀，那么还有一种鬼哭是受害者自己的凄鸣，并祈望活着的人们为自己安顿魂魄。唐人李华《吊古战场文》："亭长告余曰：'此古战场也，尝覆三军，往往鬼哭，天阴则闻。'"即是此类。

俞樾《右台仙馆笔记》卷五有一则"鬼叫"，言同治四年春间，严州（今浙江建德梅城）城中夜夜闻鬼叫。其声呜呜哑哑，如小犬叫。"居东北者以为声在西南，居西南者又闻其声在东北，忽远忽近，声无定在，而终夜不绝。"论者曰："此必死粤寇之难者，魂无所归也。"

这里的"粤寇"是指太平军，称呼很反动，但杀了不少人却是事实，就是换个好听的称呼也抹杀不掉的。于是严州百姓们又放焰口，又烧纸钱，折腾了几次，鬼声果然消逝，也就是说"鬼有所归，乃不为厉"了。

说到这里，我突然想起不知从何年开始，时兴在为亲友、前辈、老领导送丧时，常说的一句"一路走好"。那话不管是说的还是写的，初听确有些让人声泪俱下的效果，但听得多了，渐渐悟出，这话真是内外兼修的绝妙好辞。人已经死了，走得好又怎样，不过就是一路顺风到了阎王殿；走得不好呢，老胳膊老腿儿，难道还要人陪着搀扶一程？这就让人感到，像是客人要走，主人本不想送，却要加上一句"不远送了"的虚套。

其实何止如此，这句"一路走好"除了"我可不能陪您走"之外，更有一层"您老走了就别回来了"的意思。想想也是，如果死者路上没有走好，掉头回来，让刚刚熬成婆的儿媳妇又顶着个半死不活的太上婆婆，也是很让活人为难的。所以严州的父老乡亲们在放焰口、烧纸钱的时候，嘴上即使不说，心里肯定也会念叨着类似的好话。

以上所谈都是大规模的鬼哭或鬼叫，虽然他们既无组织也无预谋，但客观上却产生了扰乱社会安定的效果，在太平有道之世是要严令禁止的。所以在盛世，人们听到的或被允许听到的，就多是个别鬼的独哭，二人对哭的偶尔也有，三五人以上聚众而哭的似乎绝迹了。而鬼哭的缘由则或为私情，或为独癖，既无关国事，自然也不影响盛世的体面。纪昀《阅微草堂笔记》卷七云：

> 钱遵王《读书敏求记》载："赵清常殁，子孙鬻其遗书，武康山中，白昼鬼哭。"聚必有散，何所见之不达耶？

纪学士所言差矣，脉望馆的二世主人哭的何曾是那些藏书，从他成鬼的那天开始，那些藏书和他已经没了关系，如果这些遗物能得其所，他应该瞑目九泉才对。与作为死鬼的他尚有关系的只是这个家族的兴衰。这些藏书中，多有手校之本，仅一部《洛阳伽蓝记》，赵琦美就用了五六个版本，历时八年，方校成一佳本，但现在却被自己的儿孙当破烂儿换钱花了，这标志着子孙不能守其世业，也就标志着一个衣冠家族的没落。所以他的鬼哭也不过是为了自己和子孙。

鬼为什么哭？对生前的留恋和对在世亲人的怀念自是一大缘由，但那一般只是在新死的几年内，时间一长，便如《活着》里的福贵一样，渐渐麻木淡忘了。他们就在地下过着虽无生趣，但也平静的鬼生活，不会平白无故地在大半夜嚎上几声扰民。更常见的鬼哭，往往与生人一样，是对打破正常生活的突来事件的无奈，而"居所"的强拆便是其中最重要也最常见的突发灾难。先看俞曲园《右台仙馆笔记》卷五的一个故事：

杭州保安桥有一冯氏，屋外尚有一隙空地，便打算筑道墙围起来。挖土筑墙的工具已经准备好，就等第二天开工了，这天夜里便闻听窗外有鬼哭声甚悲。鬼跑到窗下来哭，明显是让人听了表示同情的。冯氏主人听了，便隔窗说道："你为什么哭啊？为鬼诚苦，为人亦未始不苦也。"窗外之鬼听了，竟为主人感动，随即叹息而去。冯家次日掘土筑墙，便在土中掘得四尸，乃是太平军陷城时死于此者。主人方才醒悟，原来此鬼预知明日将为人所掘，惧其毁伤暴露，故先告哀于人。主人明白此意，便为四尸买棺改葬。从此再也没出现过什么怪事。

鬼的房子要被拆，却又无可奈何，只好哭。而听说主人为了谋生而不得不拆他的房子，竟然生了同情之感。子曰："未知生，焉知死？"用现在的话来说，先顾活的，死人的事暂放一放。此鬼知书明理，宁肯做流浪露宿的野鬼也不哭了。而主人也同样通情达理，能为鬼魂安排新的居所。只是这种宾主两贤的事不多见，更多的是混蛋的强拆，而如果是帝王级的混蛋，就是像羊角哀那样的钉子户也无可奈何了。

宋人周羽翀《三楚新录》卷三记五代时高季兴据有江陵，阴有割据之志，大兴工役，重筑城垒。发动了几十万人，把城外五十里内的坟冢全部发掘，取坟墓之砖以筑城。

及土功毕，阴惨之夜，皆闻鬼哭，鬼火数起，将扑之，奄然而灭。如此者累月方定。论者以为发掘坟冢，使幽魂不安故也。

成千上万的坟茔被拆，方圆百里的亡魂一转眼间就都成了无家的野鬼，明知阎王天子管不了阳世官府的事，那也就只有哭泣一通。当官的都知道，让他们哭吧，哭到没了力气自然就不哭了。

鬼影无踪

据说，如果你怀疑某某不是人，却从头到脚找不出和人不同的地方，那就想法让他站到阳光下。那倒未必是因为鬼魅会在光天化日下现出原形，而是因为鬼在日光下是没有影子的。这说法也不是没有道理，因为鬼就是魂灵，魂灵如烟如气，形都无定无恒，哪里会有影？与此相关的一种说法是，梦中的人也都是无影的。虽然说每人都可以到梦中验证，但我试了多次，进入梦中就把验证的事忘了，只能醒后回想，而想来想去，最后感觉好像是那么回事，梦境中的人都是恍恍惚惚，捉摸不定，其影可想而知了。

这样一来，我们虽然没有见鬼的本领，却有了能把鬼从人群中区分出来的手段。由此而想到，据说鬼在白天都是贴着墙根或到有阴影的地方走路的，原来他们也知道自己是没有影子的，借此以隐藏身份。

但这种识鬼的方法也未必可靠，因为立于日下而无影，还曾经是古代修仙者达到的一种极高境界呢。

如晋人葛洪《神仙传》中就说，仙人玄俗，常食巴豆、云母，立于日中，"有形无影"；又说神仙皇初平的兄弟皇初起，"服松脂、茯苓至五千日，便能坐在立亡，行于日中无影"。葛洪在《抱朴子·内篇》中还说小丹法，"服之千日，司命削去死籍，与天地相毕，日月相望，改形易容，变化无常，日中无影"。《山海经》中的神人寿麻，也是"正立无景，疾呼无向"。所以道教的《老子中经》谈到真人和仙人的不同，说：仙人只是身生毛羽，比常人多个能飞起来的本领，而"真人无影"，其居无常处，浮游昆仑、蓬莱，可拜谒上皇，这"无影"的境界又远非一般仙人所能企及了。

想来也对，神仙修炼得能神游八极，总不能拖着那具臭皮囊吧，于是淘汰了体魄，只剩下了精神，人们看到的"神仙"已经只是全息摄影似的影像，实形都没了，还有什么虚影呢。

有人虽未修仙但有道根，也是没有影子的。如《南史·梁本纪》就说梁武帝生而有异，"项有浮光，身映日无影"。《拾遗记》中说周昭王时东瓯献二女，一名延娟，一名延娱，行则"尘上无迹，日中无影"。

不仅此也，有道者老年生儿亦无影。如《南史·始兴王传》言荆州上津乡人张元始，年一百十六岁，膂力过人，进食不异，年九十七方生儿，这个小宝贝生下来就是日中无影的。

即使是寻常高寿者，生儿也是无影的。东汉应劭《风俗通义》中讲了一个西汉时的故事：陈留有一富翁，年九十，取田舍女为妾，一交接而死。后来此妾生一男婴，而前妻留下的长男不肯分田产与幼弟，便对后母说："我父年老，无育人之道，而且仅仅一宿，何能有子？汝生于贫贱，不知礼法，不知与谁生了这个野种，还想和我争财产么？"这官司打了几年，州郡不能断案,最后打到丞相丙吉那里。丙吉思索良久,言:"曾闻真人无影,老翁之子亦无影,又不耐寒。可共试之。"时正八月酷暑,令取同年小儿,俱解衣裸之,唯此儿独啼言寒,又并日中行,也只有此儿身后无影。这官司就算落定,把财产分给了那母子两人。这老翁没听说有什么道行,但九十了尚要纳妾行房,也算是人妖了。

老翁之子无影且不耐寒,只是先天性的体质孱弱,而并非异类。张鷟《朝野佥载》记郴州有曹泰者,年八十五娶一少妻,生子名曰曹日中,以日中无影为名也。曹日中活到七十岁才去世,且有子有孙如常人。

如此看来,日中无影或者是神仙的境界,或者是常人之异处,但也并无严重的副作用,可是想不到后世竟把影子看成人的"生气"的表征,没了影子就没了"生气"。段成式《酉阳杂俎》卷十一云:

> 宝历中,有王山人,取人本命日,五更张灯相人影,知休咎。言人影欲深,深则贵而寿;影不欲照水、照井及浴盆中,古人避影亦为此。古蠼螋(即蜈蚣)、短狐、踏影蛊皆中人影为害。近有人善灸人影治病者。

从影子的深浅就能看出人的寿夭,深者长寿,浅者短寿,那么没了影子,自然就没了生气。而且人不能临池照影,照上一照,精气就被水吸走了。这位山人未免颟顸,人站在水池旁,眼瞅着水面是照影,不瞅着难道水中就没影了吗?何不索性就说人不能站在水旁,不能洗脸,不能照镜,远离一切能照出影像的东西？

而且影子就是人的第二个本体，蜈蚣、短狐的含沙射影正可为证。《抱朴子·登涉篇》云："短狐，一名蜮，一名射工，一名射影，其实水虫也。口中物如角弩，以气为矢，因水中而射人。中人身者即发疮，中影者亦病，而不即发疮。不晓治之者杀人，不十日皆死。"既然如此，医师只要给影子针灸，本人当然就会受到治疗了。据明末方以智《物理小识》所载，施针于人影的疗法是："先以指藏毒药，向人痛处按之，然后灸影，则人肤上痛耳。"看来世上还真有这么回事。

人的影子与头发、指爪之类相似，能与人的生命相关联，这样没有生命的鬼魂即便以人形显现，也是不应该有影子的了。这说法的出现最晚也不过南宋。洪迈《夷坚三志·己集》卷二有"许家女郎"一则，言尤溪百姓有濮六者，睡过中夜，月色正明，见好女郎独坐大树下，便问道："夜已深，何家小娘子安得来此？"女郎道："我非人，是鬼耳。"濮六道："姐姐若是鬼，如何月下有影？且作人说话，声音清亮？你可不要吓唬我啊。"可见当时已经有鬼无影的传说了。但濮六所见的这个有影子的女郎确实是个鬼魂，可见洪氏对此说是持怀疑态度的。

但那是在月夜，而人们常说的多是"鬼在日中无影"。如《聊斋志异》的名篇《婴宁》，婴宁自幼生长于坟墓之中，出嫁之后，婆婆虽然很喜欢她，但"终恐为鬼物，窃于日中窥之，形影殊无少异"。形影与人无异，是因为婴宁不是鬼产，她母亲是个狐仙。《子不语》卷十八有"鸟门山事"一则，言绍兴东关有张姓者，妻子有病，出门请医生。他走过鸟门山时，遇一白须老叟相随而行。"时天已晚,觉此叟足不贴地,映夕阳无影,心疑为鬼。"张某问其踪迹,叟亦不讳言,直说:"我非人,乃鬼也。然有求于君,非害君者。"

以在日中有影无影来鉴别其为人为鬼,这就从另一角度证明了我在前几篇文章中所说的,鬼在外形上其实与人没什么大差别。这个结果也是有利有弊。其好处是,如果你碰巧遇上了鬼,就不会被他吓上一跳;而不好之处呢,就是看着明明是个人,其实他却是个鬼,当然鬼也未必就比人更坏更危险。

除了看影子以外,还有两条识别鬼物的方法,顺便记在此处,供有疑神疑鬼之癖的先生们参考,但真心不希望他们有能用上的一天。

一是据说鬼没有下巴颏。但这种说法仅见于洪迈《夷坚乙志》卷八"无颏鬼",唯此一例,尚找不到其他的佐证:

> 吾乡白石村民,为人织纱于十里外,负机轴夜归。月正明,一人来曰:"吾胆怯多畏,闻此地有鬼物夜出,愿得俱行。"民许之。其人曰:"脱有所睹,何以为计?"曰:"我见之,当击以轴。腰下插大镰刀,亦可杀也。"其人竦然,行稍后,又呼曰:"人言鬼无颏,试视我面。"民知其鬼也,举刀回首欲挥之,颔与胸接,两眼眈眈然,遂不见。

所谓没有下巴颏,实际上就是下巴直接与胸连着。如果有人长成这模样,应该说是近于怪胎,不必仔细端详就能一眼看出来吧。那么几千年来所有的人鬼相交、相恋的故事都是不可能发生的,哪个人愿意找个没下巴颏的女鬼做老婆呢?

另一个，据说鬼没有小腿。王兆云《白醉琐言》卷上"称伞疑鬼"条载有一事，却是个很好玩的笑话：

> 有一人暮赴饮于桃花坞，夜分始归，值大雨，持伞自蔽。见一人立檐下溜，即投伞下同行。久之寂无一语，其人疑为鬼物也，心甚惧，思鬼无下腿，以足撩之，偶不相值，愈甚惊惶为鬼物也。行至一桥上，因奋力推之于河，疾趋入巷中。有炊糕者晨起，亟奔入其门，告以遇鬼。俄顷复见一人遍身沾湿，踉跄而至，号呼有鬼，亦投其家，告云为鬼推入于水。二人言讫，相顾愕然，不觉大笑而散。

最后还有一个关于"鬼影"的故事，也是史无前例的。薛福成《庸庵笔记》卷六"鬼魅现形"中说，鬼物逃遁不及，有时会把自己变成一个影子嵌到墙壁里：

> 道光季年，扬州盐商有家婢为魅所扰，设法驱之，皆不应。婢言魅有形质，夜半即至，与之共卧，其冷如冰。或献计召优伶四人，使扮王灵官、温元帅、赵玄坛、周将军环坐婢床，而徙婢于他室以等之。夜三鼓，有风肃然，窗户自启。王灵官知魅已至，挺鞭将起御之，忽见黑气一团，直奔婢床。王灵官惊而颠仆，闷绝于地。一仆燃烛于室隅，忽大呼曰："鬼在此。"群趋视之，则一鬼影嵌在壁间，其黑如墨，亦有面目口鼻，而不甚清晰。当魅与王灵官相遇时，王灵官固为所惊，而魅亦骤见，以为真神，慌张失措，嵌于壁间，以致不能遁去也。众以烛火炙之，唧唧有声，愈炙则黑影愈淡，然其后壁上终仿佛有鬼形，虽常炙不能去也。自是魅不复至，婢亦无恙云。

这影是影像之影，不是光下之影，如果想象一下，也就是一个比较模糊的照片似的东西吧。此说很新奇，附记于此。

人能把鬼吹死

　　此节谈人和鬼比吹。既然要吹，就要有呼吸之气。人有气是没问题的，但鬼呢？不是人没了气儿才成了鬼的吗？怎么成了鬼就又有气了？人结束阳世的生命而转移到冥界，在体征上最明显的就是"断气"。这边不断气，他就到不了那一边。在这时，呼吸决定着"是生是死"，自然也就决定着"是人是鬼"，鬼与气真是势不并存。既然如此，人在这边咽了气，一瞬间就成了异物，他的魂灵就应该延续着这种断气后的状态吧？

　　但古人只是在人将死时才对那"三分气"表示关注，要是真成了鬼，那"三分气"的事也就扔到脑后了。大约觉得会动的东西自然要喘气，只有白痴才会表示怀疑，所以人要喘气，鬼也要喘气吧。而由鬼故事构成的"事实"是，人死后的魂灵首先要到冥府的大老板那里过热堂，招供、申诉、辩解，受刑时要扯着脖子叫唤，过堂之后有些感兴还要鬼哭、鬼叫、鬼唱歌，这些节目要是不喘气是无法办到的，因为喉咙里的声带只能靠呼吸器官中的空气来振动。也就是说，人在这一边刚断了阳气，他的魂灵就必须在那边把阴气接上，间不容发，真是奇妙得很。

如此说来，冥界肯定是要有空气的了，而那空气的成分，按理说不会比人间更好，如果那里氧气充足，刚过去的鬼魂吸上两口，弄不好就又回来了。而事实——当然还是鬼故事——证明着，鬼呼出的气就和掘开的坟墓里的气体一样，对于人类是有害的。人有呼吸，也就是有"气"，而鬼也有"气"。但鬼气与人气不同，鬼气发阴，潮冷酸馊，虽然成分未必比雾霾差多少，但它不似雾霾那样三天两头地光顾，已经为我们所习惯所适应，所以就有了生人畏鬼气之说。

戴祚《甄异记》中有个故事：夏侯文规一直住在京城里，死后一年，却现形回老家了。文规有个才几岁的小孙儿，他很喜爱，就抱了过来。但此儿受不了鬼气，立刻就昏死过去。文规让人用冷水喷面，这孩子才醒了过来。

小儿体弱气也弱，所以即使鬼无害人之意，呼出的"鬼气"也不能承受。如果真是中了毒，恐怕靠喷几口凉水也解决不了。不要说小儿，即使是成年人也不能与鬼长久相处，他同样会为鬼气所侵。

《夷坚甲志》卷一"孙九鼎"条，言孙九鼎遇亡故的姐夫，在酒楼上饮酒叙话了一阵，最后行至丽春门下方才分别。姐夫对孙九鼎说："你从这里就直接回家，千万不要回头看我，一回头就会死的。还有，你现在已经为我的阴气所侵，来日必会暴泻不止，你千万不要乱吃药，只服平胃散就可以了。"受了阴气就要拉肚子，这和有些人不能游地下溶洞一样，在"洞天福地"中转上一圈，出来就跑着找厕所。

但这鬼气在鬼故事中又往往随着鬼魂的善恶而有轻重之别。与没有恶意的鬼接触，鬼气往往不那么伤人，鬼友、鬼妻的故事已经多有证明。而如果是个恶鬼呢，《子不语》卷十一"张又华"条言一恶鬼，每至一处辄冷气先行，等人见到，就要感到"如一团冰沁入心坎中"。

鬼气既有这样的作用，那么鬼如果与人相争斗，就能把他的"气"作为武器。《子不语》卷二十三有一则，写一个僵尸能用气把一个武官脑袋吹歪：

> 林千总者，江西武举。解饷入都，路过山东，宿古庙中。僧言："此楼有怪，宜小心。"林恃勇，夜张灯烛坐以待之。半夜后橐橐有声，一红衣女踏梯上，先向佛前膜拜，行礼毕，望林而笑。林不在意，女披发瞋目，向前扑林。林取几掷之。女侧身避几，而以手来牵林。握其手，冷硬如铁。女被握，不能动。乃以口吹林，臭气难耐。林不得已，回头避之。格斗良久，至鸡鸣时，女身倒地，乃僵尸也。明日报官焚之，此怪遂绝。然林自此头颈弯如茄瓢，不复能正矣。

僵尸已经不算是"人鬼"，是"尸妖"，其凶恶自非一般的鬼魂可比。何况这位是陈年老僵，先用拜佛以松弛人的警戒，再用倩笑以惑乱人的心志，对这个武夫都没用，便现出厉相，攫以如铁的鬼爪。吹气是在受到钳制之后的绝招，如果不是天亮鸡鸣，估计这位千总爷就不是仅仅落下弯脖的后遗症了。那后果的严重，可以从《聊斋志异》中的《尸变》得到印证。四个客人投宿旅店，客房没了，只好住在一间停着新死女尸的草屋中：

> 四客奔波颇困，甫就枕，鼻息渐粗。惟一客尚朦胧，忽

> 闻床上察察有声，急开目，则灵前灯火，照视甚了。女尸已揭衾起；俄而下，渐入卧室。面淡金色，生绢抹额。俯近榻前，遍吹卧客者三。客大惧，恐将及己，潜引被覆首，闭息忍咽以听之。未几，女果来，吹之如诸客。

这也是僵尸，但因为是新死，呼出的尸气就是古人避煞要避的那毒气。这尸气伤人极重，不要说对着人脸吹，就是规规矩矩停在那里，人也是不宜靠近的。被吹的那三位是登时就没气了，蒙被闭气的总算逃过煞气，却差一点儿被僵尸熊抱。

但阴阳相克，人的阳气对于鬼来说也同样具有杀伤力。《子不语》卷九"治鬼二妙"条，记雍正时的娄近垣真人之言云：

> 遇鬼勿惧，总以气吹之，以无形敌无形，鬼最畏气，转胜刀棍也。

刀棍对付不了无形之鬼，但人的阳气也是无形，此时较有形之物更为有效。同书卷四有"陈清恪公吹气退鬼"一条，记陈鹏年未遇时，与乡人李孚相善，秋夕乘月闲话。李外出沽酒，陈则持其诗卷坐观待之。来一缢鬼欲取李妇替代，陈见之，取其缢绳藏靴中，坐如故。缢鬼失绳，大怒耸立，张口吹陈。冷风一阵如冰，毛发直竖，灯荧荧青色将灭。陈私念："鬼尚有气，我独无气乎？"乃亦鼓气吹妇。妇当公吹处，成一空洞，始而腹穿，继而胸穿，终乃头灭，顷刻如轻烟散尽，不复见矣。

俞樾《右台仙馆笔记》卷六记一人与鬼"斗气"的故事，无所畏惧的罗大林捉住鬼之后：

黑人不得脱，两手为所抱，又不得举，因对罗吹气，其冷如冰。罗侧首避之，久而颈痛，若被刀削者，乃强转其首，亦向鬼吹气，鬼亦侧首避之。已而鬼又吹气，罗又避之。相持极久，闻鸡鸣，鬼顿缩小，弥缩弥小，不复能吹气矣，而其体转益坚硬。

　　人与鬼互吹，在这故事中是势均力敌，如果没有公鸡打鸣，最后总要分出胜负来的，这也正应了一句老话："二人比吹，后止者胜。"套句现代的话说，就是"谁吹到最后，谁就吹得更好"。肺活量之大不仅可吹死猪甚至吹活牛者，多是现在或未来的贵人，让那鬼始而洞穿、继而糜散自是不稀罕的。

　　鬼的阴气不仅伤人阳气，《太平广记》卷三百四十"李章武"一则说，鬼将出现，他带来的阴气使灯火都变暗了。当然那时说的是油灯，但据时下流传的都市鬼故事，即使是电灯也会有感应，忽明忽暗，闪烁不定。对于胆小者，遇到此事自己先气馁了，只想找个地方躲起来，可是胆大者把这当成预警，正好抖起精神和鬼干一仗。

　　顺便说一下，鬼除了有气之外，还有"味"，当然是"气味"之味。就和《西游记》里的妖精能闻到"生人气"一样，有特殊嗅觉的如老道、巫师就能嗅到鬼气和妖气。这种法术不可言传，我辈俗人能知道的，也就是如《子不语》卷九"水鬼畏嚣字"条说的"水死之鬼羊臊气，岸死之鬼纸灰气"几句而已。但什么是"纸灰气"？就是清明到坟头烧纸钱的气味吧。旧时的丛葬不比现在的公墓，乱葬坡冈中陈陈相因，棺材败坏、尸骸暴露是司空见惯,纸钱烧时,空气中就弥漫着一股特殊的气味,与在街坊间烧纸决然不一样。我想,《子不语》中记载的应该是民间的经验之谈,所谓纸灰气,大概就是这一种吧。至于河水鬼,与北方人缘分不大,所以我们很少有闻到羊臊而念及此君的。

衣服必须有鬼

一

人除了吃饭之外,穿衣服就是最重要的事了,这倒不是讲究什么华服时装,而是起码的蔽体御寒之需,人世间穷困如乞丐,也总要有一块破布片,所谓"鹑衣百结",虽然已经很难叫作衣服,但其功用却与衣服无异。祢正平倒是曾经裸裎示人,但那是一时的行为艺术,把丞相府当成了"大裤衩",于是高坐于堂皇的诸高干就成了裤裆中的虱子,可是出了相府,祢先生还是要穿上为公众所认可的裤子。

所以人死为鬼,可以什么也没有,所谓"生不带来,死不带去",却少不了一件衣服,即便是地狱中的鬼卒,尽管要向人们显示穷凶极恶的本钱,秀秀那一身涪陵榨菜般的腱子肉,也总要有一件短裤围在腰间——当然,那是画在《十王图》中的形象,要给阳世知书达理的诸男女看的,至于地狱里的实际状况如何,只好等以后有机会再目验了。

所以在我们礼仪之邦的那一面,鬼的衣服总是与鬼相伴,有

鬼就必有鬼服,而鬼服从何而来,也就成了无鬼论者的攻击点。东汉王充《论衡·论死篇》云:

> 夫为鬼者,人谓死人之精神。如审鬼者死人之精神,则人见之宜徒见裸袒之形,无为见衣带被服也。何则?衣服无精神,人死,与形体俱朽,何以得贯穿之乎?

这段话如果用白话来讲,大意就是:什么是鬼?按人们通常说的,就是人的"精神"。如果鬼确实是人死后的精神,那么我们见到的鬼就应该是赤身裸体、一丝不挂的。为什么呢?因为衣服是没有"精神"的,人死了,他身上的衣服便与尸体一起腐朽了,那鬼还怎么穿它呢?

晋代的阮宣子也持此论。《晋书·阮修传》云:

> 修字宣子,好《易》《老》,善清言。尝有论鬼神有无者,皆以人死者有鬼。修独以为无,曰:"今见鬼者云著生时衣服。若人死有鬼,衣服有鬼邪?"论者服焉。

看到这里,我想这个"有鬼论者"实在是个草包。阮宣子所说也不过王充那一套,而王充所持之论在逻辑上已经犯了大忌,把他本不同意的"人之精神为鬼"当成了前提。既然"形体虽朽,精神尚在,能为鬼可也"了,那么没有衣服,这鬼光着腚就是了,怎么能只为"衣服无鬼"就放弃了有鬼论呢?但再想下去,这位论者也自有他的难言之隐。试想自尧、舜、禹、汤以来乃至当下诸伟人,如果都是这么赤条条地坐在殿堂之上供人瞻仰，不仅是情何以堪，简直是想一想都要玷污圣贤的；更何况冥界诸鬼里还包括自家的男女祖宗呢！所以即使他心里未必真服，口头上却不能再争辩下去了。

王充以衣服证无鬼，漏洞不止一处，若想反驳，也不是不可一做文章，但此处且按下不论，只是希望读者从这论题中明白，衣服对冥界的鬼神何等重要，以致没了这层遮羞布，连鬼也做不成了。所以鬼必须有衣服，自然衣服也必须有"鬼"，不但衣服，就是所有鬼魂饮食穿戴使用的一切物品，都必须有"鬼"！

二

冥界有些事情推想起来是很不可思议的。即以鬼魂的穿衣而论，凡是谈及鬼魂衣着的故事，无一例外都是他们"死时"穿的衣服。这是最合情理的想象，人们平日对人描述某公，往往除了介绍他的五官高矮胖瘦之外，总要介绍他的衣着，眼前的寻人启事和通缉令之类即是证明。所以你要证明见到了鬼，那证明之一就是要说清楚鬼的衣着，这一点甚至比鬼的长相更有说服力。但这个"死时"却不那么好确定，因为这就要遇上一个和"鬼的尊容"同样的老问题：其标准相的定型是死时的那一瞬间，还是另有所取？鬼的衣服是以咽气那一刻的穿着为准，还是随着装殓之时的打扮而改变？说起来，这两种意见其实都有过。

一种说法就是以死时所服为准。人由生入死的那一瞬间穿的是什么，那么他成鬼之后就是什么衣着。

此说虽然合理，但未必合情。一般来说，人死的时候很少有衣冠楚楚的，除非提前有所准备，如某种特殊情况下的自尽。古时大臣的殉国，守臣的殉城，往往要朝服冠带，还要焚香北向而拜，有文采的还要写篇绝命词，然后才把自己挂起来。而烈女的殉义，只要时间够从容，也要梳洗打扮，做鬼也要体相庄严，使人肃然起敬。近世也有，那些冤魂在上路时更要示人以正气，衣着上也是尽可能齐整端洁的。但这些终究是特殊时期的特例，绝大多数的死者是没有这"不幸之幸"的机遇的。于是只好就听天由命，即使知道死神正在路上，总不能西服革履、粉黛珠玉地躺在急救病房里等着吧。

如果只是穿着随便些，就只当是便服接客，虽然不恭，但也不算太失礼。怕的就是，鬼差闯进门的时候，躺在病榻上弥留的主人正好身无寸缕，那就只能"赤条条来去无牵挂"地在黄泉路上裸奔了。最为可怜的是，累死累活地奔到冥府衙门，衙门口又像五星级酒店一样贴着"衣冠不整者不准入内"的告示。

戴孚《广异记》中记湖熟人胡勒，东晋安帝隆安三年冬亡故，而三宿之后却又活了过来。他说，卧病在床时因为把衣服都脱掉了，所以为冥吏所录，就光着身子带到了天门外。这一窘态竟给他带来运气，只见有三人从天门中走出，道："此人未应到，何故来？且裸身无衣，不堪驱使。"前一条理由说得通，不到死时本来就不该拘来，但后一条就有些没道理，抓来一个光腚的壮丁，那么阔气的老天爷就不能给他件裤头穿上吗？而且谁都知道，不要说半夜遇到洪水或地震，就是沉笃于病榻，可以号称寿终正寝的，恐怕死时多是这种赤条条的模样。如果天庭地府不让人家进门，人家又回不去，那么阴阳两界之间岂不凭空造成了个不人不鬼的"裸国"？这结果有些丢我们礼仪之邦的脸面，所以

"以死时所服为准"之说就很不可取了。

而且不仅如此，如果杀人凶手把被害人的衣服脱光，那被害的冤魂连到地府申诉冤情的路都被堵死了。纪昀《阅微草堂笔记》卷七记一女鬼自言：

> 妾本村女，偶独经此寺，为僧所遮留。妾哭詈不从，怒而见杀。时衣已尽褫，遂被裸埋。今百余年矣。虽在冥途，情有廉耻，身无寸缕，愧见神明。故宁抱沉冤，潜形不出。今幸逢君子，倘取数番彩楮，剪作裙襦，焚之寺门，使幽魂蔽体，便可诉诸地府，再入转轮。惟君哀而垂拯焉。

但话说回来，这个女鬼身无寸缕地在地下过了百余年，竟然没有找到一件可以蔽体的东西，岂不怪哉？这也许是纪学士故作狡狯，对《后汉书·独行列传》中的那个王忳自述表示怀疑和讥刺吧。（参见本书《除了挨饿，鬼还怕什么》第二节。）

顺便说几句离题的话。在写《阴山八景》的奈河桥时，我曾经引过张读《宣室志》"董观"一条，其中说奈河"岸上有冠带裤襦凡数百"，云是"此逝者之衣，由此趋冥道耳"。而在《大目乾连冥间救母变文》中，则奈河岸边有树，"无数罪人，脱衣挂在树上"。如依此说，亡魂就是穿着衣裳入了冥界，过奈河之前也是要把衣服脱光的。这倒是彻底把人间的牵挂甩掉了，但却没有交代过河之后冥府是不是还另外发放类似囚犯穿的所谓"赭服"（大约不过是什么红黄坎肩之类），想必是不会有这种便宜事的。另外在日本的民间传说中有一个著名的"夺衣婆"，或称"三途川的鬼婆婆"。她守候在冥界的三途川岸，见到将入冥界的亡魂，就要把他们的衣服扒下来。由此而又生出一个悬衣翁，坐在奈河边的枯树上，把扒下的衣服挂到树枝上。被扒的鬼魂便一个个缩项抱肩、躬腰掩羞，顿时失去做"人"的尊严了。

中日这两个故事颇有相通之处，应该全是从佛教故事中演变而来。但佛教故事中的亡魂，入冥之后即面临着太山地狱，不管是扔上刀山或是叉下油锅，都是用不着衣貌齐整的，所以无论是在奈河岸边还是在剥衣亭上，那里的脱光衣服，就是受刑前的准备，与我们的本题没什么关系的。

三

亡魂的服装如果以人在咽气之时的穿着为准，看来是不大合于国情的，于是而有以装殓时的衣冠为准之说。

我曾想，一年到头春夏秋冬，没有规定哪个季节不许死人的，如果装殓死人也是按当下时令穿衣的话，那么冥界的鬼魂们可就有些乱套，有穿棉袄的，有穿单夹之衣的。鬼魂也知道冷热，冥界即使没有四季，但温度总是有的，这些鬼魂既然衣着有那么大的差异，总是有一部分不合时宜的吧。难道我们的先灵们就那样愚蠢，竟至于热得满头大汗或冻得体如筛糠而不知道换换衣服？我想到这里，真以为古人虑不及此，着实遗憾，但看了梁恭辰《北东园笔录续编》，才知道并非如此，该书卷五有"鬼穿下棺时衣"一条早就写到了此景：

鬼所穿衣，常以下棺时为定。有罗掌纶者，亦吴人，家中值中元节祭祀。新雇一无锡小僮，方十岁，忽大言曰："今日庭中好多客，男女俱著棉衣，还有穿蟒袍补褂之老爷，有著凤冠霞帔之太太，并有披绣花袄之新娘，如此大热天，何以不换纱葛？"云云。众呵之，乃止。其为死人常穿下棺时衣服无疑。

这里有个问题需要说明，即这是一个大户人家，人死之后不问冬夏，装殓时是里外几层全套的棉袍马褂，所以他们在冥界也总是一副大年初一出门拜客的打扮。另外，按中国古代的丧礼，从规矩上说是要"复衣复衾"，衣服被褥起码要两重。俗话说"一层皮抵三重棉"，给死者穿个大皮袄岂不更好？这也不行，死人是不能以皮毛之衣入葬的，西汉的《淮南子》就有"葬死人者裘不可以藏"的话，有人说是因为怕死者转世为畜生，其实那时佛教尚未传入，何来转世之说？而且不仅不能以裘皮入葬，就是纱葛之类夏衣也不行，"绨绤纻不入"，这是上了儒家经典的，所以那些回家过中元节的祖宗们就只能捂着棉袄充"汗包"。

这当然是为"士大夫"立的规矩，穷人和土豪就未必非遵守不可。可是就我经历的一些丧事，死者全是老百姓，却也大抵是穿上几套衣服，从内衣、单衣、夹衣直到外面的棉袄。当然这是太平时候，如果兵荒马乱，活人尚且不能蔽体，死者就只能寒酸些，所以穷人单衣入殓也是无可非议。至于土豪，不要说牛皮羊皮，就是穿上鳄鱼皮也不会让人吃惊的。

但不管怎样，入殓时穿的是什么衣服，那么这位亡魂就要永远地穿下去，不再更换。凡鬼皆如此，就是冥府的官员也不例外，照旧穿着他亡故那个时代的衣装。

也是梁恭辰《北东园笔录四编》,其卷二"节妇请旌"一条,说到史望之入冥,"至一公廨,有官降阶相迎,古貌古衣冠,乃一素不相识之人"。这里没说古衣冠究竟古到何时,但明代衣冠是起码的了。阴司中的一堂官员,或是清官威仪,或是明代袍衮,再来个羲皇上人的几片树叶遮着下体,冥司的官场不就是一塌糊涂了吗?但我想冥府自然会有解决的办法,试看十殿阎王的画像,其中有说是隋朝韩擒虎的,有说是宋朝包龙图的,虽然诸公在人世的时代不同,却全是蟒袍玉带平天冠。估计那是上殿办公时的临时打扮,正如法庭上的法官,哪怕刚才穿的还是超短裙或牛仔裤,到台上一亮相,立刻就成了一本正经的法官大人的装扮了。

此说最为体谅人情,因为不管贫富,对将要上路的亲人,虽然明知此行不是串亲访故,参加什么高级会议,接见什么国际友人,但也总是尽量把他打扮得体面些。只要我们取缔了在奈河边扒衣服的恶法,那么在冥界的大庭广众、街头巷尾,以及所有公共场合,所见的男女肯定都是衣帽光鲜,即使不全是佩金戴玉的豪华,俭素也是不失为齐整的。真是"好一派冥国风光"!

但想不到这么好的太平风光,居然要经常受到冥界之外恶势力的威胁。《太平广记》卷三百十七"糜竺"条引王子年《拾遗记》云:

> (糜竺)家马厩屋侧,有古冢,中有伏尸。竺夜寻其泣声,忽见一妇人,袒背而来,云:"昔汉末为赤眉所发,扣棺见剥,今袒肉在地,垂二百余年,就将军求更深埋,并乞弊衣自掩。"竺即令为石椁瓦棺。设祭既毕,以青布裙衫,

置于冢上。

据这故事所说,尽管人死时穿着衣服,但如果死后被人剥下,则鬼魂也就赤身裸体了。这对于热衷于交际场的公众人物实在是个潜在的不虞之祸。某大人在冥府里本来是身穿紫貂银鼠的马褂,头戴珊瑚顶的暖帽,外加朝珠扳指鼻烟壶,正站在舞台上对着众士女侃侃而谈,夸耀着自己在世时的廉政,不料转瞬之间,只见身上的衣服佩件一件件地凭空消失,最后连个内裤也不剩,就那么赤条条地亮在了台上!原来此时阳世间的盗墓贼把某大人的坟刨了,而且把他的尸首扒个精光。你说这不是很恐怖吗!

而且最不好办的是,虽然某大人身边有着不少铁哥们儿,但此时只能抓耳挠腮,一点儿办法也没有,他们自己就是穿着四五层衣服,也别想脱下一件为某大人遮丑!因为这些鬼魂的穿着也是定型的,就是想脱下一件也不能自主。此说大约是中外皆通。美国连续剧《灵媒缉凶》第六季第十四集中,一个橄榄球啦啦队队员,不知怎么搞的,从几米高的记分板顶上一头栽了下来,折断了脖子,当时他穿着海狸皮的卡通服,死后的鬼魂就只能一直穿着,不但不能脱下,就是想再加些装饰都做不到。

这些鬼道理无须证明。如果硬和他们抬杠,我们当然有的是可说的理由,比如可以问:鬼魂睡觉否?他们睡觉就不脱衣服吗?如果你们认定冥界的祖宗就是成年累月地和衣而卧,那么幽媾故事中的女鬼呢?她们主动或被动宽衣解带的情节可是能从《聊斋志异》之类的书中找出一大堆的。而且既然阳世间的尸体被盗墓贼扒光,阴间的鬼魂就同时被扒光,那么反过来又如何?

是不是棺材里的枯骨也随着冥间鬼魂的脱下穿上而折腾着？

四

其实只要自己在人世的那间豪墓不被盗，棺材里多放些樟脑丸以防虫蛀，大人先生们也不必太过惊慌，那身官服即使不洗不换，据说也是能自然保鲜而常新的。洪迈《夷坚甲志》卷五"叶若谷"条即云，承信郎叶若谷，在虔州为官，未携家眷，独居于办公所在，于是有了艳遇，一个漂亮的女鬼常来幽会：

> 自是连日或隔日一至，至必少留……往来几两月，渐觉羸悴，继得疾惙甚，徙居就医，乃绝不至。方初见时，著粉青衫，水红裤襦。既久未尝易衣，然常如新，亦其异也。

在鬼界那面，衣服是常新，但如果面对的是活人，则未免要让人感到一股发霉的气味。也是洪迈所记的另一则与女鬼的艳遇，《夷坚支志·甲集》卷八"宁行者"中一丽人现形，宁行者当然不知其为鬼，见其所着衣皆新洁，只是襞褶处并未熨帖，褶痕显然，且带有一股土腥气。此鬼掩饰道："久置箱箧，失于晒暴，故作蒸浥气耳。"这当然是骗人的鬼话。新衣且带褶痕，那正是装殓时的形状，鬼魂穿上几百年也不会变形、变色。按此理推去，衣服上的气味，不论是喷上的香水还是沾上的脂粉，也是不应该发生变化的了。但此处却脱离了常轨，把掘开墓葬时发出的那种霉朽之气强加了上去。忽虚忽实，不再讲什么逻辑，只是要说明此女只是一个亡魂。但衣服有霉气，人难道没有尸气吗？顾此而失彼，也是编故事的不得已处。

鬼魂在阴间总是穿着葬时所着衣，如果他偶尔现形，极便于为人所辨识，而那人再对别人讲起，也更能"活灵活现"地加强其可信度，以证明他所见鬼魂身份的无误。但这只是为了编故事的一时需要，如果以此来度量鬼的生活，总是不合常理的。只说前面提到的那两位丽鬼，夜夜绸缪，衣服自然是要脱的，长此以往，衣服上的褶痕还能保持吗？

细想起来，鬼魂在冥界还是要换衣服的。古人质朴，想到人在世间的衣服尚且要穿旧穿破，尸体虽然在棺材里静静躺着，其魂灵却是要活动的，那衣服岂能不旧不破？而且冥界也要有寒暑，也要有应酬，不能出来进去总是那一身吧。所以自古丧葬礼中，本来是除了尸体所着外，都要另外陪葬衣物的。《墨子·节用中》言"节葬之法"，说"衣三领，足以朽肉"，那是往少处说，倘若不节葬，王公贵臣们的陪葬衣物又不知有多少箱笼。即使平民百姓无力陪葬，但焚上纸衣一领，总也是能做到的。所以冥界的鬼魂本有多余的衣服，既然陪葬，就是知道他们自己会"换洗"的。说是"换洗"，其实要打些折扣。我看了那么多鬼故事，只见过鬼魂梳头，除了过奈河那一次，尚未见到提及他们洗澡的，澡不洗，换下的衣服是否要洗，不好类推，不妨存疑，但我知道人世间穷僻的山村里，有人一生只洗两次澡，出生时一次，结婚时一次，却没听说有一生不换衣服的。

而且好像仅陪葬的那些衣服并不敷用，鬼故事中还有不少是谈到鬼魂向人索要新衣的。《夷坚丁志》卷三"海门主簿"条云：

通州海门县主簿摄尉事，入海巡警，为巨潮所惊，得心疾，谓其妻曰："汝年少，又子弱，奈归计何？"妻讶其不祥。簿曰："有妇人立我旁，求绯背子，宜即与。"妻缝绯纸制造焚之。明日又言："渠甚感激，但云失一裾耳。"妻诣昨焚处检视，得于灰中，未化也。复为制一衣。

冥间的官吏差役同样也要换新衣。《夷坚志补》卷三"七星桥"记苏某为冥界拘去，因生前多有功德，冥府特延寿一纪放回。两个冥卒送还，在路上就讨起好处来：

至中途，（二卒）同声贺曰："追人到此，万无一回。汝独得再生，当以利市及功德酬我。"苏问其目，曰："功德乃《金刚经》，利市则纸钱是也。"又曰："我两人豹皮裤已敝，并为我换之。"苏曰："家非猎徒，安得此？"曰："以布帛画之足矣！"

冥间差人的豹皮裤都是要变得破旧的，难道众鬼魂的衣服就不破吗？破到一定程度就叫褴褛，褴褛到一定程度就叫衣不蔽体，而不蔽到一定程度就叫有伤风化了。所以人间每至农历十月，则有给亡亲"送寒衣"的风俗。此俗最晚不过唐代，有玄宗皇帝在天宝二年八月颁下的制书为证：

禋祀者，所以展诚敬之心。荐新者，所以申霜露之思。……自今以后，每至九月一日，荐衣于陵寝，贻范千载，庶展孝思。

这说的是皇上要给天上的祖宗们"荐衣"。唐玄宗在中国鬼节中有两个贡献，其一是让天下士女在清明游春时祭祖扫墓，其二就是率先实行"送寒衣"，明清之际的大儒顾炎武说："今关中之俗，有所谓送寒衣者，其遗教也。"只不过到了明代，已经把"九月一日"改为"十月一日"了。关于各地十月朔送寒衣的风俗，胡朴安《中华全国风俗志》中所载甚详，有兴趣的可以找来看看。

五

王充在前面已经引过的那段文字后面，还有下面一段：

> 精神本以血气为主，血气常附形体。形体虽朽，精神尚在，能为鬼可也。今衣服，丝絮布帛也，生时血气不附着，而亦自无血气，败朽遂已，与形体等，安能自若为衣服之形？由此言之，见鬼衣服象之，则形体亦象之矣。象之，则知非死人之精神也。

这段话的前提是给自己下绊儿：人死为鬼还有的可说，因为"精神"以"血气"为主，而"血气"附于"形体"。形体朽烂了，"精神"却还存在，所以还能成为鬼。可是衣服只是丝絮布帛，人生之时，这些衣服并不附着"血气"，所以它烂了也就烂了，不会变成衣服之鬼。

王充在这里提出死人之所以能成鬼的一个重要因素，那就是"血气"。精神有了血气便能成鬼，如果衣服有了"血气"呢？王充说不可能有，这未免武断了些。因为衣服是给人穿的，只要衣服经人穿过，那么就是想不沾上"血气"都是难的。"血气"者何？即新名词 DNA 也。

据洋鬼子科学家说，以后只要有了某一生物的 DNA，就可以用它复制出这一生物。但据早在一百年前我们爱国人士就发明了的一条定律：凡是西洋鬼子的发明，我们老祖宗早在千年之前就有了预见，只不过是嫌这些奇技淫巧有碍于大道，不肯做出来罢了——比如，广成子的番天印不就是地对地导弹吗？陆压道人的"葫芦转身"，那不就是现在的激光武器吗？因此，DNA 的发现，毫无疑问也应该归功于我们的老祖宗。其例之一即是：如果某一物件被某人摸过用过，那件东西就会沾上此人的 DNA，当然那时还没有拉丁字母，而且我们也不屑用那种"蟹行字"，只是叫作"精血""血气"之类。天长日久，这物件就会凭借着这"精气"，从非生物变成生物，说句不中听的话，就是"成精"了。无论是沾了人血的棺材板还是某人不慎抹上鼻血的破笤帚、旧门闩，只要成了精，就是 DNA 对本体的还原！

要说一些物件成精成怪的证据，就是乡下老太太也能拿出一堆来。随便举一个例子，是我的外祖母讲过的众多同类故事中的一个。村里一位大妈一个人坐在炕头上捏饺子，忽然来了个小媳妇，说要帮她一起捏。大妈看这小媳妇很伶俐，就让她坐在炕沿上。小媳妇手脚很利落，可是只见她手里捏得很快，饺子却没见多。大妈心中起疑，悄悄留神，只见这小媳妇不时把手中的饺子扔到嘴里，不见动静就吞了下去。大妈料定这吃生饺子的小媳妇是个妖精，抄起擀面杖抡了过去。只听嗷的一声，小媳妇没了踪影。等大妈的丈夫下地回来，还没进屋就喊起来："你怎么把饺子都扔簸箕里了？"大妈出屋一看，院里墙角的簸箕里果然有一堆生饺子，原来那小媳妇是个簸箕精！最后照例是曲终奏雅，外祖母说："这大妈以往手破了，抹到簸箕上，这簸箕就成了精。你们流了鼻血，手脚破了，可不要把血乱抹啊！"乡下老太太的DNA知识岂不胜王仲任多多乎？但我们此处只谈与衣服有关的，棺材板、笤帚把儿之类暂放一边。

王士禛《池北偶谈》卷二十中有"博罗韩氏女"一条，言明末广州乱后，有周生者从二手市场上买了条裤子，颜色鲜好，便顺手放到床侧的衣架上。至入夜将寝而好事来也，只见有一美女来掀他的帐子。周生大喜，及至相问，那美女却答道："妾非人也。"于是周生色胆顿破，惊如脱兔，窜出了这屋子，跑到邻居家避难了。等到天明，邻里们纷纷争来侦视，美女是不见了，只听有人声自那条二手裤子中传出，若远若近。久之，玉容渐现，但只是隐隐约约，恍恍惚惚。这女鬼便说起身世，原来是博罗韩氏之女，城陷之后，被贼俘掳，横见凌逼，骂贼而死。此裤是平生所着，所以附之以来。并求诸公怜悯，为做佛事，便可往生净土，永脱轮回。边说边哭，众人大为感动，一面为她召僧礼佛，一面把那鬼魂寄灵的裤子付之一炬，后来不知她是否往生，反正自此绝迹了。

买二手衣服能附赠艳鬼，确实是淘宝客的意外收获，只是这周生是个俗物，没把这故事演成一篇韵史，未免令人丧气。但这种艳遇可遇而不可求，即使是色胆包天的豪杰，也是不宜轻试，为了艳遇而大买二手货的。那倒不只是机会渺茫如买彩票，还另有极为不艳之遇在潜伏着。抚物臆想，谁知招来的是什么鬼魂？

近人郭则沄《洞灵小志》卷二记有一事，或可为有淘旧货瘾者之戒。

苏州徐翰林去世后，仅遗一子，也因精神有病，发狂自刎而死。家中没有男丁，有亲友某夫人，便让自己的侄子前去徐家帮忙料理丧事。徐太夫人见小伙子忙上忙下，很是感激，等丧事结束，就送这小伙子一件皮袄，是那位疯公子的遗物，也就是他穿过的。此人家中贫穷，一直跟着他姑姑生活。这天晚上他陪着姑姑聊天，忽然双目瞠视，频指桌下，若有所睹。姑姑被他的举动吓得心惊肉跳，赶忙催他回屋睡觉去了。不想到了半夜，这小伙子穿着皮袄从屋里窜出来，跑到厨房，把那口盛满水的大水缸搬到院子中间，然后又搬出一个方桌，再把缸放到方桌上，也不知道他哪来那么大的力气，那水连一滴也没溅出。接着他到厨房拿了把菜刀，在缸沿上磨刀霍霍，然后去敲他姑姑的门，说要找茶喝。姑姑在室内战栗不已，问他磨刀何为，他说："我要杀人。"姑姑更害怕了，说是到天亮才能有茶，死也不肯开门。这小伙子持刀在院里耍了一阵，打开大门就跑了。第二天姑姑派人寻找，不知下落，从此就再也没有回来。人们猜测，这事情应该是由那皮袄引起，皮袄叫疯子穿过，可能就附上疯子之魄，那结果是凶死的可能很大了。

故事到此而止，但我却想，好好的一个小伙子被皮袄弄疯了，也许就自己抹了脖子，但这皮袄只要不坏，可能还会有人拾起穿上，而上面所附的邪灵恐怕也要代代相传了。（日本江户时期的"振袖大火"烧掉了多半个江户，就是由这么一件为邪灵所附、代代相传的振袖和服引起。）这不是我的一时胡想，国人自古就有这种认识，从帝王家的传国玉玺，到禅僧的传世衣钵，都被认为已经附上了什么灵气，竟可以视为天命和正统所在。与皮袄相比，所附之灵或有正邪之分，但道理却是一样的。

上面所谈，都是生人"血气"附于衣服，其人或已死亡，但衣服沾染血气的时候人却是活着的。另有一种说法，衣服作怪，有时是死人魂灵凭附的结果。

《子不语》卷十九"徐俞氏"这个故事说，一个女鬼回到生前的闺闼之中，穿上她生前的衣物"半臂"，但当她的丈夫上前欲抱时，"其影奄然澌灭，而半臂犹僵立，良久始仆"。那半臂所以在鬼魂隐没之后还能"僵立"，大约是因为鬼魂还没有立刻离开衣服，先消逝的只是魂的幻影吧。

民国时人柴小梵《梵天庐丛录》卷三十二有"鬼附衣服"一条，言无锡甘露镇有一富室，衣架上挂着的一条罗纺长衫，青天白日之下，忽然自己由架而下，冉冉离地自行，衣纽与纽襻一个个扣好，衣身袖管也撑了起来，就好像有人穿进去一样。富室家的一个女佣见了，大叫起来，人也越聚越多，都看此衣自堂阶下行，由庭中过，穿屏门而出，到大门口，直立移时，复转由屏门入，过中庭，登堂立片刻，向内行，最后自己又回到衣架上。

作者在最后说道："群咄咄怪之，谓是乃亡祖灵身附衣以行，即焚其衣。后亦无他。"

我觉得这结论不大说得通。第一，鬼魂附物的事是有的，如附体于巫婆，这很常见，巫婆捣鬼基本上就是这招数；附体于神智较弱的人，就是常说的"中撞科"；附体于动物，如《左传》中说的彭生附体于野猪。但就是少见附体于无机之物的。但有个例外，那就是这无机之物沾有人的"气血"，已经带有妖性，成了精了。但既然成了精,也就无须别的魂灵来附,它自己就能做出诸种怪相的。

第二,鬼魂附物可以,但鬼魂是虚的,被附的则是实的,虚入于实,从体积上是不应该有变化的。一个胖子的鬼魂附于瘦子的身上,按理不应该把这瘦子撑成肥仔,正如附到野猪身上,顶多是"人立而啼",却不会弄成个猪八戒一样。虚幻的鬼魂穿着衣服,因为那衣服也是虚幻的,人间的衣服他们没办法穿,如果能穿,他们就用不着我们送寒衣了。我们只有把衣服焚化,才能把它送到那一边,我们的祖宗才能看到并穿上。所以,这家爱开玩笑的祖宗之鬼,不可能穿上这条罗纺长衫,更不可能把这长衫撑起来,像个隐身人一样四处闲逛。

但这个故事我还是很爱看的。现在一本正经地对着不知何人编出来的鬼故事来谈鬼道理,连我自己都感到好笑。那就不管它是鬼是妖,诸位遇到会走路的裤子,只管一把火烧掉,那总是没错的。

至于花银子买来的二手服装,最好收货时检查一下。《翼駧稗编》的作者汤用中,道光年间寓居京师的东华门,同寓的一位贪便宜买了件二手袍子,出门时叠好放在床上,及至回来,却不见了。他心疑为人所窃,正要发作,猛回头,只见那袍子自己在门后立着呢。主人惊叫,袍子才委然堕地。同寓帮着检查,发现领口处还有血迹,大家猜测,很可能是某位受刑者穿着它挨的刀。如果检查完毕,还不放心,那我就贡献一个"小贴士",据说可以祛除其中所附鬼魂。不光衣物,凡对淘来的各色旧货不放心的,我看都不妨一试。见于《阅微草堂笔记》卷六,原封抄录于此:

鬼在江湖

衣服必须有鬼

戈东长前辈官翰林时，其太翁傅斋先生市上买一惨绿袍。一日阖户出，归失其钥，恐误遗于床上，隔窗视之。乃见此袍挺然如人立，闻惊呼声乃仆，众议焚之。刘啸谷前辈时同寓，曰："此必亡人衣，魂附之耳。鬼为阴气，见阳光则散。"置烈日中反覆曝数日，再置室中，密觇之，不复为祟矣。

鬼步难行

一

大约是受到"鬼魂为气,无所不之"观念的影响吧,古人曾一度认为鬼魂在冥间的行动相当自由,而且其行动的速度也如风如影,可以倏忽往来,一日千里。当然,这也与早期鬼与神不分的观念有关,也就是说,鬼在一定程度上具备神的超自然能力。

干宝《搜神记》卷十五记戴洋病死,五日而苏,说"死时,天使其酒藏吏,授符箓"云云,是自地至天往返不足五日。

又说贺瑀死三日而复苏,云"吏人将上天,见官府"云云,是自地至天往返仅不足三日。

又记吴人柳荣,病死船中两日,忽然复活,自云"上天北斗门下"云云,是往返天地间仅两日。

天离地有多远,不知古人是否有测量的数据,但就我们目力所及,能看得很清晰的月亮距地球有六十多万里,"北斗门下"总要比这个远很多吧,以此为准,柳荣上天下地的速度平均下来是一天六十万里以上,完全可以和孙行者一比了。

或说人死魂如轻烟，上天甚易，可是轻烟飘起来也不能像火箭似的蹿高吧，而且从天上再下来呢？也有人说魂灵下天则如物坠地，比升天还要快，但总让人担心，以小行星撞地球的速度落下来，即便不把地砸个大坑，自己摔得也够受吧。当然这些都是愚人之忧，《易经》言"天在山中"，《列子》张湛注更说"自地以上皆天也"，而常言也道"举头三尺有神明"，所以这个天，只要有缘，比如成了神或鬼，说是一举足就到也未尝不可的。

但后来我们的魂灵的归宿从天上改为地下了，这冥府是在地表还是地层之下，先不管它，总之是魂灵不能自动地向上飘和往下坠，再赶起路来就不会那么方便迅捷了吧。

却也不然。也是干宝《搜神记》卷十六所言，蒋济之子死后，在地下为泰山伍伯，憔悴困苦，不可复言。其魂灵托梦于其母，每日往返一次，那速度也应该是一日千里了。到了后世，这种故事屡见于死后还阳的人，都是一二日或二三日，往返于冥府与人间，不能再慢，再慢尸首就变臭了。例子甚多，本书的别处引了不少，无须再举。

但有个麻烦，就是冥府的位置究竟在哪里，至今仍难确定，有说在泰山的，有说在酆都的，有说在东洋大海底下的，还有说就在本地县城城隍庙的，地点不明确，距离远近也就无法判断，当然也就没法子计算速度了。

这麻烦其实也不算什么，自古以来就有一种故事模式：某甲于某地见某乙，及至归乡，方知某乙已死，而其死之日正是相遇之时。这种模式屡见于神仙尸解故事，不一而足，[1]但也多见于

---

[1] 如介象。葛洪《神仙传》卷九：介象在武昌。吴主遣美姬以梨一奁赐象，象食之，须臾便死。时为日中，而黄昏时已有人见之于建业。

鬼话。从相遇的某地到逝者的家乡总是有距离的，这就为我们提供了相当可靠的测量数据。

南宋郭彖《睽车志》卷一讲一个有向官府告密之癖的蔡医生被冥府追拿的故事：

小儿科的医生蔡助教，他邻居不慎失火，但随即扑灭，并未酿成火灾，所以这事也就没有报告官府。这天蔡助教和府里的官员聊天，偶然说起此事。那府官是个专爱没事找事的混蛋，就上禀府尹，把蔡助教的邻居抓到官府，下了大牢。在牢里虽然只蹲了几天，可是偏偏感染了传染病，放回家后，就把病传染给全家，不到一月，全家就都染病而死。

> 后数岁，蔡如厕，忽见邻人逐而殴之，即得疾死。其乡人有干之临安者，见蔡于通衢露首，二黄衣人驱之北去。乡人前问劳。蔡曰："吾以公事被逮，将往棘寺。"匆匆而别。乡人归，始知蔡已殂，其见之日，乃其死之日也。

信州与临安相距数百里，鬼魂在一日之内到了，所以日行千里也是不难的。奇怪的是，那位老乡见到蔡助教时，蔡与常人走路无异，并不是像神行太保似的飞奔，那么鬼魂究竟如何日行千里，也是无法应对的难题。又如明人闵文振《涉异志》有一条也可作为检测鬼行速度的参考：

邳州学正林先生，因公事外出，晚间不能回来，家中只有一个年仅十二三的小女儿。这天晚上她就做了一个奇怪的梦：

> 梦有高盖大轿异一达官入其邸，驺从甚盛，女惊闭内

户，伏地仰窥，见达官降轿登堂，皤髯赭面，仪度颀然，呼曰："吾弟何在？何寂然一室？"女内应曰："阿爹接官未回也。"达官曰："汝第言尚书五伯，今别赴任所过此，特来相看。"遂升轿呼拥而去。女熟记忆。明日父归，女告焉。父疑其诞，诘之曰："汝见五伯是何状貌。"女言云云，果合。

林先生听后觉得奇怪，因为女儿说的"五伯"就是他的族兄，此时正做着刑部尚书。又过了一个月，林尚书的讣告从京城送达，原来他死的那天正是女孩儿梦他来访之日。

邳州即今徐州附近的邳县，距北京也有千里之遥，乘坐着高盖大轿，再加一队驺从，白日在北京辞世，晚上就到了邳州，和前些年的绿皮火车速度差不多，虽然是鬼话，也仍然不可思议。

但如果以鬼魂如烟如风的观念来看待，则鬼魂行走的速度也就自然要比生人快得多了。冯梦龙的《喻世明言》中有"范巨卿鸡黍死生交"一篇，是据干宝《搜神记》中范式、张劭故事改编，其中说范式与张劭有重阳节鸡黍之约，但过了一年，范式想起时已经相隔千里，不能赶到赴约了。但范式不愿失信于好友，终于以鬼魂之身赶到张劭之家：

此时已经半夜，张劭倚门相待，如醉如痴，隐隐见黑影中，一人随风而至，定睛一看，果然是好友范式。张劭笑容满面，再拜于地曰："兄既远来，路途劳困，家酿鸡黍，聊且充饥。"范式僵立不语，但以衫袖反掩其面。张劭乃自奔入厨下，取鸡黍并酒，列于面前，再拜以进。但见范式于影中，以手绰其气而不食，且曰："弟稍退后，吾非阳世之人，乃阴魂也。自与兄弟相别之后，为妻子口腹之累，溺身商贾中。向日鸡黍之约，非不挂心；近被蝇利所牵，忘其日期。今早邻右送茱萸酒至，方知是重阳。忽记贤弟之约，此心如醉。山阳至此，千里之隔，非一日可到。若不如期，贤弟以我为何物？寻思无计，常闻古人有云，'人不能行千里，魂能日行千里'，遂自刎而死，魂架阴风，特来赴鸡黍之约。"

张劭家住汝州，在今河南中部偏西，山阳则在今陕西东南，按现在的里计也有大几百里了。范式之魂从上午跑到半夜，以每秒三五十米的台风速度，达到"魂能日行千里"是没问题的。

而徐铉《稽神录》卷六"贝禧"条，所说的速度似乎更快一些，但那是乘马。义兴人贝禧为本县的乡官，当时正住在乡间别业。一夜忽闻呵门声，人马之声甚众。其中一官员自报名叫周殷，道："身为地府南曹判官，奉王命，召君为北曹判官。"这王就是阎王了，贝禧无法抗命，便道："我家离此不远，让我回去和家人告别一下如何？"那判官说："你现在已经死了，就是魂灵回到家里，也无法与家人见面了。"贝禧只好上路：

> 与周殷各乘一马，其疾如风，涉水不溺。至暮，宿一村店，店中具酒食而无居人，虽设灯烛，如隔帷幔。云已行二千余里矣。

这是乘马，可日行两千里，但还不算最快，俞樾《右台仙馆笔记》卷十一中的鬼魂，自苏北的高邮先乘轿到江边，然后搭船溯江而上，转瞬已至九江，"又舍舟而陆，由江西、湖北而至四川，计其为地，已数千里，而其为时则食顷也"。一顿麦当劳的功夫就出去数千里，不要说高铁，就是飞机也没那么快。

二

但鬼魂行路的神速，只是一种说法，对此说加以辅证的，比如鬼行时足常离地三尺（《夷坚乙志》卷六"蔡侍郎"），或冉冉在云中行（《子不语》卷十三"陆夫人"）之类，好像他们和神仙一样凌虚而行，不需要像活着的时候走路要迈腿似的。但正如所有对鬼魂生活习性的描写一样，诸种截然不同甚至相反的意见无所不在，所以在鬼魂的行路上，除了一日千里之说以外，还有大量的故事为它做着反证。

陶潜《搜神后记》卷六记一事：徐州刺史索逊乘船前往晋陵，因是夜间行船，迷了水道，多绕了几里，途中有人请求搭船，道："我家在韩冢，脚痛不能行，寄君船去。"大约到了四更时，船到韩冢，此人下船就走。此时船正要过一渡口，拉船人手不够，索逊便骂道："我这船载了你好几里，说走就走，也不帮着拉船！"那人就回身帮助拉船，过了渡口。索逊见此人半夜搭船，而且去的地方是个坟堆丛葬之处，便疑心他是个鬼，让人跟在身后。果然，此人入了一个坟堆就不见了。过了一会儿，他又从坟钻出，到另一坟头呼叫"载公"，原来他记恨索逊骂他，竟要报复，想让这船胶于水面不能行走……

这个混账鬼魂不但没有神行的本领，也和人一样，走路多了要脚疼，还要搭船。洪迈《夷坚支志·甲集》卷三"虞主簿"条也说，虞主簿赴官宜兴，一日暴卒，见一吏揖庭下曰："府君有命。"遂从以行。行且百里，足力不能支，恳求少憩。

正因为如此，在江南水乡就常有鬼搭乘舟船的故事，如《夷坚丙志》卷七"马述尹"条言马述尹年方十八，病卒于京城临安,其母随女儿住在常州,并不知儿子亡故。一日,有婢女忽如狂,作男子声曰:"我即马述尹也,某月某日以疾死,今几月矣。欲一见吾母与大姊,故附舟来。欲丐佛果,以助超生。"

有的鬼魂走几里路都要搭船。明人陆粲《庚巳编》卷十"严尚书"写严震直尚书死后,葬于家乡的城外。一日有船过其墓侧,他的魂灵就现形搭船,回家探亲了。

俞樾生长于江浙水乡,所记当地故事中的鬼魂也和水乡居民一样,动辄以舟代步,鬼魂的飘忽千里的本领是很少见了。此类事在他的《右台仙馆笔记》所记甚多,仅取其卷十三中的一则:

石门有行船人某甲,日色已暮,有二人来赁船,所去之地不过数里,愿付船钱七百文。某甲甚喜,即载二人以行。行里许,有一舟迎面来,其操船者为邻人某乙,问道:"你去何处?"某甲答道:"载这两位客人到某所。"某乙看他船中并没有人,可是两船相错,一瞬即过,也无暇问他,只是心存疑惑。到家之后,就把所见对某甲之子说了,其子即划小船追上,见其父所操果是空船也,便对父亲说了缘故。某甲再看二客,皆已不见,方悟遇到鬼了,怅惘久之。与子俱归,未一月而甲死。

三

鬼步之快就快到如风,慢则慢到与常人无异,甚至连常人都不如,几里路都要嫌脚疼而寻代步,真不知道编故事的人各自怀着什么鬼胎。但我发觉,凡是讲到把鬼魂"捉将官里去"的时候,那速度大抵是很快的。

但不管鬼步是快是慢，却与本篇所要讲的"鬼步难行"都无关系。鬼步之难，难在鬼的不能自由行动。这当然与人世的进步相关，上古之鬼如庄生所遇之髑髅，死后无人辖制，自由自在，也许是"虽南面王乐不能过"的，可是到了人间户籍制度渐趋完善的时候，鬼籍也就控制得严了起来。

我曾在另一篇中提到过《夷坚丙志》卷十五的"阮郴州妇"的故事，不妨从另一角度复习一下：

大宋宣和末年时，江州人阮阅官为郴州太守。他的儿媳因病而死，灵柩暂寄于当地的天宁寺中。等到阮阅任满，要解印还乡了，便对儿子说："现在时间紧迫，没时间把你媳妇的灵柩带回。你好好嘱咐一下庙里的和尚，让他们用心关照着，等以后我们再来取回。"儿子虽然不愿意，但也只好答应。可是当天晚上，阮阅就梦见了儿媳妇，她且拜且泣，道："我寄柩于寺中，就算是客鬼，要受庙中伽蓝神的管束。虽然也允许过段时间回家探视一次，但早晨和黄昏钟鸣之时，我必须到庙里报到听命，真是悲苦之极。如果大人以棺木为累，那就请把我的遗骸焚烧，只带着骸骨回家吧。"阮阅梦醒感悟，便让儿子护送灵柩先回江州了。

看这"客鬼"的处境，简直就和犯人一样，一早一晚都要到牢头那里点名报到，即便是临时放你回家，也必须按时回监，否则呢，看她不敢不回的样子，想必那惩罚是很严厉的。这故事可能让一些读者感叹冥界户籍管理的苛酷，那么就请再看一个更"酷"的：

清人陆圻《冥报录》卷下有"兖州妇"一则，言卜士胡卫公在杭州鼓楼外南首大街上摆个卦摊，一日来一妇人，年近五旬，病势已极，备诸苦恼，死而复生者数次，自言："我痛苦万端，死后见杭州府城隍，城隍神说：'你是山东兖州人，生时没有杭州户口，我这冥府自然也没办法给你入冥籍。你死后算是无主孤魂，我这里不能收管。'"结果这妇人真成了"死去活来"，冥司不收，把她赶回阳世。可是到了阳世却是半死不活，过了一会儿就又死了，于是死了又活，活了再死，最后是求死不得，痛苦万状，只好求胡卫公给想个法儿。胡卫公便为妇人写了个原籍证明，呈报杭州城隍爷，要求临时寄魂于此，恳请城隍批准。这相当于在杭州办个临时的冥界户口了。呈文写好，然后送到城隍庙焚烧，看来杭州城隍还算通融，焚后不一会儿，这妇人便咽了气，也就是说，她终于把"准死证"拿到手了。

我们都知道没有"准生证"是不能生孩子的，生了也没户口。但却想不到冥界鬼口的计划性更是超前，他们要控制幽灵的户口额度，没有本地阳间的户口就不发"准死证"，要死就回老家去死，本城隍是不收外籍鬼魂的。当然，这只是为守法良民如兖州妇人者规定的，如果遇到某个豁出去当无主孤魂的光棍，城隍爷恐怕也无可奈何，自己朝脖子上抹一刀，或脑袋上来一枪，不就都解决了吗？而且无主孤魂也没什么大不了的，难道有了户口冥府就会给你按时发补贴、礼包、联欢会入场券吗？更何况，如果超死游击队成了气候，也够城隍老爷头疼的，那时他总会想出解决办法的。

不要以为城隍爷是蠢蛋，虽然府城隍的户口簿占不了多少空间，但杭州城安置死人尸骸的地方可是有限的。所以那些只有临时户口的鬼魂们必须尽快迁回原籍。而要回老家，当然先要把自己的遗骸运走，但千万别忘了，移葬之时还要到本地城隍那里办理准迁证，否则的话，尸骸走了魂灵却还扣在这里。

《夷坚三志·己集》卷五"王东卿鬼"条，言福州长溪人王东卿客死于浙江长兴，县官把他的灵柩寄存于寺后，同时报信于其家。其亲戚来，火化尸柩，收骨归乡。几年之后，王东卿的同窗好友陈茂英被任命为长兴县尉，梦见王东卿自诉流落异乡，请他帮忙。

陈茂英醒了之后，问起书吏，才知道东卿客死长兴，并已经迁骨还乡之事。他想，东卿遗骸虽然已经迁走，鬼魂一定还在本地城隍那里押着，于是便"用尉司公牒，牒城隍、社庙、关津河渡主者，令不得阻截王上舍神魂，俾得善还福州长溪祖先坟墓"。将此公文焚化之后的第三夜，陈便梦见东卿前来告辞，道："得君移文，乃遂归计。"然后泣谢而没。

王东卿的魂灵虽然为城隍、社庙所释放，但还乡路上的"关津河渡主者"还要盘查。也就是说，所有生人在旅途中遇到的麻烦他们都难于避免。

且莫以为人间的关卡津隘只是为人所设，对如烟如梦、恍惚缥缈的鬼魂不起作用，那里照样有神鬼把守，鬼魂不经允许也是过不去的。戴孚《广异记》"李陶"一条，言一女鬼远途探望情人，"至潼关，为鬼关司所遏，不得过者数日。会陶堂兄亦赴选入关，鬼得随过"。人间关隘却设有"鬼关司"，也就是幽冥世界专门为防止鬼魂乱走而设的衙门，盘查稽纠不少怠，但所针对的只是鬼魂，也许包括他们管得了的妖怪，对生人却无妨，而且对有功名爵禄的生人还要特别加以青眼。这个女鬼的堂兄是要入关选官的，所以便能捎带而过。

《右台仙馆笔记》卷十五载鬼魂过关塞，须人呼其姓名，方可通过：

咸宁樊君，宦游广东，卒于官。其子不肖，寄其父之柩于僧寺，然后把家财一卷，跑没影了。数载之后，樊君之外弟（中国的称谓很复杂，在本故事中，这个"外弟"应该就是"内弟"，妻子的兄弟吧）因事至广东，樊君托梦，缕述前情，请他把自己的灵柩带回家乡。第二天，外弟访之，果得其柩，但这么大的一口棺木运回咸宁，不仅道路艰难，花费也不在少。他正在踌躇，又梦见樊君来催促。外弟便和他商量，可否另做一只小棺匣，只把骨殖装入？樊君答应了。外弟要动身之前，又梦樊君来言："凡过关塞桥梁及高山大川，必呼我姓名，庶不淹滞。"其外弟一切遵行，最后平安到家。

呼鬼魂姓名，就是证明这鬼魂是自己带来的。这与人间情事完全相同，想必大家看演出、展览、名胜之类，都难免捎带过别人或被别人捎带过，那时往往要指着人头说，这是我带来的，于是对方一点头，就过去了。

四

鬼魂如果自己过关隘桥梁，则须有"路引"，也就是通行证。陈茂英焚化的"尉司公牒"，既然牒于城隍，那么就等于要求城隍为王东卿办理"路引"。《夷坚支志·丁集》卷四"书吏江佐"一事云：

洪应贤从婺源县任满，带书吏江佐回乡，服役有年。后应贤去世，江佐依然留在洪家。次年秋熟，江佐请假回家收租，逾月不归。应贤次子仲堪，梦其来，参拜如平生，云："佐才归即患瘟疫，饥困而死。赖邻里亲族凑钱营办丧事，仅得凉衫裹尸，白松木棺周身，而葬于县东门外。"言讫而泣。且去，仲堪问其所欲，曰："囊无一钱，愿赐盘费。"仲堪梦中即买纸钱二十结，使巫师焚与之。仲堪又问："汝来时道路无阻碍否？"曰："我正为关隘津渡拦阻发愁呢。"于是又使巫师给一引，江佐捧受愧谢，然后一骗腿上了床榻，用被子往身上一盖，过了一会儿仲堪把被子揭开，鬼魂就和变戏法似的不见了。

这"路引"本是人间的东西，一般百姓离开家乡时都要办理，如果丢失，以后就可能无法还乡。明人祝允明《野记》记其先祖一事：

洪武中，朝廷命开燕支河，祝之曾祖名焕文者赴役。役者多死，而焕文独生全。工程既了，焕文正要还乡，却发现路引丢了。按当时法令，没了路引就等于没了身份，不要说还乡，连工地都不能离开，必死无疑了。幸亏督工百户出了个主意，带着他求见太祖，当面乞恩。太祖听了，便道："既然已经丢了，你就回去罢。"洪武爷发了话谁还敢不听，祝焕文这才留了条活命。回乡之后，人们一听丢了路引居然能活着回来，莫不惊叹，可见在刑法严酷的明初，丢了路引则无活理。与其他时代相比，这可能是非常时期的特例，但就是太平时期，没了路引，沿途盘查和被拘收监，总是少不了的。

活人的路引当然只能由地方官府签发，而鬼魂的路引，官府衙门的公务员手册中就没这项服务了。在书吏江佐的故事里，似是由巫师来解决的，但这并不是说巫师就有开路引的资格，此为冥间官府的权力威风所在，小小巫师顶多只是代为办理，没有盖上城隍大印的路引是无效的。

汤用中《翼駉稗编》卷二"刘月塘"条，记刘月塘之友客死于京师，刘把他的骨殖运回了故乡，可是由于没有办路引，亡魂却滞留于京师，而且由于没有坟墓，似乎城隍庙也没有收留，只能临时住在原来病死的那间屋里。那结果自然是人鬼两不相安，好好的青砖瓦房成了凶宅。

这种路引，对于那些找城隍不方便的地方，人间的官府就只好破例代劳了。官府给活人开路引是正常工作，突然让他们开死人路引，也确实让他们难于适应。但凡荒唐之事，不适应或只一时，只要一习惯，也就成了正式公务，格例款式都标准化了。大文人纪晓岚下放乌鲁木齐时，就做过给死人批路引的公务。《阅微草堂笔记》卷一云：

余在乌鲁木齐，军吏具文牒数十纸，捧墨笔请判，曰："凡客死于此者，其棺归籍，例给牒，否则魂不得入关。"以行于冥司，故不用朱判，其印亦以墨。视其文，鄙诞殊甚，曰："为给照事：照得某处某人，年若干岁，以某年某月某日在本处病故。今亲属搬柩归籍，合行给照。为此牌仰沿路把守关隘鬼卒，即将该魂验实放行，毋得勒索留滞，致干未便。"

纪昀此时还犯书呆子的毛病，对军吏说："真是扯淡，这不过是下面那些胥役借故弄钱罢了！"便请示乌鲁木齐将军，停办这项公务。但没想到，数日之后，有人就报告说城西墟墓中有鬼哭之声，缘由就是因为没有文牒不能归乡。纪昀斥其虚妄，不予理睬。又过数日，报告说鬼哭之声已经到了城边了，纪昀还以为是胥役们在捣鬼。又过数日，鬼哭声便到了纪昀所居之处的墙外，再过两天，索性到他居室的窗下了。时月明如昼，自起寻视，实无一人，可见不是奸吏捣鬼。同事便劝纪昀道："公所持理正，虽将军不能夺也。然鬼哭实共闻，不得照牒者，实亦怨公。何不试一给之？"纪昀只好一试，把那些文牒全判了，到了晚上，果然寂无所闻，鬼已经拿到文牒，启程回乡了。

不仅是关塞隘口，就是桥梁、山川等处也都有神明把守。须知设关隘的是官府，而山川桥梁之障则是村匪路霸山大王所设，如果这些地头蛇找起麻烦来，鬼和人一样，别想顺畅地过去。《夷坚支志·庚集》卷八"金坛翁甥"条，记一年轻人与女鬼相好，后来他舅舅觉得这不是好事，就让他躲远些。可是年轻人走到哪儿，女鬼就跟到哪儿。别人就出主意道："这女鬼来时一定要经由桥梁。哪天你要过桥时，就试着往河里扔上三五个铜钱，祝祷水官河伯，不要让她过河。"这年轻人照样办理了，然后住在桥畔的一家民舍中，以验效果。到了晚上，女子行至桥头的时候，这年轻人果然听到有神物呵止，女子垂泣而归了。

此说到清代尚有，但稍有变化，那就是专门对付冤鬼的。

一般鬼魂要还乡，不能随意过关隘津梁，如果是冤鬼，那么障碍可能就更多一些。因为冤死之鬼要四处寻找仇人，不是简单的回乡安居了事，所以冥府要特别防范这种越界复仇的事件。（这并不是说冥府不允许复仇，而是必须得到他们的批准。如果获得批准，就好像拿到007电影中女王陛下的"杀人执照"，各处鬼神都要放行不稽的。）这种对冤鬼到处乱跑的限制还是有些道理的。

袁枚《子不语》卷十四"鬼受禁"条，记上虞县令邢某的太太挨了丈夫耳光后愤而自缢,于是就作祟于室。她丈夫做事更绝,索性请来道士,把她的魂灵禁闭于厢房,贴了封条。后来邢某调任至钱塘。继任的上虞令不知前因,把东厢房的封条揭了。于是前任邢太太的鬼魂被放出来,向县令提出要求,要去追杀那无良的前夫:

> 曰:"送我到钱塘邢某处。"曰:"夫人何不自行?"曰:"我枉死之鬼,沿路有河神拦截,非公用印文关递不可,并求签两差押送。"问:"差何人?"曰:"陈贵、滕盛。"二人者,皆已故役也。后任官如其言,焚批文解送之。

最后的结果是邢某终于被他太太捉走了事,但这位邢太太生为泼妇,死为泼鬼,幸亏她遇上了一个糊涂官,像她那种冤屈,如果拿到冥府里,就未必会拿到"杀人执照"的。

中国旧俗,在发送亡人时总要焚烧一些纸线,说是鬼魂行路的盘缠。另外一些鬼故事中也常常出现这样的情节,客居于外籍的鬼魂要回乡了,除了路引之外,往往也要向朋友要求焚纸线。薛福成《庸庵笔记》卷六"旅鬼索路凭、归费"中有一段:

> 一日,鬼复凭病者对众言曰:"我久客思归,而苦无路凭,恒为关津吏所留阻。诸君如能为我办一文书,感且不朽。"诸幕客言于学使者,用鬼姓名填一路票,盖印既毕,祷而焚之。须臾,病者拱手谢客曰:"诸君惠我甚厚,虽然我欲起行,而苦无旅费,若之何?"众复醵资,为买纸钱纸锭焚之。病者复拱手谢曰:"荷诸君之赠,行囊颇丰,吾今

从此逝矣。"言未既，旋风忽起于地上，纸灰乱飞如蝴蝶，渐转渐高，结成圆球，吹入云霄，倏忽不见。

鬼魂一路不吃不喝，就是搭船乘车，用冥币也无法结账，那么他要这旅费盘缠干什么用？新死的鬼魂如果是由冥差来押解，作为被押者除了要一路赔小心之外，自然也要送钱表表敬意。至于那些旅魂还乡，无须押解者，路上也不能囊空如洗，揣测其原因，就是一路上有河神桥神之类要应酬。也就是说，有了路引，人家仍旧可以刁难你，遇到关隘河梁，把你推来推去、稽留些日子正是家常便饭。《子不语》卷十一"李白年"一条所云"关津桥梁，是处有神，非钱不得辄过"，正是道出了"生为中朝人，死为中朝鬼"，老传统至死也不能丢的真谛。

长安多凶宅

一

白居易有《凶宅》诗，开首云：

长安多大宅，列在街西东。往往朱门内，房廊相对空。枭鸣松桂枝，狐藏兰菊丛。苍苔黄叶地，日暮多旋风。前主为将相，得罪窜巴庸。后主为公卿，寝疾殁其中。连延四五主，殃祸继相踵。

凶宅多为朱门大宅，主人多是将相公卿，为人们所津津乐道的知名凶宅，一般都是够大，够旧，主人够有身份；名气差些或不知名的，起码也要有一个条件，即有空闲的房屋。如此说来，鬼就不会光顾普通百姓的家了吧？想得美！有人之处即有鬼，只是穷人就那一间破屋，特别是都市里，像前些年一家几口挤在十几平方米中，人自己都没处安身，你让鬼"宅"在哪里？就是勉强挤了进去，阳气熏灼，孤魂寡鬼也是像长了牛皮癣似的浑身不自在；耍赖作祟把人赶走吧，无奈穷主人比鬼更赖，连可供敲敲打打吓唬人的盆盆罐罐都找不到，能指望世上有收容他们的地方吗？到这时候，就是再无赖的鬼也只好另谋高就，反正富人家闲着的房子有的是。

所以让我来看，从古至今，凶宅就是贵人的专属，当然衙门驿馆也可以算在内。老百姓的那个窝，尽管不蔽风雨、摇摇欲倒，也只能叫危房，如果硬称作凶宅，总有些僭越的感觉，叫有见识的阔人听了未免齿冷：就你那破窝，见个鬼影就叫凶宅，不怕闪了舌头！

自汉以来，历代都有凶宅之说，即如《论衡·偶会》所云"世谓宅有吉凶，徙有岁月"者是。古代最有名的一座凶宅见于《南史·王僧绰传》。这凶宅始建于三国时，本是建业孙吴太社之西的一块空地，丁奉在这里盖了宅第，虽然老将军晚年又是"雪中奋短兵"，又是"定计斩孙綝"，很是发了些余热，但死后全家流放，开了这座大宅闹事的第一例。至东晋，此宅相继为大臣周颛、苏峻所居，结果是一个为王敦所杀，一个被逼造反丢了脑袋。到东晋末，住进去的袁悦之又为王恭所诛。接着到了刘宋，章武王司马秀做了主人，以凶终，再赐给臧焘，也是伏诛。这地方没有人敢住了，但王僧绰自以为正直为公，邪不压正，主动请以为宅，可是翻建未讫，他就被害，而祸因正是他的"正"和"直"。

这座凶宅为什么凶，书中只说不利于主人，却没有说出缘由。有的凶宅或是由于风水不好，或是动土时犯了太岁，或者住进去的时辰不对（即所谓"徙有岁月"），未必皆是鬼物作祟。但当时也已经有了凶宅为鬼祟之说。也是吴国大将步阐在建业青溪（今南京秦淮河）的府第，当时就有"扬州（当时的扬州治在建业）青，是鬼营"之谣，于是步阐做西陵督时因通敌被诛。此宅到刘宋时归了大将檀道济，也是断不了闹鬼。"第二儿夜忽见人来缚己，欲呼不得，至晓乃解，犹见绳痕在。"（见刘敬叔《异苑》）而这位被国人倚为长城的重臣，晚年也未得善终。

然而闹的是什么鬼，也是语焉不详。因为凶宅中的鬼物未必皆是死者的亡魂，其中不乏妖鬼邪怪之属。如陶渊明《搜神后记》有一条记一凶宅，人居辄死，无人敢买。而李颐之父不怕邪，买了住下，多年安吉，子孙昌盛，自己也升为太守。可是就在他准备移家上任时，在家宴上发表了一通"无鬼论"，结果惹了大祸：见壁中有一物，如卷席大，高五尺许。颐父便还取刀斫之，中断，便化为两人。复横斫之，又成四人，便夺取刀，反斫李，杀之。持刀至座上，斫杀其子弟。凡姓李必死，唯异姓无他。

这种居宅为妖物所据的故事自魏晋以来多有，而且妖怪作起祟来，花样变幻诡谲，只要不置身其中，要远比鬼魂的把戏好看得多。可惜这里我们只谈鬼魂，不说妖怪。

在我们平常的理解中，凶宅也好，鬼屋也好，一般都是指为鬼魂所占据的空闲的房屋。但凡事都有例外，且说一事。有的凶宅并非为鬼魂所据，只是接近死者之墓。《太平广记》卷三百二十七"史万岁"条引《两京记》云：

隋北领军大将军史万岁，他的宅第在长安城待贤坊。此宅最早的时候常闹鬼，谁住谁就死。史万岁那时还年轻，硬不信邪，便住了进去。至夜，见一人衣冠甚伟，向自己走来。万岁问有何事，鬼道："我是汉将军樊哙，阁下家的茅厕就盖在我的坟墓上方,屎溺渗漏,臭气烘烘,让我终日恶心,不能安宁。如果阁下能把这茅厕移至他处,必当厚报。"史万岁一看这鬼虽然是个名鬼,说话却很通情达理,便爽快地答应了,并问:"这不是什么大事,你何必为此屡屡杀人呢?"樊哙之鬼道:"我是要找他们商量的,谁知那几位一见我,先就自怖而死了。他们可不是我杀的。"史万岁很仁义,不但拆了茅厕,又下掘找到樊哙的残柩遗骸,为之择地改葬。事后当夜,鬼魂又来道谢:"君当为将,吾必助君。"后万岁为隋将,每遇贼,便觉鬼兵助己,战必大捷。

樊哙能发鬼兵助史万岁东征西讨,怎么就不能把个茅厕搬家呢?这事不好认死理,如果鬼魂真有这么大的本事,天下早就没有活人住的地方了。而且史万岁这人在隋朝虽为名将,征突厥,下江南,很打了些硬仗,只是大约是他手下雇的宣传人员,却如现在说的"猪一样的队友",净做些弄巧成拙的事。这故事便是一例,把史大将军吹得神勇无敌:一是不怕鬼,而且这不是一般的鬼,是吓死一大片人的名鬼;二是这鬼见了史大将军恭敬有加,不敢耍无赖;三是史大将军在战场上有鬼神之助。但却留下个大漏洞,他们只觉得樊哙是个敢在楚霸王面前嚼生猪腿的好汉,却忘记他身封舞阳侯,死后葬于封地舞阳,即今安徽省的六安,怎么可能在几百年后的长安显形闹鬼呢?除此之外,他们还编了个诸葛亮纪功碑的故事,也是用古代名鬼给史大将军抬轿子的,事见《隋书·史万岁传》,不妨对照来看。

二

为鬼魂所据的凶宅，比较常见且为人所瞩目的是冤鬼作祟。所谓作祟，未必都是飞砖打瓦之类的胡折腾，很多不过是出些鬼声、现个鬼影而已。

唐人温庭筠《乾馔子》记上都（即长安）永平里有一小宅，说是小宅，也是占地三亩，植树数百，只是房子少些，只有堂屋三间，东西厢共五间。自大历年间开始，前后相继有十七家在此居住，皆丧其长子。此后无人敢住，主人便布施与罗汉寺，寺僧出赁此屋，仍然是无人敢入。有一卜者名寇鄘，花了四十千从僧寺那里买入。

其夜，扫堂独止，一宿无事。月明，至四更，微雨，鄘忽身体拘急，毛发如磔，心恐不安。闻一人哭声，如出九泉。乃卑听之，又若在中天。其乍东乍西，无所定。欲至曙，声遂绝。

后来寇鄘做法事，从地下挖出一女子遗骸，葬奠于渭水之沙洲。原来这是汾阳王郭子仪的夫人买下，供出门时临时歇脚的屋子，她不愿意让外人知道此地，由于她怀疑手下一个使女泄露消息，竟把此女活埋于此。

此宅之凶就是有鬼哭，而鬼哭之由在于含冤。被活埋而死的女鬼冤气郁结，平时还能压抑着，只是到了阴雨之夜，控制不住满腹哀苦，才从九泉之下发出悲声。从寇鄘的亲身经历来看，这鬼魂并没有任何过激的反社会行为，只是她的哭声让生人感到

169

恐惧和不安，无意中让那十七家中的长子惊悸而死。凶宅的源头是那凶悍暴戾的王夫人。汾阳王郭子仪二十四考中书令，富贵寿考，古今少匹，一直为功名中人所称羡，而且史论多以为他这个家族的完美结局和他的恭谨守礼有关。从这个故事来看，郭家仍然没有摆脱骄侈淫逸、无法无天的权门魔咒，汾阳王死后郭家没有落到霍光家族的覆灭下场，只是侥幸没遇到汉宣帝罢了。

洪迈《夷坚甲志》卷一七有"解三娘"一条，记南宋初四川果州（今南充）的一座凶宅——南充驿馆，闹鬼的是驿馆的中堂，每至夜晚，在那里就能听到鬼哭之声。这鬼闹了三十年，到绍兴二十七年春，一位叫赵丰的统领行至此，方才真相大白。此鬼名解三娘，父亲是个通判，一个州的二把手。但金灭了南宋，中原板荡，四海流离，解三娘逃难至蜀，为当地一个官员李司户霸占失身。而这所驿馆当年就是李司户的住宅。李司户嫁女与马大夫之子马绍京，解三娘便作为陪嫁丫头到了马家。因为解三娘生得美丽，又为马绍京所奸。李小姐心生妒忌，回家时诉于其父，李司户便一顿乱棍，把解三娘打得半死，然后掘个深坑，把解三娘头朝下活埋了。解三娘还是官宦家的小姐，一般百姓家儿女的遭遇可想而知。说是异族的金兵奸淫烧杀，本族衣冠禽兽做的孽一点儿也不少。由于冤杀而死，不能超生，所以每至深夜，三娘便哀哭不止，希望能遇到好心的恩官为她申冤。沉冤三十年，驿馆内官来官往，竟然没遇上一个能为她申冤的官员，直到遇上了赵统领。赵统领听了女鬼的哭诉，为她诵经超度，并挖出尸骨，葬于高原。掘尸之时，女鬼再三叮嘱："顶骨在最下，千万为我取，我不得顶骨不可生。"

大宅门因为杀死奴仆妾侍而成为凶宅的例子很多，墙壁、土炕、水池、粪坑往往都是这些冤死鬼的葬尸之地。[1]深夜的悲哭还算不上什么有意的作祟，这冤鬼也只求能够投生转世，摆脱掉地下无尽的苦楚，并没有提及对仇人的惩罚。但还有一些刚烈不屈的鬼魂，则要申冤复仇，这就难免要带有厉相，而这凶宅就更凶一些。

冤鬼告状是幽冥故事中的一个大节目，从《后汉书·独行传》中王忳的故事以来，正史、野史、公案、鬼戏，一直延续到近代，没有上千，也有数百。大约是人世的冤案太多，它就成了一个脍炙人口的题材。但人们爱看归爱看，故事却少有变化，陈陈相因，少有创新，下面仅举个稍有新意的故事。

清人陈尚古《簪云楼杂说》有"义伶"条，记明万历间苏州一凶宅事，云某家有一楼，凡是住宿其上者无不死。一个戏班子在此演戏，众伶人相谓曰："今夕有能寝者，当以酒劳之。"一唱大花脸者慨然应之，扮作关公，又有二伶则扮成关平、周仓相从。

> 至三更，闻楼下哭甚哀，哭已登楼，宛然无首尸也，以两手挈其颅，直前拜跪。生若末心悸无措，大净独喝曰："汝何来？"曰："冤鬼江西饶州府德安县人，罗姓，名汝俊。三十六年装米三百五十石投枫桥吴观海，售银伍百两，而观海致吾死。"大净曰："汝之冤固也，何缘发其实？"

---

[1] 有个凶宅故事不可不补充，宋人王铚《默记》卷上，记曹利用之侄曹汭被宦官诬以谋反，下了油锅，从此那油炸活人的衙门就成了凶宅，都说曹汭的冤魂仍在其中。故事是老套，但由此而知道，今天被一些文化人无限向往，觉得最值得穿越回去的宋朝，不仅有凌迟，而且还有下油锅的酷刑。

曰:"行凶则家人吴富、杨三也。尸瘗梯下,用大石横覆,三年不得伸。唯大圣怜察。"大净曰:"汝既负冤,祟何也?"曰:"冀申理,不意皆自怖而死,非某罪也。"……

最后这位扮关公的大净设下计谋,在官府的帮助下,真的为鬼魂复了仇。这种鬼物现形,无意害人而人辄怖死,也是凶宅故事的一个固定程式,我认为这个说法未必是为吓死人的鬼物开脱,倒是有鼓励人们勇于直面鬼物、无须恐惧的暗示。需要指出的是,这种冤鬼告状的故事一多,也就容易为骗子所利用,造出一些假冤鬼来。如清人徐岳《见闻录》所载一条云:

有某御史巡抚南直隶,向以雷厉风行著名。此日到了松江,宿于行衙,明烛高列,审阅文卷,家人门子环绕伺候。这时忽然隐隐闻有鬼哭之声,接着倏然凄风入户,便见一鬼披发带血,立于灯下,且前且却,好像欲有所诉而不得者,而哭声益发瘆人。御史见此,心惊胆战,嘴上却道:"你有冤情么?入梦来诉可也。"那鬼闻听,便挟风而去。御史便带着家丁们全搬到柏台上睡觉,等着冤鬼给他托梦。想不到这时一伙贼来了,把御史大人的行李席卷一空。

如果真是清廉的巡按,随身行李能有几何,但那些装鬼的贼人可不是一般闯空门的蠡贼,巡按大人这一遭巡视捞了多少真金白银,他们肯定是心里有数的。这只是盗钱财的,还有匪人装作冤魂,送来假造的证据,推翻成谳的,那人心就更可怕了。所以一般来说,官府判案不取鬼话,也正是因为这里最易捣鬼也。这负面的效应比倒地老太的讹诈路人严重多了,原来窦娥阳间被冤还可以阴魂告状,现在连这条申冤的路也堵住了,阴郁之气不能畅通，非把人间憋出个火山口般的大疔疮不可了。

三

凶宅中告状的冤鬼往往披发带血，是个厉鬼模样，看似可怕，其实较易打发，只要申雪了冤枉，他就唱着青天大老爷的赞歌回到该回的地方去了。另一种凶宅的占据者则不然，他们无冤无恨，只是因为生于斯，死于斯，葬于斯，再加上曾经的老而不死和后来的死而不悟，认准要把这份家当带走，既然带不走，索性就自己留下守着。贪欲也好，爱痴也好，到了脱生忘死、气迷心窍的地步，总是有让人悲悯的一面，如果他的儿孙们愿意，对其他生人也没什么妨碍，大可就由他去吧。但他们子孙不肖，家业荡尽，祖产易手，自己已经身为那一边世界的居民，却依恋着已经成了别人家产业的东西不撒手，这就让人讨厌了。惹人讨厌却又不容易打发掉，这就是另一大类凶宅的产生缘由。

唐人余知古《渚宫旧事》记南朝刘宋时一事，戴承伯在江陵枇杷寺东买了块空地，盖了座房子。住了没多久，一天晚上，就听有人闯进来骂大街。戴承伯赶紧起身去看，见有一人，形状可怪，自称："我姓龚，本居此宅，君为何强夺？"戴承伯说："我是从戴瑾手中买下的空地，你不应指责我，有不妥你应该去找他。"那鬼道："是你为了便利自己而不顾妨害别人，和戴瑾有什么关系？你快走人，否则我让你知道我的厉害！"说完这鬼就不见了。戴承伯也是个倔脾气，不理那一套，结果不过旬日，便得暴病而死了。

姓龚的这鬼是何年在此居住，根本无从查询，只是他住的房子塌了，拆了，在阳世的人看来已经不存在了，所以在此重建新屋，是理所当然的事。但在龚某鬼魂眼里似乎不是那么回事，阳世的房子没了，但这块地皮却不妨是他阴世的居所。他让戴承伯滚蛋，并不是要自己占据这座新宅子，而是继续占据这块地界。此鬼混账不讲理，幸亏产业不大，如果是一国之主，真要弄得举国流离了。

但这种混账不讲理的东西究竟是少数，占据凶宅的幽魂也有通情达理之辈。人与鬼争宅的故事不少，难得见的是人能讲出让鬼叹服的道理，汤用中《翼駉稗编》卷三有"陈侍郎以理折鬼"条很可读，这位侍郎公当时只是个穷秀才，所以更可读：

当时杭州有某巨绅废弃的一座大宅第，因常见鬼物，人不能安，频年闭门。陈秀才家极贫，仅有破屋数间，而且快要倒塌，不能再住了，于是四处举债借了若干吊钱，赁居此宅。陈秀才剪除蒿莱，草草收拾，刚刚入住，便见一朱衣幞头之人，骑怒马，带数十人簇拥登堂，向陈诟骂，道："此我故居，汝何得轻占？"秀才问："公何人？"曰："前朝侍郎。"秀才道："公既前朝显达，便应知理。就是明朝的皇帝，尚且江山易主，社稷无存，何论阁下区区此房，更易数主呢。且人居市廛，鬼居墟墓，自应分途。此宅久废，我用钱买下，并非私占。公名姓不载志乘，生前并无文章为世所钦仰，死后自应埋首重泉，有何面目复效安石争墩耶？"鬼闻言，长叹数声，入地而没。

陈秀才一番话算得上振振有词，特别是"公名姓不载志乘，生前并无文章为世所钦仰，死后自应埋首重泉，有何面目复效安石争墩耶"一句,[1]更可以让生前尸位素餐,无德无功也无文章可供后人钦仰的老鬼羞惭无地,知耻而退。但徐秀才的成功有一个前提,此鬼必须有脸皮,倘若遇上不知羞耻的没脸皮鬼,怕也是无可奈何,而霸占着位置不肯让与后人的却是无脸皮鬼居多。郭则沄《洞灵小志》卷六有"鬼争居处"一条,记其座师张亨嘉晚年事:

礼部侍郎张亨嘉,因奉母丧归故乡福州,赁居福州西门外高升店。此店本为曾氏故居,由于多见怪异,便租给别人做了旅舍。张亨嘉的小儿子还没离奶,奶妈是北方人,忽然中了撞科,一嘴福建话,道:"我在这里住了多年,你们家一来,杂处扰乱,弄得双方都不安宁,你们快搬走吧!"张侍郎对着被鬼魂附体的奶妈道:"这屋你占据着,但我是花钱赁的,你说我们谁占理?而且我是暂时居住,很快就返回北方,旬月之间你就不能相容么?"奶妈道:"张大人说得极是,可是省城里有的是大屋豪宅,哪个地方大人不能住,何必非和我辈杂处不可?我先给大人几天时间,请大人赶快另找居处。"张亨嘉见鬼不肯让,只好自己搬家。

郭则沄评此事道:"文厚(张亨嘉谥文厚)服阕后,未补官而卒。鬼知其贵官,故不犯,且知其官禄已尽,亦不避也。"这是清亡前二三年的事。

人视凶宅为鬼屋,其实如果人强行住了进去,鬼视此屋也是

---

[1] 金陵朝天宫后本吴冶铸之地,故名冶城。东晋时,谢安(字安石)尝与王羲之登冶城,悠然遐想,有超世之志,后人遂以其地称谢公墩。宋王安石居金陵,有诗:"我名公字偶相同,我屋公墩在眼中。公去我来墩属我,不应墩姓尚随公。"人戏谓王与谢争墩。

凶宅。这就是"人鬼相妨",人与鬼住在一起,双方都会感到不自在。解决的办法不外三途,一是一方说理而对方退让搬走,二是做人的一方不与魑魅争光,主动搬走,三是双方都不肯退一步,那就只有看谁的气焰高了,反正最后总有一方退走。而人鬼和平共处的情况也不是没有,但那已经不是凶宅了。慵讷居士《咫闻录》卷七"鬼宅"条兼说后面两种:

广东有一客舍,轩昂敞朗,扃闭多年。有顺德士人喜其僻静,赁而居焉。适友人来访,时已入夜点灯,呼童煮茗,款坐谈心。可是过了一个时辰,那水也没煮开。客人面现惊疑,遽起告别。主人固留不得,送之出门,再回来,灯已灭了。到厨房叫小童,见他还在往灶下添薪,说:"一堆柴都快烧尽了,这水一点儿沸的意思都没有,真是怪事!"士人从灶下取火以燃客厅之灯,忽见火苗呈青绿色,不禁毛骨悚然。及回至书房,正要推门,忽闻内有人拍案厉声道:"吾做客数十年,为人排难解纷,世所敬服,一旦殂于暴病,事有未了,难以归家,故延居于此。吾喜静而不许人入,人亦畏吾灵而不敢入。尔何胆大如斯乎?当速去,否则恐不利于尔矣。"士人揖而祝道:"人鬼殊途,幽明一致,确实不便住于一处。我赁此房时,并不知道阁下在此,自当另觅住处。可是请给我一个月的期限找房子,这期间我另为阁下设一室,洒扫清洁,设祭安神,奠酒焚香。一月期满,我即拜辞。"那鬼笑道:"言亦近理。"遂寂然。士人乃另寻馆,依期而去。

后有太守某闻之,气粗胆壮,喜其赁价之廉,曰:"彼福薄者不能镇邪。吾以堂堂太守,何惧此鬼!"时有食客在座,劝道:"城厢内外,瓦屋鳞鳞,何必恃盛气与鬼物争此一室乎?"

太守不从。迁居三日,渐出妖魔,眷属相继而病,仆隶儿童,如见其人,偶闻其声。太守虽不遇害,而阖室不宁,不得已,最后还是搬走了。

常言道:"神鬼怕恶人。"鬼被人熏走、赶走、打走的事也不是没有。温庭筠《乾䐑子》"道政坊宅"条言一凶宅,人居者必遭大祸,结果住进一群大兵,每日烹煮宰杀,沸反盈天。有能见鬼者,只见:

> 堂上有伛背衣黯绯老人,目且赤而有泪,临街曝阳。西轩有一衣暗黄裙白裆袴老母,荷担二笼,皆盛亡人碎骸及驴马等骨,又插六七枚人胁骨于其髻为钗,似欲移徙。老人呼曰:"四娘子何为至此?"老母应曰:"……近来此宅大蹀跶,求住不得也。"

而徐铉《稽神录》卷三"陈守规"条,言一被发配的军将住进一所凶宅,鬼物昼现,奇形怪状,变化倏忽。这大兵则亲执弓矢刀杖,与之打斗。那鬼物顶不住了,便求军将,愿以兄事之。于是人鬼之间,时常交谈,遇有吉凶,鬼辄先报。而鬼或求饮食,军将也与之。但时间一长,军将便烦了,找个方士,疏奏天帝,要让这鬼滚蛋。而这鬼也无可奈何,道:"你图占我的居处,以为我真没地方去了么?老子现在要去四川了,你想让我住我也不住了。"

鬼物也有知趣而退的。《阅微草堂笔记》卷十三载某年乡试,王觐光与数友共租一宅读书:

观光所居室中，半夜灯光忽黯碧。剪剔复明，见一人首出地中，对炉嘘气。拍案叱之，急缩入。停刻许复出，叱之又缩。如是七八度，几四鼓矣，不胜其扰；又素以胆自负，不欲呼同舍，静坐以观其变。乃惟张目怒视，竟不出地。觉其无能为，息灯竟睡，亦不知其何时去。然自此不复睹矣。

凶宅故事虽多，但大抵不出以上所述，原则是人与鬼不能在一起居住。

例外也有，如清人陆长春《香饮楼宾谈》卷二"楼下"条，载湖州南浔有张翁者，购地于邻，将拓其居。既兴工，掘得古棺两具。长子说："我们的房子只能盖在这里，棺在下而居其上，人鬼两不能安，不如另找块地方把二棺迁走。"张翁道："不妥。人家把棺材埋葬于此，就是认为此地风水好。如果因为我们造屋而把它们迁走，就等于是夺人之地了。我有一法，把棺材封好，再培以实土。我们在上面盖座楼，但把楼下的门锁住，不让人践踏其上，楼上可做读书之所。这样人居其上，鬼居其下，不是可以人鬼两安了么？"照此而行，果然相安无事。第二年，张翁次子要考举人，在楼上构思甚苦，倦而假寐，见一老人为之讲题义，授以作法，并道："今科尔必中。归语尔父，予即楼下人也。"醒后文思泉涌，果然中举。

这种宾主两贤的事貌似少见，其实认真想一下，人间不断地兴土木，难免要侵占鬼宫，但成为凶宅的其实少之又少，可知地下的鬼魂大多还是很厚道的。

最后说两种特殊的凶宅。一是死者的房屋为人巧取豪夺之后，鬼魂在自己的家中当"钉子户"，拿阴间的房契到阳间打官司,正如鸡和鸭对话,于是只好自行了断,闹起鬼来。《夷坚乙志》卷十一"巩固治生"条,说方城有一人家颇富,可是家中男丁相继死亡,只剩下一个老太太带着十岁的孙儿。邻居巩固为人奸诈,连哄带骗,让老太太把家业全贱卖给了自己。巩某洋洋自得,把祖孙俩逼走,全家搬进这座大宅子。就在这天半夜,"有大声从井中出,旋绕满宅,至晓乃止"。这显然是鬼魂对他施以警告。但巩固并不理睬,硬是住了下去。住了刚刚一年,金兵入侵唐州,巩家数十口全死于此宅之内。

巩氏数十口肯定是为金兵所害,但如果他们不住进此宅呢,或许竟如《活着》中的福贵,逃过此劫也说不定。可是回过头来看,此宅之凶似由来已久,否则何至于让前一家男子全都病死呢?《夷坚丙志》卷九"温州赁宅"条中谈一凶宅,仲氏居之,全家尽死,后来吕氏又居之,辄见仲氏之鬼作祟。看来有些凶宅祟人,被祟而死者复祟人,莫非竟像虎伥一样还有个接班传代的规矩?再看那家余下的一个孤孙,如果不被赶出此宅,说不定死于金兵之手的就是他呢。虽不必为此感谢巩固的奸诈,但祸福相倚,吉凶乘除,往往类此。

另一种特殊的凶宅,就是人为的假凶宅。《阅微草堂笔记》卷三载其家乡献县淮镇一事:

> 有马氏者,家忽见变异,夜中或抛掷瓦石,或鬼声呜呜,或无人处突火出,飐岁余不止,祷禳亦无验,乃买宅迁居。有赁居者,飐如故,不久亦他徙。是以无人敢再问。有老儒不信其事,以贱价得之。卜日迁居,竟寂然无他,颇谓其德能胜妖。既而有猾盗登门与诟争,始知宅之变异,皆老

儒贿盗夜为之,非真魅也。

世上这种假凶宅可能很不在少数,可见人要是捣起鬼来,鬼蜮的那些伎俩竟要相形见绌。

四

凶宅之多,为北京一大特色。北京故城历明清五百年,大宅第本多,而朝廷各派势力的争斗酷烈,权柄转移,豪门兴衰,往往于一朝一夕间,所谓"因嫌纱帽小,致使锁枷杠","乱哄哄你方唱罢我登场",抄家籍没,充军发配,甚至夷灭三族,也不是太稀罕的新闻。家族内部也并不平静,诸房夺势、妻妾争风、姑嫂斗法是大家族的生活调料,不发生点儿吞金自缢的事那是绝少的。再加上骄奢淫逸,残虐成性,对奴婢动加刀杖,死了就埋于后圃,砌入夹墙,填了眢井。冤魂孽鬼既多,运势一衰,重堂奥室间就往往成了闹鬼的地方。《红楼梦》中的荣宁二府闹了多少次鬼,大观园才建了几年,不就已经"月夜感幽魂"了吗?

所以自明代以来,北京就多有凶宅。下面仅就识见所及,介绍几座名气大的。

一座是石大人胡同的严嵩旧第,见于明人沈德符《万历野获编》卷二十"居第吉凶"条。石大人胡同即今北京东单北大街路西之外交部街。这宅第位于城中心,紧挨皇城,最早为明英宗赐给了复辟功臣忠国公石亨。这大约是它的第一代主人,所谓"石大人"即指石亨。石亨以夺门功为复辟后的英宗所宠荣,冤杀于谦亦其主谋,骄奢淫逸,后因谋反事被诛。石亨死后,此宅很长时间没人敢住。直到嘉靖年间,不可一世的咸宁侯仇鸾住了进去,结果是革职问罪,忧郁而死,接着是身后正法,掘尸枭首,家产籍没,惨祸更甚于石亨。这宅第接着归了严嵩,而这个执政二十年的权相,不久就罢官为民,抄家问罪。这宅第又没人敢住了,朝廷便把铸钱的宝源局设于此宅。除宝源局所占之外,尚余一大片宅子,本为石亨时的偏厅,虽仅一区,其宏敞亦过他第数倍。这宅第后来让宁远伯李成梁住了。成梁父子一门九虎,李如松更是一代名将,但这一将门连三代都没过,入住不久,先是成梁病死牗下,继而如松战殁。如松嫡长子名世忠者当袭爵,而顽嚣无赖,资产荡尽,只剩下正寝停着李成梁的尸柩,十年不葬,其他房屋全都典质于人。

沈德符写至此,道:"屠酤嚣杂,过者叹息,信乎形家之说不诬。"认为此宅之凶,凶在它的风水地理。而据明末人刘侗的《帝京景物略》"宜园"一篇,仇鸾所造之宜园在崇祯时归了冉驸马。在刘侗的笔下,这座"宜园"也是百般不宜。

石大人胡同只是严嵩三处住宅的一处,还有一处在南城。据沈德符《万历野获编·补遗》卷四"凶宅"条所载,其壮丽不减王公,严嵩被抄之后,此宅为张居正所有。张居正死后又被籍没,后来割出四分之一改做全楚会馆。会馆之外的空房,沈德符的父亲租了其中的十分之一,没有几个月,就妖魔百出,请来龙虎山张真人也无能为力。最后是沈父闹了一场大病,房子自然不敢住了。这大宅子后来落到京师富人徐性善手里,他装修好了送给吏部侍郎徐检庵,没多久徐检庵就被罢了官,而徐性善也因为别的事被抄了家。未及三十年,三度被抄,这套大宅子充了公,不知后来如何。

这个全楚会馆，据清末郭则沄说，就是宣南虎坊桥的湖广会馆，在清末为京师四大凶宅之一。沈德符父亲住在这里的时候，曾想移植一株梨树，命工人掘地，稍深，见一巨石板，叩之硿硿有声，沈父疑其下有伏藏之物，赶快命人掩土，梨树亦移至别处。石板之下到底有什么东西，估计是伏尸的可能性较大。据沈云，紧邻沈父所居一宅，为归德沈宗伯（即沈鲤）所租。他曾对沈父说："一连几天的夜晚，内室燃烛不明，加至十数炬亦然，不知何故。"沈父劝他迁居，沈鲤尚在犹豫中，一日拆炕，"则一少妇尸在焉，宛然如生"。沈鲤大惊，立移他所。

沈德符道："此等枉死伏骼，京中往往有之！"他在《万历野获编》卷二十八"马仲良户部"条，记马仲良在京师赁一居，"初住亦无他，屋后隙地，为溲秽之所，但每遇阴雨，则墙阴仿佛有所见，侍婢辈时时惊叫"。后来房子又转到另一姓徐的官员手里，也是接连闹鬼，最后见一墙将崩，拆倒后，"则倒植一少妇，颜貌如生"。于是徐就上告马仲良生埋活人，弄得马丢官罢职。后来才知道，在马家搬入之前，此家住着一个官员，夫妻俩合谋杀妾而砌于墙内。

此外还有羊房胡同一宅，大概就是现在西城的羊房胡同，在什刹海南，自西至东有一里多长。明末朱孟震曾租房住在这里，他在《河上楮谈》卷一"京师宅"条说的是他自己所租一宅，刚住下时，当地人就说其宅多怪异，可是他不肯信，住了一段也没出什么蹊跷事。但不久就凶起来，先是两个儿子相继夭亡，接着童仆都感了时疾，家中竟无一人可供薪水。他不敢不信了，便买了酒肴，奠而告神。当天晚上，长子的塾师就得了一梦，梦见一人自内而出，蓬首跣足，遍体污秽，渐渐进了后园，到一石榴树下便消失了。次日到园中物色，果见树下有一小土阜，猜测可能是过去埋死人的地方。贡士李一夔对他说："此地名羊枋，早先白日中尚闻鬼啸，当急徙之。"搬走之后，有人还说见到有鬼物坐井栏上，人至则自投入井。

西单北大街路东的太仆寺街，明代时就有，其中就有一所凶宅，明末人杨士聪《玉堂荟记》卷上就曾谈道：

> 太仆寺街亦有一宅。素凶，何香山居其中七八年，其家中或见绯衣妇人，往来空室，香山不见也。香山去后，宋五河琮以考选僦居，未一月而毙。同馆吴慎旃移入。……未五日而吴病，病十三日而殁。

此书又言：

> 京师凶宅往往而有，如杨大洪及崔呈秀，虽邪正不同，先后并住一宅，而相继破家。御史张聚秀寻卒于其内，人相戒不敢居。青州冯可宾独买居之，且开园起楼，以娱封翁……然其封翁竟没于此宅。继之者亦以忧去。

杨大洪即杨涟，天启时弹劾魏忠贤二十四大罪，下狱拷掠而死，而崔呈秀则是魏忠贤的爪牙，号称"五虎"之首。魏阉擅政，忠直毙命，魏阉垮台，狗党授首，政局的变化如手掌之翻覆，因为他们先后住此一宅就认定此宅为凶，这有些牵强了。

另西长安街路南著名的安福胡同，也是明代就有的老街。钱希言的《狯园》中两次提到此处的凶宅。一处为狐妖所据，一处则是鬼魂捣蛋，见于卷十五"凶宅一"，此宅凶极，但读来有趣，照录于下：

北京安福胡同某中贵第，相传其中为魅所宅，常多怪异，故居者辄死。嘉靖间，松江光禄寺丞范公惟丕，含香兰署，秉正嫉邪，闻其宅凶，竟僦居之。光禄与夫人同寝，所幸姬某氏床在室东南隅。其夜月色横窗，姬大呼云："有白须老翁，长四五尺，突挟一少年登床。"急起家人，取火逐之，杳无踪迹。明夜复有六七老翁，挟六七少年至。光禄命左右持刀迎斫，应刃藏匿。或窥其相次倒入壁角中，推索寂寂。自尔姬病，光禄亦病。病加剧矣，其魅数数见形如故。中庭有大盎可容五石浆者，无故爆破，如飞瓦屑，偪燸有声。一日忽见皂衣人数十曹，辇一大棺木进卧内，竟扶光禄入棺，云："此中世界甚乐，请相公游其中也。"光禄惊惧，计无所出，谓云："我算历尚不应尽，与汝曹夙昔无仇，何忍荼毒至是耶！"魅云："然则相公觅一受替者可乎？"时偶有髽头女奴至榻前，光禄指之，此女奴立诣囊下缢死。少顷，魅即举棺纳女奴还，视光禄而嘻，遂去不见。已而光禄病起，姬亦无恙。后一年迁官，转质宅于同乡张兵部仲谦。有讯张所居安乎，答云："胡床案几之属，白昼无故绕屋自行，触壁乃止，夜则交斗，移出，相击于中庭；食器常在空中，又投之于地；二三小铛常负一大釜而走，殆无宁寝矣。"未久移寓他所，榜于门曰："此宅甚凶，慎勿卜之。"不索价而去。王征君甲子年入京，目击斯异。

五

清代北京有名的凶宅也不少，早就有了"四大凶宅"的名号，可是细究起是哪"四大"，说法不一，其中宣南的粉坊琉璃街似为诸说所公认，材料也比较多，下面仅就我所见罗列数条，供有兴趣的朋友参考。

前面说到王觐光所租的那座闹鬼的宅子，就是粉坊琉璃街中的一处。纪昀于其下说道：

粉房琉璃街迤东，皆多年丛冢，民居渐拓，每夷而造屋。此必其骨在屋内，生人阳气熏烁，鬼不能安，故现变怪驱之去。

《阅微草堂笔记》卷一还说到此街另一处宅院：

京师斜对给孤寺道南一宅，余行吊者五。粉坊琉璃街极北道西一宅，余行吊者七。给孤寺宅，曹宗丞学闵尝居之，甫移入，二仆一夕并暴亡，惧而迁去。粉坊琉璃街宅，邵教授大生尝居之，白昼往往见变异，毅然不畏，竟殁其中。

汤用中《翼駉稗编》卷二"凶宅"条所记要更详细一些，但说的可能是另外一处，因为此宅已经改为酒馆了：

京师有四凶宅，相传多怪异，人不敢居。南城外粉坊琉璃街一宅尤凶，终年扃闭，无过问者。有山东贾利其值廉，僦之以开酒馆。初时车马填门，无甚异。一日有贵官携两小伶来，猜枚行令，饮兴极豪。忽闻后院清歌婉转，响遏行云，非精于音律者不能。徐起探之，遥望灯烛辉煌，似有十余客分两席坐，趋近逼视，客皆无首。大惊仆地。两伶继至，亦仆。家人踵至，灌救移时始苏。从此酒肆收歇，宅仍封闭矣。

清末南通人戴莲芬《鹂砭轩质言》卷三"鬼拜人"一条也是写粉房琉璃街凶宅的：

光禄寺署正某，扬州人，携眷之京，寓粉房琉璃街，某宅传闻甚凶，而某初不信。就职后，驱车谒大僚，家中留一仆一媪。夫人方晓妆，忽大门自辟，一驼背媪伛偻入，貌枯黑，衫裙敝垢。见夫人遽拜，夫人噤不能声，已而拜渐近，夫人色变，冥然死。

值得为研究《聊斋志异》者所注意的是，这故事与《聊斋志异》卷一"喷水"条所记京师一凶宅的情节近似，很可能是一个故事的不同版本。其中有云：

一夜二婢奉太夫人宿厅上，闻院内扑扑有声，如缝工之喷水者。太夫人促婢起，穴窗窥视，见一老妪，短身驼背，白发如帚，冠一髻长二尺许；周院环走，辣急作鹤行，且喷水出不穷。婢愕返白。太夫人亦惊起，两婢扶窗下聚观之。妪忽逼窗，直喷棂内，窗纸破裂，三人俱仆……见一主

> 二婢骈死一室，一婢膈下犹温，扶灌之，移时而醒，乃述所见。……细穷没处，掘深三尺余，渐暴白发。又掘之，得一尸如所见状，面肥肿如生。令击之，骨肉皆烂，皮内尽清水。

此外，西城的西单东北角有石虎胡同，明末为吴三桂旧邸，吴之前则为崇祯时被杀的首辅周延儒所居，据邓之诚《骨董琐记》卷六"蛐蛐罐"条所记，相传为京师四大凶宅之一。另，这四大凶宅还有一处在西河沿，只是一时想不起在哪本书中见到了，只好暂付阙如。

阜成门内也有一所有名的凶宅，不知是否在"四大"之内，《夜谭随录》卷二"永护军"条中记其"甚凶，税而居者往往惊狂致死"。护军永某素以胆勇自诩，同人欲以凶宅试之。永挺身而往。至半夜，方就枕，即闻步履声，张目视之，"见内室灯光荧荧，急起捉刃，潜于门隙窥之，则灯下坐一无头妇人，一手按头膝上，一手持栉梳其发，二目炯炯，直视门隙"。梳头罢，"以两手捉耳置腔上，矍然而兴，将启户欲出，永失声却走"。

粉坊琉璃街的南口就是南横街，西行不远，路南有一南北向的胡同，名珠巢街（20世纪50年代尚作此名，后来据说改为珠朝街了）。路东一宅，纪昀曾租之，中有一室，门帘常自飘起尺余，小儿女入室辄惊啼，云床上坐一肥僧，向之嬉笑。又三鼓以后，往往闻邻居龙氏宅中有女子哭声；龙氏宅中亦闻之，乃云声在此宅。（见《阅微草堂笔记》卷九）

东单牌楼有一处为和珅旧第，也是有名的凶宅，桌椅之类无故自动，或数人方共饮茶，茶碗忽飞至他处。（见俞樾《右台仙

馆笔记》卷十四）

钱粮胡同有一大宅，人亦称凶，章太炎迁入后，其长女自经于此。

又《洞灵小志》卷二言"京师饭庄多凶宅"，并举西珠市口某饭庄，原为故家宅第，陈某在一包间请客，见对面包间"钗鬓交错，皆高髻广袖，类古装"，其中一客为自己相识，便起来打招呼，刹那之间，主客全都不见。再看另外一间，也和对面一间相同，全是古人冠服，便觉得不妙，匆匆收场回家。

另一处为菜厂胡同聚丰堂，即今东安门大街南侧，本为居宅，有旗员某居之，婆婆虐待儿媳，逼令自缢，而自己在旁饮酒以待其气绝。妇死后此宅恒见怪异，乃赁为饭庄。而儿媳所居之室，入夜则自梁而坠双足，及下乃为缢鬼，故此室不以款客。而饭庄并不安靖，有人租以庆寿，忽见一翁径踞上座，人皆不识，其来其往，人皆不见。

又南城李铁拐斜街某饭庄，亦时有人入席，或问之，则倏然不见。

如果以此为例，那么北京的大宅院不凶的确实不多了，又何止"四大"、"十大"。朱孟震《河上楮谈》云："京师旧宅多鬼怪，盖岁久无人居，阴气郁塞，而强死者精灵不散，恒出而为厉。"所谓强死者，大多即惨遭豪贵杀戮的冤魂，由此大致也可以想见北京凶宅故事的源头了。

过去北京有一句"树小墙新画不古，此人必是内务府"的话，意思是那宅子不管盖得多排场，只要"树小墙新画不古"，一看就是暴发户。但这话也不大妥，想那密荫满院的大树，苔痕斑驳的旧墙，以当时的技术，确是造不成假的，但字画古董之类，只要有钱，就可以整车往家拉，而且清客蝇集，买来的也未必都是西贝货。所以我想，如果把"画不古"换成"不闹鬼"，也许更实在些。大宅门的闹鬼，就是资格的印证，如果一座大宅子中连冤死鬼或《雷雨》中鲁贵看到的那种鬼都没有，那宅子的身份就要降下几成。所以，暴发户们要想跻身上流，往往一面附庸风雅，一面就要赶紧作孽。白居易诗最后一句是"人凶非宅凶"，若下一转语，就是只有人凶才能让土鳖升格为豪门吧。

幽冥之火

幽冥之火就是"鬼火"。但"鬼火"有两义,一是指鬼魂日常生活所使用的火,二则为幽灵"未散之气"而现为磷火者。本篇只谈鬼魂所用之火,如炊火、炉火、烛火、篝火之类。

冥间肯定是有火的,九幽十八狱中有铁板烧、红烧铜丸子之类伺候罪魂的刑罚,没有火行吗?而且那火温相当高,一大勺铜汁灌进喉咙里,鬼魂顿时灰飞烟灭,让人想想都可怕。但是,鬼魂的生活用火如何?到阴间走过一遭的还魂者们只是呱唧呱唧地谈阎王爷的恩德和地狱设施的美轮美奂,却从来没提起过火,好像他们走过的阴间不但没有炊烟,连一点灯亮都没有。

但这方面的信息也不是一点儿也没有,生人偶尔有机会遇到了鬼,并且看到了鬼魂所用的火,比较一致的体验是,他们的火是冷的。

晋人有小说《志怪》,其中有"张禹"一则,算是鬼故事中的名篇了。故事写一女鬼孙氏,死时留下一双儿女。其夫宠幸旧使婢,而此婢酷虐两个孩子,必欲置于死地。孙氏知此,常痛彻心髓而无可奈何。最后在张禹的帮助下,孙氏方才杀死了恶婢。

起首写张禹遇鬼：

> 永嘉（西晋末怀帝年号）中，黄门将张禹曾行经大泽中。天阴晦，忽见一宅门大开，禹遂前至厅事。有一婢出问之，禹曰："行次遇雨，欲寄宿耳。"婢入报之。寻出，呼禹前。见一女子年三十许，坐帐中，有侍婢二十余人，衣服皆灿丽。问禹所欲，禹曰："自有饭，唯须饮耳。"女敕取铛与之，因燃火作汤。虽闻沸声，探之尚冷。女曰："我亡人也，冢墓之间无以相共，惭愧而已。"……（《太平广记》卷三百一十八"张禹"条引）

这是鬼魂所用的炊火。唐人韩琬《御史台记》：

> 余庆少时，尝冬日于徐亳间夜行，左右以橐橐前行，余庆缓辔蹑之。寒甚，会群鬼环火而坐，庆以为人，驰而遽下就火。讶火焰炽而不煖，庆谓之曰："火何冷，为我脱靴。"群鬼但俯而笑，不应。庆顾视之，群鬼悉有面衣。庆惊，策马避之，竟无患。（《太平广记》卷三百二十八"陆余庆"条引）

又明末人《集异新抄》卷六有"鬼怕印"一则，与此情节相似，言一里役夜行，见草屋下三人围一火堆而坐，见人来，便呼曰："且来坐坐。"又一人曰："天寒夜深，况此地多鬼，何事独行至此？"里役掀衣就火，绝无暖气，试以手拨炭，冷气逼人。里役于是心知是鬼，遂设计驱之。

这是群鬼取暖之篝火，与炊火一样，在生人的感觉中全是冷的。再看鬼魂照明的灯火，戴孚《广异记》有"薛矜"一则，故事已经见于《鬼之尊容》一篇，其中说到薛矜进入妇人外厅，便觉"火冷"，再入堂中，"其幔是青布，遥见一灯，火色微暗，将近又远，疑非人也"。

张荐《灵怪集》亦言鬼灯青暗：开元中有兖州王鉴，其性刚鸷，无所惮畏。一日乘醉往自家田庄，入夜方至，而庄门已闭。频频打门而无人出应，遂大叫骂。俄有一奴开门，鉴问曰："奴婢辈今并在何处？"令取灯，而火色青暗。鉴怒，欲挞奴，奴云："十日来，一庄七人疾病，相次死尽。"鉴问："汝且如何？"答曰："亦已死矣。向者闻郎君呼叫，起尸来耳。"因忽颠仆，已无气矣。

以上这些例子，都意在证明，鬼魂用的火，在生人的感觉中是冷的。当然，诸多鬼故事中还有很多没有谈到火冷的，以鬼故事中已经成为模式的"鬼烤火"为例。

洪迈《夷坚乙志》卷八"吹灯鬼"言，有王氏子，乘夜被酒，策马独行，"望丛棘间七八人相聚附火。往就之，皆丐者也，环坐不语。细观其形状，略与人同，而或断臂，或缺目，或骈项，无一具体。见王生，跃而起，吹其所执灯"。

又《夷坚三志·壬集》卷四"杨五三鬼"言，杨五三寒夜提灯独行，时被酒半醉，炬灭，心惕惕然。至兵马司前，"见门外坎上群卒附火，亟往投之，相向炙手。因仰头伸欠，顾群卒皆无头，骇而走"。

这两事中都没有说鬼火是冷的，没有说，那就是和人间之火没有区别。另外，据游过地狱而生还的幸运者所谈观感，还没见一个说躺在烧得通红的铁板上面感到凉森森,而洪炉中喷出的"炽焰烈火"舔在脸上如甘露之沁脾的,也就是说,他们所感知的地狱之火烧起生灵和幽灵没什么异样。

如此说来,鬼魂所用之火究竟是冷是热,在编造者那里还没有达成共识,或者说,有些人还没意识到青荧摇曳、冰冷昏暗的鬼火的艺术渲染力。即使我们不嫌麻烦地去统计鬼故事中各种鬼火温度所占的比例,结果也是什么也证明不了。所以不如探讨一下,为什么有人会认为鬼火是冷的,这种观念有没有合理性。

鬼故事是人编的,而人要想突出鬼与人之间的差异,阴阳的两极性质是最主要的题目。与人间世相对应,鬼的世界总是阴暗、潮湿、冰冷的。而如果那个世界有了和人间同样的火,它还会阴暗、潮湿、冰冷吗?答案是否定的。所以要想维持冥界的阴暗、潮湿、冰冷,就绝对不能让那里出现能创造光明、温暖、干燥的人世之火。

或有人问,地狱中的火能把人烤成干、烧成灰,为什么鬼魂做饭烧水的火是冷的?难道同一个阴间会有两种火,公家用的是热的,私家用的则是冷的?冥界的居民们难道只能喝冷水,吃冷食?类似的疑问还可以提出一堆,但我想,冥界的生灵们大约要对这些疑问嗤之以鼻,或者撂上一句"夏虫不可以语冰"吧。因为同一种火,对于生人和鬼魂来说,是有不同的感觉的,也就是说,生人感觉那火是冷的,鬼魂的感觉却是热的。何以云然?还是从鬼故事中找答案。

首先要确定的是,冥界的火与人间的火是不同的。这个观念今人或许不好理解,但古人却视为理所当然。因为就是人间的火也不是同样的,古有"钻燧改火"之说,不同的木头钻出的火都不同，祖先钻出的火传到今天，和现在钻的火就不是一回事，煮出的饭都不是一个味儿，而且新火可能影响人的健康。季节不同，钻火用的木头也要有讲究，所谓"四时五变"，春用榆、柳，因其叶青，夏用枣、杏，因其实赤云云，木性顺应时令而钻出的火可以治流行病，胡乱来就会闹病。所以古代有"出火"之政，每到换季之时，政府就要用时令之木钻出火来，然后发到民间。在这种观念下，鬼火不同于人用的火就是很自然的了。

鬼火既然不同于人世之火，它就自有其特性。见到一群鬼围着火堆取暖，那火肯定是热的，否则何必围着？但人凑过去却毫无暖意，那是因为人的皮肉感受不到鬼火的温暖。墓室中锅铛齐备，平时应该也是用来烧水煮饭吧，否则何必搞那些厨房炊具？来了客人也照旧烧煮，不想生人只闻水沸，一摸却是冰冷，但如果让鬼魂以手"探汤"，可能就要烫出燎泡来。这正是"冢墓之间无以相共"的人鬼差异性。其他如鬼火点的灯在生人眼里是昏暗闪烁，摇曳不定，青绿如豆，对鬼魂却是男可读书，女可针黹，打麻将、斗地主都没问题的。

看来鬼魂的生活质量不能用人的标准来衡量，正如《庄子·秋水篇》中庄子所说的"鲦鱼出游从容，是鱼之乐也"，而惠施以为"子非鱼，安知鱼之乐"，实在太过偏执。过去曾引过李复言《续玄怪录》中薛伟化鱼，"波上潭底，莫不从容，三江五湖，腾跃将遍"，可见鱼自有为鱼之乐，非我辈所能想象。

不但鱼也，猪又何不然？《集异新抄》卷四"阴皂隶"条言一少年游阴，见有美妇十一人，颜色绝艳。遂欣然随之而行，渡河入一人家，华屋美茵，香气馥烈。先有一妇人独卧捧腹，貌甚肥，群妇连臂坐茵上，其人即与之同坐，乐不可支。原来这少年误随十一幽魂投入猪胎，在这位小猪崽的眼里，猪栏即是华屋，破荐即是美茵，而十一小母猪即是美女，在人闻起来是秽气触鼻，在他却是香气馥烈呢。所以冥府断案，动辄罚人来世变猪变狗，却不想做猪狗竟有猪狗之乐，这些冥官真应该自己先做做猪狗，体验一下再订刑律，不要像人间不吃猪肉的某官，动辄罚人吃肉也。

同理，对于冥界，如果有人在一旁指手画脚地说什么冷了黑了潮了不舒服不爽了，在鬼这方面来看，那真是俗话说的"吃饱了撑的"，等他们变成鬼魂时自然就不会说三道四，甚至唱起幸福歌时比别的鬼魂更欢也说不定。举个例子，《酉阳杂俎》前集卷十五有一条云：

临川郡南城县令戴察，买宅于馆娃坊，暇日，与弟闲坐厅中，忽听妇人聚笑声，或近或远。察颇异之，见厅前枯梨树，意其为妖，遂伐之。不意掘出枯根，其下又有大石，其形如锅，中央竟然成了一个大坑。

忽见妇人绕坑抵掌大笑。有顷，共牵察入坑，投于石上。一家惊惧之际，妇人复还，大笑，察亦随出。察才出，又失其弟。家人恸哭，察独不哭，曰："他亦甚快活，何用哭也！"察至死不肯言其情状。

此处说的是妖是鬼虽然还不能定，但道理似是通用：旁人以为是祸坑的，里面人却以为是艳窟。"他亦甚快活，何用哭也！"可见两界之间很难沟通。

如此来看，同一个火，人以为是冷的，鬼以为是热的，又有什么可疑的呢？最后只能让我们感叹造化之神奇，冥界的火一方面能够让鬼魂有"正常的"、似乎延续了他们前世的生活，另一方面，这火又不会改变冥界的正常秩序，它永远不会给幽魂带来真正的光明和温暖，于是天下太平，地下也太平。

前篇谈凶宅，曾引《咫闻录》一则，言主人待客，燃薪煮茶，一堆薪焚将尽，汤无沸声，而灯火也是焰绿荧青。又《子不语》卷四"陈州考院"条言，鬼之将至，辄"灯光收缩如萤火"，"添烧数烛，烛光稍大，而色终青绿"。这里的灶火和灯火都是人间之火，只是因为这是凶宅，不知为什么，就成了鬼火一般模样了。其实也不仅是凶宅，《子不语》卷一"煞神受枷"条，言某妇为亡夫守灵，至归煞之夜，煞神将至，"阴风飒然，灯火尽绿"。类似的情况多见于鬼故事，而且在中外的影视中也常有表现，可见只要鬼魂的气焰够旺，人间之火转变为鬼火也不是不可能的。

阴间为什么不能有农民

一

人间的鬼故事，不管来源如何，反正我看到的都是活人写的，所以难免要掺进活人的愿望、感想、取舍之类，而在意料之中的是，人人不同，各如其面。我曾经对冥府里的监狱很有兴趣，因为按照老辈子传下来的规矩，我们死后总难免要到那里住一住的，所以就想提前有些了解，以免临事突兀。可是看了总有几十种回忆录型或采访记型的冥狱记载，竟然没有一例相同，全是罗生门式的自说自话。每位记录者似乎都在用自己的亲身经历证明别人是胡说八道，只有自己所见才是真的，而在旁观的我来看，只觉得他们全是说梦话。

即使是在奴隶社会吧，每个人也都有做梦的权利，也有随意构想自己将来要拜访的天堂或地狱的自由，但事到临头，最终总要有个约定俗成的定式。比如过去的老百姓，就把一命呜呼叫作"见阎王"，而有一些自以为得了仙气神气的则说"去西天""归道山"，佛道各有所取，而兼容并收的则是"驾鹤西去"，乘着道家之鹤到西天见佛祖或是到昆仑山找王母娘娘、元始天尊。

老百姓见阎王肯定是没好事的,但也没得选择;而念了几段《太上感应篇》就想驾鹤西去,谁知那边收不收,最后的结果是西面下去,又从东边出来,成了不明飞行物。

但不管每个人给自己构想了什么,最后的结局总是归结为孔夫子的那句"吾从众",就是不想从也要从。凭你生前有天大的本事,死后的尸首也要按大自然和老百姓的"既定方针"处置,想搞特殊,一时或可,不过只是一时而已。别人是"弹指一挥间"就灰飞烟灭,特殊的也不过就多弹几下指头吧。至于阁下的尊魂,可能更难自主。须知我佛如来的灵山道场,金蝉长老都要走后门才能进,王母娘娘的瑶池,弼马温都拿不到门票的。

二

题目说的是有没有农民的问题,为什么先扯上这么一堆闲篇?因为阴间有没有农民,其实也是一个"从众"不"从众"的问题。以我对中国幽冥文化的粗浅理解,中国的冥界是没有农业和有关"民生"的任何产业的,这一看法自然有不止几百条的例证做直接或间接的支持。但有几位朋友从古籍中找到了阴间有农民的"例子",当然也能找出若干条阴间有手工业、工商业,甚至妓院、赌场、酒馆的例子,但这些个案尚不足以作为证据,因为它们大抵是编故事者的"个人行为"。他们对阴间有自己的理解也好,对阴间的"规矩"是外行也好,不是外行而故意要和这些规矩唱反调也好,这些个别的例子都不足以影响中国冥界的整体结构；而且它们本身也很难站住脚，其实有些作者自己本来就没有"站住脚"的打算。比如一般的鬼故事都说阴间是没饭可吃的，可是钱希言《狯园》卷九"南濠钱氏子还魂"一条中，就说到一个在冥界流荡的鬼魂，为冥吏看见，引入一空城子，"粗给饮食"，好像冥府里开着粥厂似的。

先从一位朋友提供的阴间可以耕田的例子说起。

> 唐曹州离狐人裴则男，贞观末，年二十，死经三日而苏。自云：初死，被一人将至王所，王遣将牛耕地。诉云："兄弟幼小，无人扶侍二亲。"王即愍之，乃遣使将向南。至第三重门，入见镬汤及刀山剑树，数千人头皆被斩，布列地上，此头并口云大饥。……（出自《冥报拾遗》，见《太平广记》卷三百八十二）

这故事中的"耕地"并不能证明冥界有农民，因为耕田者可以是奴隶，是农奴，是劳改犯，是作秀的官僚甚至行耤田礼的当朝天子。就事论事，此处不妨假设有二说：

（一）阎王是把耕地当作一种劳役式的惩罚，正如《酉阳杂俎》中说的，把东海的水挑到西海，把西岳的石头搬运到东岳，这可不是填海造田学大寨，纯粹是胡折腾，通过折腾达到惩罚和改造魂灵的目的。只是这位阎王的劳役也太轻松了，犁地居然还有牛！我上中学时到农村生产队耩地种麦子，是淋着冰冷的秋雨，在陷脚的泥泞中自己做牛来拉耧子的。这位小裴，生无过犯，死不到期，捉到阴间劳动改造的可能性不大。

（二）或许冥界有一个北大荒，缺少劳力，阎王爷强行到阳世抓壮丁？这样说虽也未尝不可，但阎王放着手底下那些千千万万戴罪的鬼魂不用，却跨界捕捉万岁爷治下的平民给自己干活，即使加上个漂亮的名称，诸如不在人间吃闲饭，或解决小年轻的就业之类，万岁爷的事情似也无须你小阎王插手插足吧。更何况这种征调，总应该是成千上万地抓捕，只抓个小裴有什么意义？所以阎王让小裴去耕的那块地，只能理解为阎王自家或政府机关的自留地。拉来的壮丁不能叫自耕农，有人身自由的可以叫长工或短工，像小裴这样扣下的就是家奴，其实更像是被绑架的苦役。

但以上这些纯属多虑，作者编这故事，抓去耕田不过是个引子，说到底是让小裴到"第三重门"去参观地狱的一景，几千个砍下的脑袋码了一大片，张着大嘴齐喊"饿死我了"，然后回到阳世替和尚做宣传员而已。

好友黄晓峰先生则引了清人乐钧《耳食录》卷四"上宫完古"条的故事，中间有一段是说阴间的农民控诉官府的：

> 有数男子出，衣履甚敝，椎鲁类农夫……谓完古曰："客远来未知，此地官长自丞簿以上贪残如狼虎，数年工役繁兴，科派乡里，日役丁男数千，而少给其食。小民失业，劳苦吁天。饥馑洊臻，道殣相望，无以供租税。悍吏日来吾乡，叫嚣隳突，鸡狗不宁。乡民流离，死丧殆尽。"

这故事实在没什么故事性，一看就知道，它不过是把人间虎吏狼役追讨赋税的情节换了一个阴间的背景，而那背景也很简单，只用了一盏冒绿火的油灯就代表了。指着阎王骂酷吏，这是乐钧写《耳食录》的一向风格，说起来与《聊斋志异》的某些篇章有些相似，他们并不考虑阴间的"规矩"，只是硬把人间的事情安排到幽冥世界中，再加以游戏变相。近代作家张天翼的《鬼土日记》也是用了这一笔法，没有人读了会认为冥界众生把鼻子当生殖器一样忌讳，不揞个大口罩就没脸见人，所以也不会读了"上宫完古"就认为阴间真有农民，有催讨赋税的衙役，而且还"饥馑洊臻，道殣相望"，阴间道上都是饿殍，说真的，阴间什么都可以有，就是不能有"死尸"。但晓峰加了一句："必须说明的是，阴间关于农民的材料极少，这未必是偶然，也许有一些很特别或有趣的原因。"看来他只是想为"阴间没有农民"找一条反证，却也不轻易地把它作为"阴间有农民"的确证。

估计会有读者质问：任何鬼故事都是有漏洞的。说阴间有农民的故事有漏洞，难道说没有农民的故事就无懈可击了吗？

这质问自然是不错的，但同样是编造的故事，有的却是基于一般的大众心理，有的却是个人的师心自造。当然，后者如果为大众心理所接受，也不妨融入幽冥文化之中，或者作为一条幽冥世界的"规律"，或者虽然与"规律"不合却仍为民众所接受。比如一般认为鬼魂的面貌就是人死时的模样，或者是老病，或者是残伤，但一些幽冥故事中的古代美人，尽管死时已经成了鸡皮老妪，但在故事中却仍是花容月貌。这显然违背了幽冥世界的常识，但基于某种心理，民众却仍然接受了它。英雄和美人不但在历史上突显着他们的神采，让灿烂的光华掩盖了所有的缺陷，就是死后也还保留着这个特权。但有意无意地在阴间安置农民和农业，显然没有达到为民众所接受的境界。

三

我在《阴山八景》中描写的那个冥界就算了吧，那里只有罪犯和官府，只有审讯和刑罚，自然是没有农民的。所以要找农民，只能把这个幽冥世界还原到佛教传入中国之前的形态，那时还没有六道轮回，也没有十八层地狱，更不是整个冥界就是酆都一个大地狱。虽然描述那个时代冥界的材料很少，但在《搜神记》等书中还是能看到，在魏晋之前，鬼魂在阴间就是生活在和阳世没什么差异的村落民居或者荒野宅屋中。而即使在魏晋以后，这种中国本土的幽冥世界仍然顽强地存在于大部分幽冥故事中，它们是幽冥文化中最有趣味和意义的部分。但就是这个冥界，从任何一方面来观察，都是农耕社会的生活场景，但却偏偏没有农业，当然也没有农民。

讨论阴间为什么没有农民，意义乃在于探明古代民众在无意识地构筑自己的冥府时，却不自觉地遵循着什么样的阳世规则。为什么一个农耕社会的冥府竟然完全摒弃了维持民生的最基本的生产方式，让祖先的鬼魂失去了最基本的生活资料？

段学俭先生对幽冥故事读得多而且想得也深，他不但认为阴间没有农民，而且还想刨根问底。他在一篇关于拙文的评论中说："我隐隐地觉得阴间没有农民，一定有一个有趣味的、有意义的原因，这个原因也许与阴间的本质有关，与鬼的本质有关，与信仰的本质有关。"学俭先生显然明了探索幽冥文化的真实意义，就在于从阳世中追寻世人的俗信与思维。但是，他又接着说道："是什么呢？我不知道。当我读到书中说'阴间中没有农民'那句话时，心怦怦直跳，极希望这里给出一个答案或分析。我失望了。"

这确实对我是一个有益的鞭策。我在《那一边的吃饭问题》一文中，曾试图对这一幽冥现象进行探索，认为其根源乃在于当时的宗法社会中。我至今仍认为那是问题的症结所在，但此处不妨从别的角度做一下补充和弥缝。

一个农业国家构建自己的幽冥世界时断然舍弃了农业，这背后究竟是一种什么样的奇异力量操纵着这个民族的集体意识？人的意识形态归根结底是由经济基础所决定的，人们的经济利益影响并决定着他们的意识，马克思的这个理论至今仍然颠扑不破。我们的阴间没有农民，其原因只能到我们阳世祖先的经济利益中去寻找。

有没有农耕，当然不取决于眼下的冥界没有阳光雨露、四季递嬗。古人虽然不懂光合作用，但没有阳光庄稼就不长的道理是懂的，而编故事的人却不必考虑得那么周全，正如想让冥界开个铁匠铺，也不会考虑再加上配套的铁矿、煤矿和炼焦厂一样。但如果古人认为冥界有必要存在农业和农民，那么他们创造的冥界就一定有适应农作物生长繁殖的自然条件，就是不及富庶的江南，也不至于像不毛的戈壁。现在的冥界是没有雨的（虽然我曾经引用过一条冥间下雨的故事，但也特别指出它的反常——仅此一例），可是人们如果需要那里能够生长庄稼，那么雨就会有的，风也会有的，大馒头自然也会有的，正如耶和华说"要有光"，红太阳就升起来了。在创造幻想和希望上，人人都能成为上帝。可是上帝最后只能有一个，那是不自觉的集体意识。

只要有必要，我们的先人就会在冥界铺满丰林茂草，洒遍阳光雨露。这不是我的随意想象。大家只要不拘泥于"冥界""阴间"字面上的意思，把"冥界"理解成人死后魂灵"生活"的"那一边"，那么西方的天堂，东方的极乐世界、瑶池仙境，对于魂灵来说，其实都是一种"冥界"。人们能造出天堂和极乐世界，为什么就不能让阴间变成三日一风、五日一雨的良田沃野呢？不造，就是因为不需要；即使原来有阳光雨露，为了要在那里杜绝出现农耕的一切可能，最终也要让它们消失。

其实在更古老的时代，中国的冥界本不是那么一片死气沉沉的。我在另一篇谈天帝与鬼魂的文章中谈到，古代曾经有一种观念，人死之后，他的魂灵是要升到天上去的，有些高贵的魂灵甚至要和天帝住在一起。也就是说，那时的冥界就在天上，即使不必理解成后来意义上的天堂，但肯定不是后来佛教中的地狱。那本来是一个适宜祖先魂灵生活的地方，可是为什么要把它演变成一个连鬼都不愿意待的地方呢？原因说起来不止一个，但在冥界禁止农耕应该是其中之一。

阴间没有农民，是人们不想让阴间有农业。而禁止农耕也不是目的，只是手段，目的是让冥界没有任何自给自足的生活资料。所以冥界不但没有农业，一切生产食物的行业，诸如畜牧养殖、捕猎打捞、果木栽培，所谓"农林牧副渔"，全都没有。（随之而来就是也没有"工农商学兵"，但这个问题正反两面的材料都太多，需要专门来谈了。）看来我们的祖先是下定决心让阴间的魂灵挨饿了。至于这样做的意义，就是我在《扪虱谈鬼录》中《那一边的吃饭问题》的结尾所说的：

只有让冥间的鬼魂没吃没喝，才能让子孙的祭祀显得那么重要；而为了保证让祖宗一年三餐，子孙的财产就不能流到宗族之外的外姓人手里！宗族的现实利益要受到最高级别的保护，所以让祖宗在天之灵的肚皮受些委屈也算不上什么了。

因为受行文所限，这个结论只涉及防止"财产外流"问题，显然是不全面也不够分量，难怪学俭先生要失望了。那么如果我在这里稍事夸张地补充一句："只有阴间没了农民，才能让那里的祖先们没饭吃；而只有让他们把一年三餐的希望寄托在阳世子孙的身上，才能让阳世子孙的宗法制度得以稳固地运转，而不至于崩溃。"读者诸公会不会觉得这话说得太离谱了呢？难道在我们今天看来只不过是鬼故事的东西，会对人间社会的体制有那么重要的作用吗？

现在当然不会，但在古代则很难说。

四

"国之大事，在祀与戎。"（见《左传》成公十三年）戎，即军事行动，是捍卫国家不受外来势力的侵掠；祀，是祭祀祖先鬼神，则是从内部稳定国家的宗法制度。祭祀对宗法的维持和稳固的作用，前人已经有诸多论述，此处略过不提，只简单说一下祭祀与幽冥文化的关系。祭祀的对象既然主要是幽冥世界的先人，那么古人在构建幽冥社会时就必须与"祭"相配合，使之谐调。打个比方，祖宗们最好天天吃饭，一天三顿，也许还要加个夜宵，但阳世的儿孙们却除了开始的那些天之外，不能永远地一天三祭，不仅是没时间，而且太频繁了就失去了庄重和严肃，弄得像给灶王爷上供似的。正是《礼记·祭义》中说的"祭不欲数，数则烦，烦则不敬"也。可以少喂祖宗几顿，但敬可不能含糊。同样也不能太少，即"祭不欲疏，疏则怠，怠则忘"。（哪怕那祭品只是几片肉、一筷子粉条、几粒米、一碗冬瓜汤，却也要毕恭毕敬，连口大气也不能出的。例见张岱《钟山》一文中对中元节南京祭太祖高皇帝的实录。）更何况列祖列宗也太多，就是万岁爷闲得蛋疼，恐怕也不肯天天为他们撅屁股上供。古人祭祀天地百神要讲排场，祭祖自然更不能马虎，那么一年要祭多少次合适呢？于是祖宗们以年计算的开饭时间就由活着的儿孙们商定了，祖宗对饥饿的忍耐能力自然也要随之调整了。阴间的所有规矩都是这样由活人们"制定"的。如果有人敢说阴间禾稼连云，老祖宗那里丰衣足食，比我们这边过得还好，用不着送那些垃圾食品，那么祭祀制度就要出现混乱。祭祀不仅是阳世子孙与阴间祖先之间的沟通和认同，也是阳世宗族中大宗小宗之间的认同和谐调。没有了给祖先送饭的祭祀仪典，人间的宗法就要面临解体，他们在"吃饭"方面也要出现危机。

祖宗的吃饭与子孙的吃饭之间有一条神秘的纽带连接着。此处且举一例。

我在《说魂儿》一书中讲过春秋时郑国伯有的鬼魂为厉的故事，那只是故事的一部分。伯有在郑国现形、恐吓直至杀人，"为厉"的结果，就是引起郑国人心骚动，预示着一场贵族变乱可能发生。因为前执政伯有是郑穆公的曾孙，辈分比当时的郑侯还要高，三世从政，为郑国中的强族。他的被杀，波及这一派贵族的利益和安危，而"伯有为厉"的一系列事件，其实就是这一群人制造并哄传起来的。此时的执政官子产是春秋时有名的贤人，在处理这件棘手的"人为闹鬼"事件中，他巧妙地顺应了人们的幽冥观念，把动乱的危机消弭于无形。

子产的措施就是"立公孙泄及良止以抚之"。公孙泄，是襄公十九年被杀的执政子孔的儿子，而良止则是伯有的儿子。子产不谈闹鬼的事，只是以"继绝世"的名义把这两个绝祀的贵族的儿子都立为大夫。子产的措施很见效，这边一宣布任命，那边鬼就不闹了，民间的骚动也随之安定下来。

子大叔甚感诧异，不知道人间的人事变动怎么会让厉鬼销声匿迹。子产道："鬼有所归，乃不为厉，吾为之归也。"伯有为什么闹鬼，是因为他的魂灵没有落身之处，也就是丢了饭碗。现在立他的儿子为大夫，大夫就可以立家庙，这样伯有之鬼有所归，自然就不闹了。

子产这是揣着明白说糊涂话。他何尝不知道骚乱的起因乃在于阳世，本来是活人（伯有的家族及党羽）的吃饭问题，但他们却要让死鬼以没饭吃来闹事。伯有生为恶人，死为厉鬼，子产不能因为一个恶鬼兴风作浪，就为他立庙血食以求平安。这种对恶鬼的妥协不但会遭到伯有的对立面的反对，也无法向国人交代，更主要的是解决不了伯有子孙的吃饭问题，而这个问题不解决，伯有的鬼魂就要继续作祟下去，或者郑国就要发生动乱。所以子产只解决"人事"，而且为了防止国人指责他向伯有的鬼魂妥协，就拉了另一家名族公孙泄以做掩饰。

死去的鬼魂只要不满意住房和连带的吃喝待遇，就可以作祟杀人，逼着当局给自己立庙，这是阴间的假象；而由此为子孙后代争得地位和俸禄，这才是阳间的实惠。换个角度说，如果没有阴间没饭吃的前提，伯有也就失去作祟的依据，他的儿子也就当不上大夫，郑国的政局就会发生骚动。

由此可以看出，早在春秋时，阴间就没有供给鬼魂食物的产业了。当然更重要的例证是楚国子文那句"若敖氏之鬼不其馁而"。北周时庾信在《功臣不死王事请门袭封表》中说到军功贵族的宗族问题时有这样一联："幸使伯有之魂，不能为厉；若敖之鬼，其无馁而。"这两件事编在一起，可见不是偶然；时间已经跨越了几多朝代，人们的观念依然如此。伯有鬼魂的作祟为阳世的子孙挣来了宗族的地位和锦衣玉食的待遇，而狼子野心的越椒犯上作乱，不仅是宗族诛灭，而且让阴间的祖先从此"馁而"，成了饿鬼。那一边的吃饭问题就是这样与这一边家族的兴衰关联着。

吕思勉先生在《神嗜饮食》一篇（见《吕思勉读史札记》）中引了诸多例证，说明鬼神对饮食的企盼，以致说出"谁给我吃的我就保佑谁"（见《左传·成公五年》："祭余，余福汝。"）这样的话。鬼神那一边如果有自给自足的食物供给链，他们至于如此像叫花子唱《数来宝》乞食那样不顾面子吗？吕先生最后说："人固祈神佑，神亦恃人以饮食之也。不孝有三，无后为大，即由于此。"

而且不仅如此，阴间祖宗的鬼魂对祭祀的享用还有限制。晋大夫狐突对太子申生的鬼魂说道："神不歆非类，民不祀非族。"（见《左传·僖公十年》）原来只有自己子孙的祭祀祖宗才能享用！

很明显，本文的题目写错了。问题不是有没有农民，而是能不能让那里的魂灵保持着稳定的饥饿状态。

除了挨饿，鬼还怕什么

人和鬼，是麻秆打狼

如果有人问：鸡生蛋，蛋生鸡，你说是鸡怕蛋还是蛋怕鸡？恐怕十有八九的人会觉得这位先生脑筋有些毛病。但人死为鬼，鬼转世为人，究竟是人怕鬼还是鬼怕人，却似是一个很正常合理的题目，几千年来一直纠缠着人们，可以说一直到现在也没有定论。五十多年前出版过一本《不怕鬼的故事》，一看这书名，就知道是给怕鬼的人看的，而且认定怕鬼的人是绝大多数，这书是给他们壮胆的。其实人也不必那么委琐，照我的想法，冥界如果有出版社，弄不好也会印一本《不怕人的故事》的。

明人姚士麟《见只编》卷下有一条云：众人以乩降仙，不想这天降坛的是个鬼。某人问道："鬼定是怕人的，你怕我么？"鬼答道："怕。"一时在旁诸位，包括打杂的仆人在内，都一个个来问，而鬼皆答曰"怕"。最后临到一位举人，这鬼竟说"不怕"，人皆不解其意。没过几天，这位举人就死了。如依此说，鬼是怕人的，只是不怕"衰人"，因为衰人即将沦为鬼的同类也。

可是这故事若从另一个角度来看，每个人都问那鬼怕不怕自己，这不正是自己心虚吗？自己越心虚却越要问，问完了也是白问。鬼和人之间，如果硬看成对立的，大多也是个体对个体的较量，几千年了，两界之间一直很和谐，还没听说发生过什么阴阳大战或人鬼对擂擂台，更没有断绝互相输送灵魂的经济制裁。而个体的较量，结果就很难说，只是我相信，楚霸王"生当为人杰，死亦为鬼雄"，而阿Q，就是成了鬼，哪怕见了乡里的村长地保，膝盖还是照旧那么软。

如此说来，"鬼怕什么"这个题目所以还要做下去，那就不仅是要了解鬼的习性，更是要从中看一看人的心理，也就是说，人为什么要让鬼怕这些东西。

鬼怕正人，伪君子除外

鬼无论怕的是什么，最后必定归结到鬼与人的关系上。所以本节先谈鬼怕什么人。

从历代记载中最多见的是：鬼怕正人。正人就是正派人，光明正大，方正无邪。

《后汉书·独行列传》中有王忳者，除官郿县令。赴任行至斄亭，亭长报告说："此亭有鬼，数杀过客，不可宿也。"王忳道："仁胜凶邪，德除不祥，何鬼之避！"入《独行列传》的人总是有些怪癖的，他才不管孔夫子"敬而远之"那一套，就是梗着脖子住下了。入夜之后，听到有女子称冤之声，王忳便摆出官架子，道："有何冤枉，上前禀来。"女鬼说："我没衣服，不能上前。"王忳便扔给她一件衣服遮体。女鬼方道:"妾夫为涪县令,赴官过宿此亭,亭长无状,贼杀妾家十余口,埋在楼下,悉取财货。"忳问亭长姓名,女鬼道:"即今门下游徼者也。"王忳问:"汝何故数杀过客?"对曰:"妾不得白日自诉,每夜陈冤,客辄眠不见应,不胜感患,故杀之。"这女鬼真是混账之极,旅客睡得太熟,不能听她诉冤,她就把人家杀了,你有这杀人的本领,为什么不去自己报仇?而全家被杀十余口,那些人死就死了,像乌龟一样缩了起来,偏让个没穿衣服的女子出面申冤,成什么体统?最后当然王忳替他们报了仇,而这驿亭从此也就平安了。但我总觉得用个裸体女鬼来证实自己有仁有德再加上坐怀不乱,王忳这故事编得太扯了。

《陈书·徐孝克传》言都官衙门年代久远,多有鬼怪,每昏夜之际,或见人着衣冠从井中出,或门阁自然开闭,居此者多死亡。徐孝克居此二年,妖变皆息,"时人咸以为贞正所致"。德行方正能辟鬼,好像此说在当时已经成了共识,但那些被鬼弄死的冤魂莫非都不贞正了吗?常言道:"白日不做亏心事,半夜不怕鬼敲门。"但同时还有一句"闭门家中坐,祸从天上来"以作补充,所以我们什么都不要太绝对了才好。

《阅微草堂笔记》卷九,作者记其先父之言曰:"汝读书亦颇多,曾见史传中有端人硕士为鬼所击者耶?"纪学士于是"再拜受教",好像听到了什么终极真理似的。史传中是没见过端人硕士遭鬼暗算的,但他们遭奸人暗算的可不少,用什么阴不能胜阳,"慈祥者为阳,惨毒者为阴;坦白者为阳,深险者为阴;公直者为阳,私曲者为阴。……阳为君子,阴为小人"这套腐论也是说不通的。再说了,史传中非端人硕士者又有多少为鬼所击的？是不是没有遭鬼的就都可以把自己标榜为正人君子了？看看史传笔记，我感觉以此为标榜的人物倒是很有一些。举个典型的例子：

戴孚《广异记》言唐兵部尚书李暠，"时之正人也"。可是他怎么个"正"法呢？这天有个美妇人来求见，容貌风流，言语学识，堪称当代第一。李暠不敢纳为姬侍，正好太常卿姜皎来访，李暠就把妇人送给姜皎了。姜皎于是大会公卿，李暠也来了。酒至兴阑，姜皎就把妇人拥至别室，巫山云雨起来。诸位公卿轮番来窥视这场活春宫，而李暠轮到最后。不想李暠老花眼刚一定神，只听妇人呦然一声，凭空消失，把压在上面的姜皎一下子扔到地上。众人取火来照，见床下只有一具白骨，眼见的是尸妖所化了。"当时议者，以暠贞正，故鬼神惧焉。"鬼神既然惧李暠之贞正，为什么却登门自荐？你承受不了这位美女，转手就送给了同僚，大约是想把她作为"公共情妇"吧；一群部级大员聚众淫乱，你也雅兴十足地凑热闹，不知所谓"贞正"指的是何物？

此类故事如果收罗一下能找到不少，凡是大人先生们的我全不信，只认作自我炒作。但下面一件"邪不干正"的故事我觉得却可以一看。陆容《菽园杂记》卷八：

> 吴中有鬼善淫，凡怀春之女，多被污。与之善者，金帛首饰，皆为盗致。吾昆真义民家一女将被污，女曰："泾西某家女貌美，何不往彼而来此？"鬼云："彼女心正。"女怒曰："吾心独不正耶？"遂去，更不复来。乃知邪不干正之说有以也。

这里说的"鬼"实际上是指"五通神",好淫人妻女,但能给人家带来财富,所以就为一些人奉为"财神"。愿意伺候这财神的,就把妻女奉献上去,钱色交易,各遂所愿。以邪招邪,如石投水,以邪干正,如水投石。

与此相类的,有鬼畏节妇之说。

张鷟《朝野佥载》卷三有一条,应该算是较早的记载了,大意如下:

沧州李氏女,嫁未周年而夫卒。李年十八,守志,布衣蔬食六七年。忽夜梦一男子,容止甚都,欲求李氏为偶,李氏睡中不许。自后每夜梦见,李氏以为精魅,书符咒禁,终莫能绝。李氏叹曰:"吾誓不移节,而为此所挠,盖吾容貌未衰故也。"乃拔刀截发,麻衣不濯,蓬鬓不理,垢面灰身。其鬼乃谢李氏曰:"夫人竹柏之操,不可夺也。"自是不复梦见。

宋元以来,此类故事缕缕不绝,到了明清,鬼畏节妇的故事见于笔记中的就更多了。仅举《阅微草堂笔记》中数条:

卷四"廖姥"条,鬼不敢到节妇屋檐下避雨,宁冒雨立树下。

卷十三"胡抚军能见鬼"条,诸屋均有鬼出入,唯一室阒然,乃一守节之仆妇所居也。

又一视鬼者言:"人家恒有鬼往来,凡闺房媟狎,必诸鬼聚观,指点嬉笑,但人不见不闻耳。鬼或望而引避者,非他年烈妇、节妇,即孝妇、贤妇也。"

卷十四"宋氏烈女"条:一鬼路逢一女子,见其面带衰气,死期将近,不屑回避。不想此女忽打一喷嚏,鬼如被巨杵冲撞,仆地不能起。数日后,此女为强暴所执,抗节而死。

但这些大多应该说是节烈妇女为鬼所敬重，正如为人所敬重一样。由此也可以看出在道德观上，鬼与人并无二致。鬼畏孝子孝妇，与此也是出于同一辙轨，例子就不举了。

鬼畏贵人。

鬼一般都是很势利的，所以他们见了贵人往往要回避。这并不稀罕，稀罕的是他们有预见性，见了未来的贵人，哪怕眼下是八丐九儒，也要惶惶然地找个地方躲起来。在这一点上，鬼比人间的势利眼要强出不少。而下面这个见于梁恭辰《北东园笔录三编》卷四的"鬼畏老儒"，更让我们对鬼产生敬意。

某乡有某甲，幼子为鬼所凭，索酒食冥资无餍。延道士，符咒不能禁，某豪拥金百万，人目为财星，因邀以制，辄被秽詈。适有老儒过其门，进询之，鬼避舍去。老儒出，鬼复来。或以问鬼，答曰："老儒虽淹蹇寒衿，已五世为人，三魂六魄俱全。若某豪，初轮回人道，吾何畏之？近世孳生太繁，魂魄全者甚少，故愚蠢乖戾者多。凡蔑三纲、夷五伦，无恻隐羞恶辞让是非之心，皆甫脱毛角者也。"

梁恭辰在《北东园笔录续编》卷四"冥判"一则中还提到鬼怕几种人，言外之意也颇可圈点，摘出附于此节之后：

人间居室处处有鬼。鬼所最畏者三种人，一为节妇，二为营兵，三为醉汉。骤遇之而不及避，其魂必被冲散。盖节妇之正气，营兵之悍气，醉汉之旺气，皆足以冲之也。

清代自中叶以降，绿营兵之骄悍，除了欺负老百姓还能吓鬼，也不全算是废物。

俗话中有一句"神鬼怕恶人"，可是如果有人吹牛说鬼见了他就屁滚尿流，那么只见别人是一片马屁声，把他当成什么星下凡，起码也是大富大贵，却少见说他是个大混蛋、大坏蛋的。可见这"恶人"不但是鬼怕，人怕得更厉害。鬼怕不过是退避三舍，而人怕则是想跑都不敢，只有趋前呵卵舐腚一番心里才踏实。笔记小说中真正落实"神鬼怕恶人"这句话的只见一例，就是纪昀《阅微草堂笔记》卷十中的一则：

> 王西园先生守河间时，人言献县八里庄河夜行者多遇鬼，惟县役冯大邦过，则鬼不敢出。有遇鬼者，或诈称冯姓名，鬼亦却避。先生闻之曰："一县役能使鬼畏，此必有故矣。"密访将惩之，或为解曰："本无是事，百姓造言耳。"先生曰："县役非一，而独为冯大邦造言，此亦必有故矣。"仍檄拘之，大邦惧而亡去。此庚午、辛未间事，先生去郡后数载，大邦尚未归。今不知如何也。

一个衙役，百姓不敢说他凶恶，只能"造言"说连鬼都怕他；知府要鞫问一个小小的衙役，竟然有人为他求情，可见此人之恶已经非同一般了。

而同书卷二十中的一则也印证了王西园先生的见地：深州某家的一个仆人，素暴戾，见人就寻衅打架，没人敢惹他，背地里给他起个绰号叫杨横虎。一日夜行，至一寺院投宿，仅空屋三楹，却有物为祟。杨某怒曰："何物敢祟杨横虎！正欲寻之耳。"夜深，"果有声呜呜自外入，乃一丽妇也。渐逼近榻，杨突起拥抱之，即与接唇狎戏。妇忽现缢鬼形，恶状可畏。……杨徐笑曰：'汝貌虽可憎，下体当不异人，且一行乐耳。'左手揽其背，右手遽褪其裤，将按置榻上。鬼大号逃去，杨追呼之，竟不返矣"。有人闻之，曰："世乃有逼奸缢鬼者，横虎之名，定非虚得。"

但虎役恶仆，虽然鬼怕，却有一物能降治他，那就是权势。而县官不如现管，如果王西园不是本府知府，哪怕是外国总统，冯大邦也不会怕他。恶人如此，恶鬼也一样。青城子《志异续编》卷四"某邑令"条，记一乡人，妻死已半月，忽闻妻在室内謦欬，问之亦应，料理家事，井井有法，唯不见其形。此事播传四远，县令知之，亲至其家，鬼不可见，便拘其夫随轿出门，绕道一里，鸣锣喝道，再至其家，坐庭中排衙，将夫责二十，室内之鬼便无声矣。又带其夫至署，谕曰："此非尔妻，乃邪气所乘，将不利于尔，吾已为尔驱除矣。"乡人归后，果寂然。

而又有鬼惧现任官，不惧去任官之说。

《子不语》卷二十"蓝姑娘"一则中，一群女鬼在清明那天出门看会，正遇布政使国大人路过，仪从甚盛，将众鬼冲散。一鬼名蓝姑娘者躲避不及，窜入正丁忧的王中丞家，附于婢女身上作祟。王中丞问："汝避国大人不避我，独不知国大人尚是我之属员乎？他冲汝，汝何不到他家作祟？"鬼曰："我畏之。"中丞曰："然汝辈做鬼者亦势利，只怕现任官，不怕去任官耶？"鬼曰："亦不尽然。去任者果做好官，我亦怕他。"王中丞听了此话大为不喜，不得已且供饭、烧纸钱与之。

鬼既惧官，亦畏官印。

《集异新抄》卷六有"鬼怕印"一则,言一里役夜行,见草屋下三人围一火堆而坐,见人来,便呼曰:"且来坐坐。"又一人曰:"天寒夜深,况此地多鬼,何事独行至此?"里役掀衣就火,绝无暖气,试以手拨炭,冷气逼人。心知是鬼矣。徐思久之,探怀中官牒示三人,曰:"三君知府中有异事乎?"三人曰:"不闻。"里役曰:"新到太守行文书捕捉野鬼甚急,今当从何处捕捉?"三人相视色动。一人曰:"文书须有印信,莫戏言。"里役遂出牒后朱印,众鬼皆失声遁走,草屋亦无。

不要乱吐唾沫

一般来说,人鬼之间都是以和为贵的,但人有恶人,鬼有恶鬼,再加上擦枪走火,我们就有人和鬼打架的故事看了。

前面提到张岂石的那段话:"见鬼不怕,但与之打,打败了也不过和他一样。"算得上豪言壮语,但切不可奉为座右铭。他老人家是没事儿的时候说得轻松,若真是事到临头,那就可能是另一套说辞。以人事推测,富人和穷人打官司,富人说:"这官司打定了,打输了不过和他一样成了穷光蛋。"这是不是有些太二了?除非这是个大土豪,横行乡里,鱼肉百姓,对穷人占据了以泰山压鸡卵的绝对优势,否则都是要思量一下的。人与鬼的关系也大致如此,应该以生存为目标,切不可先有豁出去当鬼的念头,而失于鲁莽灭裂。

事到临头,能让就让,让不过了,也只好打上一架,但尽量避免与鬼架着胳膊脸对脸地互相吹气的局面,所以古人总要找出几处鬼打架时的软肋。

一个是鬼畏人中指之血。

清人杨凤辉《南皋笔记》卷三"董甲"一则：董甲家贫，年残腊尽，无以度日，便到舅舅家欲借升斗之米。正好见一少妇翻过舅舅家的墙垣，董心有疑，也翻墙入院。又见少妇进入室内，与董甲的舅母携灯而出，至树下，灯忽为风所灭，而舅母以绳系树而自缢焉。董甲方悟是缢鬼讨替，忙以刀断绳，大声呼人。舅父闻声而至，舅母获救，而女鬼早已不见。及董出门，则其妇已候于门外。董与之搏斗，不能胜，"亟咬破其中指，以血污之，鬼仆地，视之，棕也。取而焚之，闻啧啧有声，其地有血迹，怪遂绝"。

又程趾祥《此中人语》卷二"捉鬼"条与此相似，说的是乡农某甲，因事与妻反目，以至动起粗来。妻子哭泣不止，某甲也不管，径自向稻场驱牛碾谷。忽因草缠石碾，旋转不灵，某甲以手扯草，不意误轧于碾架，以致皮破血流。他忍疼唤妻取布包扎伤指，半晌不应，心中起疑，急趋入房，见妻已自缢于梁。急为解下，而妻已不省人事。某甲掌掴其颊，妻知痛而苏，"而掌颊之际，甲指血未止，洒于旁立缢鬼之面，即被压胜，呆立不能遁"。这缢鬼状类猕猴，衣黑色衣，身似无骨，提之，长如常人，掷之缩小，高只及膝。就好像被人点了穴位似的，动也不能动，最后捆到树上，一把火点了天灯。

更为古老的一说，是鬼畏人唾。

宋定伯捉鬼的故事已为大家所熟知，最早见于三国时曹丕的《列异传》。中言宋定伯夜行，路遇一呆鬼，便装作新死之鬼，问道："我新鬼，不知有何所恶忌？"鬼答言："唯不喜人唾。"真是鬼老实也受人欺，结果叫宋定伯这无赖给卖了。但老实鬼和老实人一样，总是不接受教训的，所以到了清代，黄钧宰的《金壶浪墨》卷一就有了如下一段：陈在衡先生，和蔼又风趣。时年六十余，暮行于郊野间。见二人笼灯前行，便就火吸烟，可是吸了半天也点不着。其中一人问："您过头七了么？"陈老听了一愣，但立刻明白了，原来这二位是把自己当成新死之鬼了。他便答道："还没过头七呢。"那人道："这就对了，您阳气未尽，所以我这阴火是点不着的。"陈老知道这二位是鬼了，便问："都说人怕鬼，是这么回事么？"鬼答道："不对，其实鬼是怕人的。"陈问："人有什么可怕的？"鬼道："我们就怕他们用唾沫啐。"陈老随即长吸一口而啐之，那两个鬼惊退至三步之外，睁目而怒道："怎么，你不是鬼啊？"陈老笑道："实不相瞒，我只是个与鬼相近之人耳。"接着再啐一口，二鬼各缩其半，三啐之后，鬼竟没了。

这故事又见于清人陈彝《伊园谈异》卷一，最后一段有些不同，那鬼道："最畏者津唾。若连舌血一喷，如被箭矣。"此人如法照行，把那群鬼立刻轰得四处逃窜。但此人自料能与鬼相见，应是阳气已衰，寿命不永了，过了年不久，果然也就到那边去了。

唾沫又称舌津，在道家眼里也算是人身上的精华，据说常咽唾沫还能长生呢。如果说唾沫含有人的阳气，为鬼所畏，或有一些道理。与此同理的还有宋人曾慥所编《类说》卷三十三所载的"鬼畏啄齿"："夜行常啄齿，鬼神畏啄齿声，故不得犯人也。兼以漱液亦善。"啄齿即叩齿，也是道家修行中的一法，而叩齿可"辟诸鬼邪之气"之说早见于南朝道教上清派的经典，只是这叩齿与我们身感寒冷或惊恐时的上下牙打架似不是一回事。

至于乐钧《耳食录》卷三"田卖鬼"一条中所说,"鬼者阴属也,喜妇人发,忌男子鼻涕",孤证而又没有故事,而且你以为是鬼,鼻涕甩去,却不灵,对方揪住你不依不饶怎么办?这一招我看就免了吧。

衣袋里多预备炒豆子

上面所说的血、唾之类,都是人身所有,虽然取之甚便,却是不能用之不竭,单挑或可,倘若遇到流氓团伙,殆乎危哉是必然的了。好在世上能治鬼的东西还有一些,虽然不像吐唾沫那么方便,如能因物制宜,和鬼打起架来还是能应付一阵的。

王仁裕《玉堂闲话》中说:"尝闻所著鞋履,以之规地自围,亦可御其邪魅。"这一招很可以应急,见围上的鬼多了,脱下鞋在自己身外画上一圈,鬼魅就没辙了。但具体是何等情状,是在身外出现一道无形的墙,御鬼魅于三尺之外,还是让自己遁形,鬼魅立刻失去了目标?作者没有说清,而且一个"尝闻",就让人感觉像是海外偏方,你就是相信,鬼也未必配合的。

但如果你穿的是双皮鞋,不拘是不是世界名牌,但一定是真皮的,那就有可能辟鬼。因为自古以来就有"鬼畏革带"之说。革带就是皮带,古人殓葬,不准往墓中放任何皮革制品,不仅皮带,什么皮帽、皮靴、皮钱包,都在忌讳之列。此说最早见于西汉刘安的《淮南子·氾论训》:"葬死人者,裘不可以藏。"裘仅指毛皮大衣,但后世却推广到一切皮制品了。为什么不能以皮毛入葬，《淮南子》认为毛裘为难得珍贵之物，不比金玉可传于后世，埋到土中，无益于死者，而不以入葬则足以养生。

这是主张薄葬的墨家、农家者流的观点，但不为张扬孝道的俗人所接受，于是便托以鬼神。托借鬼神又有数说，一种说法是，担心牛皮、猪皮葬于土内，与人皮相混，弄得死者转世时有可能会成为畜生或人身上生出羊毛来。（西汉时尚无轮回之说，且不去管他。）

还有一种说法，那就是"鬼畏革带"了。棺材里的死者见了皮货就抽风打摆子，作为孝子，你还敢往里面填皮大衣吗？此说之起不晚于南宋，洪迈《夷坚乙志》卷八"秀州司录厅"一条，讲的就是用一根皮带制服女鬼。故事言某公侍妾为鬼所附，大呼仆地。"公素闻鬼畏革带，即取以缚妾。"所附之鬼乃言曰："此人素侮鬼神，适右手持一物，甚可畏，我不敢近。"此处说的"一物"即皮带。

鬼还怕铁器。我不知道现在殡殓时有没有这忌讳，只是在笔记中见到有铁屑、生铁可厌鬼的说法。如清人潘纶恩《道听途说》卷二有一条，言某人恐鬼报怨，便在尸体的头脑四肢各布生铁以厌之。而汤用中《翼駉稗编》卷一"鬼必附人为祟"条言某家为群鬼闹宅，驱之不去，请法师来，即"索铁屑绿豆，合盛于盘，向之诵咒一时许，命持入房，于哄处拽掷，群鬼轰然散去，从此而安"。

这里提到了绿豆，但民间还有赤豆、黑豆可驱鬼之说，东瀛至今仍有以豆击鬼的民俗。民间方士便借此以神其术，于是而有"炼豆"之说，其意即普通的豆子不可用，只有我们家的才能药到鬼除。《蝶阶外史》卷三"刘四先生"条言炼豆之法云：

宝坻刘某，忘其名，少游湖南，遇异人授诛邪术。其术五月五日，择明净黑豆百粒，设巨案，覆以红氍毹，中置一盘。每拈一豆，息诸念，持咒四十九度，掷盘中，尽百豆乃已。念或少弛，豆即自盘跃出，并前豆悉成弃掷，需次年午日竭诚重炼。炼成，囊豆系腰际，寝食动作不少离，名曰母砂，恃此妖不敢犯。他人或祟于妖，招刘劾治，刘别用黑豆升许，每豆持咒三度，曰子砂，掬以击妖，妖立毙。

那时没有淘宝，老百姓没处去找刘四先生买他的独门黑豆，所以各地照用常豆如旧。

不唯如此，南方豆不易得，白米也可以做替代物。袁枚《子不语》卷六"沈姓妻"条云："道人至，取米一碗，口作咒语，手撮米击病者。病者作畏惧状，曰：'我奉符命报冤，道人勿打！'"即是。但白米最神的乃在于可治僵尸，故事不少，也很有趣，放到另外一篇专谈收拾老僵的再说。

鬼魂畏犀角所制器。戴孚《广异记》有个故事：有琅琊人行过任城，日暮宿于城外。此家主人相见甚欢，为设各种水果。客人便从怀中探取一犀角柄小刀，准备削梨，不料主人颜色大变，随之奄然而逝。琅琊客再细看室内陈设，竟然全是冢中陪葬之物。此人知道已经身处冢中，不由大惧，但也知道这刀可以护身。他再看冢旁有一穴，阳光照入其中颇为明亮，棺木已然腐败，便匍匐而出。

其实这是《晋书》中所载温峤故事的发挥：温峤至武昌牛渚矶，"水深不可测，世云其下多怪物，峤遂毁犀角而照之。须臾，见水族覆火，奇形异状，或乘马车著赤衣者"。犀角可以使鬼物现形，且使其踟蹰不安，以至托梦示警，所以犀角就被赋予了辟鬼的灵性。其实不必犀角为柄，凡属刀剑利器，鬼和人一样，见了都不会舒服的。

洪迈《夷坚丙志》卷七"沈押录"条，言湖州长兴县沈押录，也是日晚误投鬼居。主人是个小娘子，招待甚为殷勤，为设热汤以洗足消乏。沈洗足毕，便取腰间小书刀削脚指甲。不料刀才出鞘，宅与人及盆皆不见，而自身正坐一冢上。

于是又有鬼畏古剑之说。戴孚《广异记》记河东裴徽，曾独步行于庄侧，途中见一妇人，容色姝丽。徽有才思，以艳词相调，妇人并不恼怒，并云离家不远，邀徽做客。至则室宇宏丽，遂张灯施幕，邀徽入座。侍女数人，各具美色，香气芳馥，进止甚闲。徽窃见室中绮帐锦茵，如欲嫁者，心喜欲留。会腹胀，起如厕。所持古剑，可以辟邪，如厕毕，拔剑裁纸，忽见剑光粲然，不复见室宇人物。顾视则身在孤墓上丛棘中。

鬼畏黄金，见于史书。《旧唐书·杜如晦传》云：如晦逝世，唐太宗甚为悼念，因尝赐房玄龄黄银带，遂谓玄龄曰："昔如晦与公同心辅朕，今日所赐，唯独见公。"因泫然流涕。又曰："朕闻黄银多为鬼神所畏。"命取黄金带遣玄龄亲送于如晦灵所。

如晦已故，自然是成了鬼了，但太宗送黄金带不是要吓唬杜如晦的鬼魂，而是要保护杜如晦的鬼魂不受其他鬼神的凌欺。

洪迈《夷坚甲志》卷七"金钗辟鬼"条云：温州瑞安县筼筜村民张七之妻，久病于床。一日正在服药，忽尔不见。张七急呼邻里，燃火炬巡山寻之。寻至一洞，甚深，众疑其在内，鼓噪而入。至极深处，有水潭，见妇人身在水中，只有头浮水上，幸而未沉,遂取以归。妇人云:"数人劫持我去,初在洞口,见火炬来,急牵我入水。我衣领间有镀金钗,我恐失之,常举手扪索,鬼辄面露畏惧之色,以故头面得不沉。"

又有鬼畏"拦门杠"之说。胡朴安《中华全国风俗志》下编"河南"有云:

> 沁源县之除夕:中等之家,用红纸裹木炭两根,置诸门框两旁。贫穷之家,以棍一条,置诸门槛外,谓之拦门杠。盖俗传一届年节,诸鬼怪相率出外,向人家索食,若见此杠,便不挥自去。

嚼大蒜,鬼都嫌臭

看过《白蛇传》的朋友都有一个误解,以为蛇是怕雄黄的,白娘子是蛇精,喝了雄黄酒尚且要现了原形,没成精的喝了非死不可。其实蛇并不怕雄黄,记得某书中说有人试过,捉了一条蛇,嘴里灌入雄黄,那蛇活得好好的,看那样子还想再来两口。其实怕雄黄的不是蛇,而是妖精,这玩意儿不便捉来试验,所以我们就只好"尽信书"了。且看下面的故事。

宋人张师正《括异志》卷三"马少保"条,记这位少保公年轻时在佛寺读书,有大手如扇,自窗外伸至小马面前,若有所索。马若无所视,阅书如故。接连数日都是如此,马便对别人说及。有道士云:"素闻鬼畏雄黄,公可试之。"马乃以水研雄黄,秘置桌上。入夜后大手又至,马遽以笔濡雄黄,大书一草字。书毕，只闻窗外大呼道："速为我洗去，不然，祸及与汝。"马理也不理，吹烛而寝。有顷，那怪愈怒，而索涤愈急，马依旧不应。及天将晓，那鬼哀鸣而手不能缩，且曰："公将大贵，我且不为他怪，徒以相戏而犯公，何忍遽致我于极地耶？我固得罪，而幽冥之状由公以彰暴于世，亦非公之利也。"马乃以水涤去草字，且戒他日勿复扰人，怪逊谢而去。

而且怕雄黄的不仅是妖怪，鬼也怕。宋人鲁应龙《闲窗括异志》记一姓赵的小伙子在水滨纳凉，见有一做小买卖者行至此地，跑到潭边，捧水洗脸解暑，不时俯身近水。此时小赵见潭中有一鬼伸出手来，想拉这生意人的脖子，三进而三止。小赵忙大声呼叫，而鬼也随声而没。问后方知，这生意人头髻中有少许雄黄，鬼闻到那气味就受不了。所以到明代，《便民图纂》卷十六所载逐鬼魅法，就有雄黄一剂，今录于此，以备不时之需：

  人家或有鬼怪，密用水一钟，研雄黄一二钱，向东南桃枝缚作一束，濡雄黄水洒之，则绝迹矣。所用物件切忌妇女知之。有犯，再用新者。

从最后一句来看，雄黄这东西不但鬼怕，对人，特别是对妇女，也不是什么好东西。所以凡是怀疑有毒的东西，人不能吃或不敢吃，不妨就拿鬼做一下试验。

有一种植物叫冶葛，或写作野葛的，人称断肠草。清人吴其濬《植物名实图考》说，有人拿了一段猪肠子做试验，把冶葛捣烂，放入猪肠中，两头扎住，只见上下奔窜，必破肠而出方止，可见其猛烈，如果被人吃进肚子里，后果可知。陶潜《搜神后记》中有一故事，就是用这东西喂了鬼。这鬼是个捣蛋鬼，住在刘遁家就不走了，爱偷吃的，你要是骂他，他就朝你脸上扔脏东西。老刘听人家出了个主意，在别人家先煮了二升冶葛汁，悄悄带回家。晚上全家吃完粥，故意留下半罐子，然后把那二升冶葛汁倒了进去，扣上一个盆。入夜之后，就听那鬼从外面回来了，打开盆就吃粥，吃完把罐子朝地上一摔便走。须臾之间，这鬼就在屋外大吐起来，这鬼比猪坚强还坚强，竟能敲打门窗挑斗。老刘先已防备，便开门和鬼干了起来。这鬼中了毒，不堪久战，没多久就逃跑了，而且此后再也不敢来偷嘴了。

这样，如果知道鬼怕什么药物，就能发明专门治鬼用的"敌敌畏"了。张鷟《朝野佥载》卷一中记郝公景于泰山采药回来，经过街市。有一个能见鬼的人，见群鬼看到公景就纷纷走避，便知道公景药筐里定有治鬼之药。公景便取药制为"杀鬼丸"，凡有病患者，服之皆愈。但估计这鬼是疫鬼之类，但疫鬼尚能治，一般的鬼就更不成问题了。只是郝公景把这"杀鬼丸"的药方藏了起来，没有人能知道它的成分了。

不知茱萸是不是"杀鬼丸"中的一味药，但它的治鬼功能是传闻颇广的，谁没读过"遍插茱萸少一人"的唐诗呢？登高插茱萸的典故就不重复了，只讲故事。北齐王琰的《冥祥记》中有这样一段东晋时的故事：湘东太守庾绍之，与南阳宋协为中表兄弟，情好绸缪。绍之病亡之后，没过几年，忽现形来拜访宋，形貌衣服，俱如平生，只是双脚都戴着刑械。谈论了一会儿世事，绍之便讨酒喝。宋协当时正做了些茱萸酒，便摆了出来。可是绍之却不肯喝，说有茱萸气。宋协问："是不喜欢这气味么？"绍之答道："下界的冥官都怕茱萸气，非独我也。"

鬼怕的气味还有硫黄、麝香之类。刘敬叔《异苑》言王怀之丁母忧。葬母毕，忽见树上有老妪，头戴大发，身服白罗裙，足不践枝，亭然虚立。怀之还家后述及所见，其女遂得暴疾，面遂变作树杪鬼妪状。乃与麝香服之，寻如常。"世云麝香辟恶，此其验也。"

鬼又畏柏香。袁枚《续子不语》卷七有"柏香簪不宜入殓"条，云"殓时用柏香簪，魂不能再入"。也就是说，人死之后，鬼赴阴曹，冥司事讫，魂欲归于灵枢，此时如果殓以柏木之簪，则魂不能入枢，只能成为无家可归的野鬼了。

鬼又憎蒜，颇难理解。戴祚《甄异记》言夏侯文规居京，亡后一年，现形还家，见庭中桃树，乃曰："此桃我所种，子甚美好。"其妇曰："人言亡者畏桃，君何为不畏？"答曰："桃东南枝长二尺八寸向日者憎之，或亦不畏。"见地有蒜壳，令拾去之，观其意，似憎蒜而畏桃也。

桃木的辟邪功能可能是最古老的了，其源可追溯到《论衡·订鬼篇》所引的《山海经》（今本《山海经》无此文）和《黄帝书》"上古之时，有兄弟二人荼与郁，用度朔山桃树以制百鬼"，而《荆楚岁时记》也说"桃者，五行之精，压伏邪气，制百鬼"。又《本草经》曰："枭桃在树不落，能杀百鬼。"但这些"百鬼"，基本上都是传播百病之疫鬼，后世就不拘于此，各种无良鬼魂也在防治之列了。古人以桃木立于门而鬼不敢窥，于是有桃符之制。除此之外，还有一些以桃辟鬼的民间习俗，比如正月元日服桃汤，所谓桃汤，大约就是用桃木煮的水吧，这可以看出桃木防疫的本始功用。

在民间方术中，桃木最常见的用处还是打鬼。打鬼有两种，一种是用桃木棒子,夏朝时连有穷氏的后羿大王都能用桃木棒子打死,可见其威力。还有一种则是打附于人体的鬼,这就不能用棒子了,一棒子下去,鬼未必打着,人就没命了,所以要用桃枝。袁枚《子不语》中用桃枝打附体之鬼的故事有不少,仅举一个最简单的例子:沈某之妻为冤鬼附体,请一道人来,道人授沈某桃枝一束,道:"吵则打之。"沈持入,向病人做欲打势,妇哀鸣曰:"勿打,我去,我去。"而道人立于门外,预设一瓮,向空骂曰:"速入此中!"用符一纸封其口,携去,沈妇从此愈矣。还有一条说到以桃枝打被附之人,"未数下,鬼呼疼去矣"。叫疼也好,求勿打也好,说是鬼在叫,当然都是从病者口中呼出。究竟真疼的是谁,只有老道和挨打的知道。

对于伏尸之类,则用桃杙钉之,桃杙就是用桃木削成的橛子,相当于一根大木钉子。纪昀《阅微草堂笔记》卷十四中有一段,记他十七岁时,从京师回老家应童子试,途中宿于文安孙氏店中。房子都是新建,而土炕下钉一桃杙,上来下去颇为碍事,便请主人拔去。主人摇手道:"此不可去,去则怪作矣。"问其故,道:"我买此空地盖此店,投宿者常夜见炕前立一女子,不言不动,亦无他害。有胆者以手引之,乃虚无所触。道士以桃杙钉之,乃不复见。"纪昀认为地下当有伏尸,既在其上建房,骚扰不安,所以现形为怪。

因此之故,如果尸骨埋于桃树之下,则幽魂无所归属,只能成为野鬼。此说见洪迈《夷坚甲志》卷三"李尚仁"条。同书《丙志》又有"会稽仪曹廨"一条,言世有"鬼畏桃花"之说,然而又有人见一女鬼折桃花一枝,簪于冠上,可见此说不确。

鬼畏鸡鸣,畏犬吠,畏敲锣,畏爆竹,畏火药,畏烈焰,畏日光,这种常识性的无须介绍,但有的故事说鬼还畏惧月光,就令人难解了。《续子不语》卷二"女鬼守财待婿"一条,言邓某宿于客店:

> 夜将半,闻堂西角嘤嘤哭声,急起视之,一女鬼披发垢面,倾身来扑。邓跳足急走,幸堂中设一方几,借以障身,鬼东人西,鬼南人北,骇极欲号,而口不能出声。见庭中月白如昼,奔立月光中。鬼追至,不敢犯,惟两目眈眈注视而已。月移一寸,人退立一寸,鬼近一寸;月移一尺,人退立一尺,鬼逼近一尺;月上庭墙,邓负墙立。须臾,月移至膝,鬼蹲身来曳其足。

鬼物不能见青天白日,如果月光下也成了禁区,那就不但活路,连死路也没有了。好在鬼怕月光仅见此一例,更多的故事是鬼物不但在月光下作祟,光天化日下也是无所顾忌。

装神可以弄鬼

鬼怕关公。关公是三界伏魔大帝,天上地下的妖魔鬼怪哪个能不怕呢。但这里说的不是真关公,而是戏台上扮演的以及泥塑的、纸绘的关公。

许秋垞《闻见异辞》卷一有"塑神镇鬼"一则,言江南宝苏局后楼,有个朱红色的棺材,以铁链悬于梁间,相传是春秋时吴太宰伯嚭之女,至今越数千年,棺仍不朽。阴雨之夕,每见楼窗双开，有女子倚窗俯视，甚至时时现形，习以为常。一夕，局内工人与梨园子弟赌胆：如能黑夜上楼静坐一宵，送铜钱三十贯。有二净应之，于是夜扮作关大王单刀赴宴模样，一个赤面绿袍，一个黑脸持刀而立。候至三四更，西北角倏走出一女郎，蹩蹀步到二人前，有下拜之象。赤面净示云："将来勿许再到此间。"鬼颔之而退。楼上因塑汉寿亭侯以镇压，从此敛迹，不敢复在中楼梳妆矣。

袁枚《子不语》卷十七"木姑娘坟"中的鬼，更是直接申明怕大花面戏和大锣大鼓：京师宝和班，演剧甚有名。一日，有人骑马来相订戏，云："海岱门（即崇文门）外木府要唱戏，登时须去。"是日班中无事，便随行至城外。天色已晚，过数里荒野之处，果见前面大房屋，宾客甚多，灯火荧荧然，微带绿色。内有婢传呼云："姑娘吩咐，只要唱生旦戏，不许大花面上堂，不许用大锣大鼓，扰乱讨厌。"管班者如其言。自二更唱起，至漏尽不许休息，又无酒饭犒劳。帘内妇女，堂上宾客，语嘶嘶不可辨。于是班中人人惊疑。大花面顾姓者不耐烦，竟自涂脸，扮"关公借荆州"一出，单刀直上，锣鼓大作。顷刻堂上灯烛尽灭，宾客全无。取火照之，是一荒冢，乃急卷箱而归。明早询土人，曰："某府木姑娘坟也。"（钱泳《履园丛话》卷十五"鬼戏"一条，也是一个戏班被鬼邀了，点唱《西厢记》，却把"惠明寄书"及"杀退孙飞虎"两折抹去，正是怕大锣大鼓的意思。）

鬼明知是舞台上的假关公，也是怕，因为梨园界的规矩，只要扮关公的演员一上装，就被赋予了神性，台前台后都不能怠慢的。而自从关汉卿把"过江赴会"演义到关大王身上之后，那"大江东去浪千叠"一曲，关大王的形象也真是"恰便似六丁神

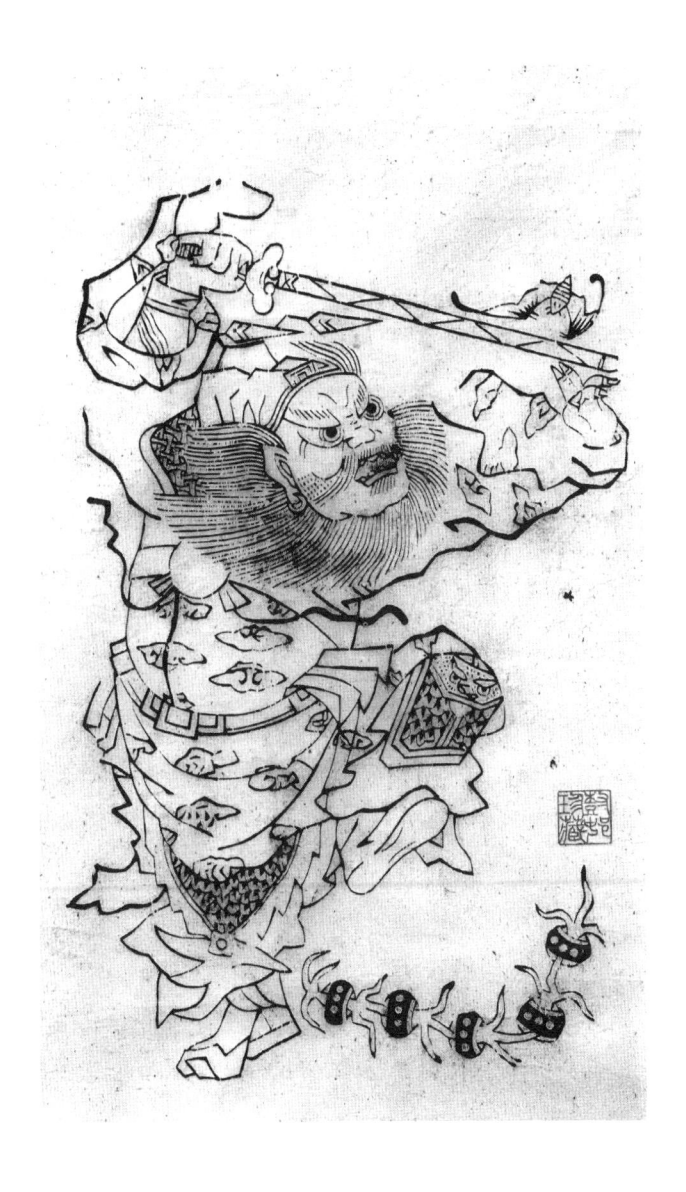

《张天师驱五毒》

簇捧定一个活神道"了。

画像而能镇压鬼物的，关公以外著名的就是钟馗了。明人谢肇淛《五杂俎》卷二说：古人舞大傩以驱疫鬼，今则宫中、民间并无此戏，但画钟馗与燃爆竹耳。但那画上的钟馗必须持剑掐诀，做须髯奋张相。至于舞台上的终南进士，多的是妩媚和诙谐，吓不住鬼了。《子不语》卷十三有"鬼相思"一则，岳州张某之妻陈氏貌美，为妖神所惑。张家遍请符箓，毫无效验。三月后，陈氏受胎生子。空中群鬼啾啾，争来做贺，掷下纸钱无数。张某忿甚，将到龙虎山求救于天师。忽一日，妖神踉跄而来，汗如雨下，语陈氏曰："吾几闯祸。昨夜入汝邻毛家，偷其金盆，被他家所挂钟馗拔剑相逐。我惧为所伤，不得已急走，将金盆掷在巷西池塘中，脱逃来此。"次日，陈氏告与张某。张为毛府觅得金盆，求钟馗像为报。张取归，悬于空中，妖神从此永不再来，但闻园中树上鬼哀哭三日，人称鬼相思云。

鬼物骚扰民生，治鬼就成了一个职业，除了民间巫师之外，释道二教都想分一杯羹。道士以驱鬼降妖为职业，自不必说，而和尚就有些凑热闹了。佛教自有其大法，驱鬼应属末流，可是正如某"大和尚"所说，和尚也是要吃饭的，所以早在佛教传入中华之初，驱鬼竟成了弘法的一个手段。陶潜《搜神后记》卷六言东晋时见鬼人胡茂回一事：

茂回过历阳，城东有神祠，正值百姓奉巫祝祀神。须臾，见群鬼相叱曰："上官来了！"各逃窜出祠。茂回扭头一看，来的原来是两个僧人。茂回再进祠中，只见诸鬼两两三三互相抱持，钻入祠边草丛，望见僧人，皆现怖惧之色。待僧人去后，诸鬼方还祠中。茂回于是精诚奉佛。如人为鬼所迷，不能摆脱，出家为僧，穿上僧衣，则可免。

又戴孚《广异记》载士人杨准，于郊野见一妇人，容色姝丽，挑之，与野合。经月余，妇人每来斋中，复求引准去。准不肯从，则心痛不可忍。随妇人行十余里，至一舍，院宇分明，而门户卑小。随妇人去者是杨准之魂，其体如尸卧床上，积六七日方活。如是经二三年，准出家，披上僧衣，鬼遂不至。

鬼对佛教的经咒也是怕的。

《广异记》载唐人李昕善持《千手千眼咒》。有人患疟鬼，昕往咒之，其鬼现形，谓病者曰："我本欲大困辱君，为惧李十四郎，不敢复往。"十四郎，即昕也。昕妹染疾死，数日复苏，道："初被数人领入坟墓间，复有数十人，欲相凌辱。其中一人忽云：'此李十四郎妹也，汝辈欲何之？今李十四郎已还，不久至舍。彼善人也，如闻吾等取其妹，必以神咒相困辱，不如早送还之。'"女活后，昕亦到舍。又一条载蔡四家闹鬼，举家持《千手千眼咒》，家人清净，鬼即不来，盛食荤血，其鬼必至。鬼将至其斋，家人皆精心念诵，着新净衣，乘月往繁台。遥见帐幕僧徒极盛，家人并诵咒，前逼之，见鬼惶遽纷披，知其惧人，乃益前进。既至，翕然而散。

而最为灵验者为《金刚经》。自唐、宋以来，记载屡屡不绝，唐时专有《金刚经灵验功德记》三卷，而段成式《酉阳杂俎》亦有《金刚经鸠异》二十余则，持之不仅有驱鬼之效，即至冥府，亦为阎罗王所畏敬。

《广异记》载京兆韦训，暇日在家学中读《金刚经》。忽见门外绯裙妇人，长三丈，逾墙而入。遥捉其家先生，捽发曳下地，又以手捉训。训以手抱《金刚经》遮身，仓促得免。先生被曳至一家，人随而呼之，乃免。其鬼走入大粪堆中。先生遍身已蓝靛色，舌出长尺余，家人扶至学中，久之方苏。率村人掘粪堆中，深数尺，乃得一绯裙白衫破帛新妇子，焚于五达衢，其怪遂绝。

至清代，士大夫也多有持《金刚经》者。据梁恭辰《北东园笔录续编》卷二"持金刚经"条所载，作者亲见翁覃溪（方纲）先生年逾八十，犹每年于先人忌日，必用精楷书《金刚经》全册，分送各名刹及诸交好。又记乾隆年间一事：

有某司寇之戚徐姓者，能持《金刚经》，司寇卒后，徐为作功德，每日诵经百遍。一夕，病中忽梦为鬼役召至阎罗殿，上坐王者，谓曰："某司寇办事太刻，奉上帝檄发交我处，应讯事甚多，忽然金刚神闯门入，大嚷大闹，不许我审，硬向我要某司寇去。我系地下冥司，金刚乃天上神将，我不敢与抗，只好交其带去，金刚竟将他释放。我因人犯脱逃，不能奏覆上帝，只得行查到地藏王处，方知是汝在阳间多事，替他念《金刚经》所致，姑念汝也是一片好意，无大罪过，然妄召尊神，终有小谴，已罚减阳寿矣。特召汝告此情节，仍放汝还阳，俾知此经非可妄持。其某司寇已蒙地藏王重复解到听审矣。"

这故事说来荒唐，但据梁恭辰说，是翁方纲亲口对"家大人"（梁章钜）讲的，应该不会是捏造。以翁氏这么一位大学者竟然对此笃信不疑，也是很出人意料之外的。

书可以不看，会扔就行

翁方纲尚且如此，一般读书人如果相信经书可以祛鬼，也就不足为怪了。但他们说的经书多以儒家经典为主,而其中最能吓鬼的,当然是《易经》了。

袁子才与翁方纲是同时代人,他的《子不语》中就多载《易经》退鬼的故事。如卷八记湖南妖人张奇神,能以术摄人魂,崇奉者甚众。唯江陵书生吴某不信,当众辱之。知其夜必为祟,持《易经》坐灯下。闻瓦上飒飒作声,有金甲神排门入,持枪来刺。生以《易经》掷之,金甲神倒地。视之,一纸人耳。拾置书卷内夹之。有顷,有青面二鬼持斧齐来。亦以《易经》掷之,倒如初。又夹于书卷内。夜半,其妇号泣叩门曰:"妾夫张某,昨日遣两子作祟,不料俱为先生所擒。未知有何神术,乞放活命。"吴曰:"来者三纸人,并非汝子。"妇曰:"妾夫及两儿,皆附纸人来。此刻现有三尸在家,过鸡鸣则不能复生矣。"哀告再三。吴曰:"汝害人不少,当有此报。今吾怜汝,还汝一子可也。"妇持一纸人,泣而去。明日访之,奇神及长子皆死,唯少子存。

许秋垞《闻见异辞》卷一有"妖术"一条,情节与此全同,也是以《易经》掷鬼。

妖人以自己的魂附于纸人,而纸人就化为恶鬼,可以作祟祸人。在读书人看来,儒经占了正统,不仅是妖术,就是道释二教,他们也可以视为左道的。书生不信妖术而信《易经》能破妖术,论起见识,其实与妖人也分不出什么高下。《子不语》卷十二"棺床"一则也是书生笃信《易经》辟邪的,但却是个笑谈:

陆秀才赴闽中幕馆,路过江山县。天大雨,赶店不及,天色已晚,借宿于沈氏。主人说家无余屋可以待客,而陆再三请求。沈不得已,指东厢一间曰:"此可将就一夜也。"持烛送入。陆见左停一棺，意颇恶之，虽自念平素胆壮，而心不能无悸，遂取所带《易经》一部，于灯下观。至二鼓，不敢熄烛，和衣入帐而寝。少顷，闻棺中有声，注目视之，棺前盖已掀起矣，有老翁伸两腿而出。陆大骇，于帐缝窥之。翁至陆坐处，翻其《易经》，了无惧色，袖中出烟袋，就烛上吃烟。陆更惊，以为鬼不畏《易经》，又能吃烟，真恶鬼矣。浑身冷颤，榻为之动。白须翁视榻微笑，竟不至前，仍袖烟袋入棺，自覆其盖。陆终夜不眠。迨早，主人出，问之，方知是主人老父，平日一切达观，以为自古皆有死，何不先为演习。故庆七十后，即作寿棺，厚糊其里，置被褥焉，每晚必卧其中，当作床帐。

《易经》不但可祛鬼，就是最凶的"煞"，也照样可以驱除。许秋垞《闻见异辞》卷二有一条"煞神畏《易》失叉"，其中所涉及避煞之俗，可以作《避煞之谜》一文的补充，全录如下：

浙省风俗，人死则有迎煞故事，由甲己子午递推十八日，缩至九日而止，早一时，羽士设召，亡者床前及灵座桌下均筛炉灰，召后倏印鸟迹，宛同鸿爪雪泥，尚不至如罗刹鸟之食人眼也，故不避亦无妨害。惟徽州煞最凶，俗呼出殃。里中人死，早数日，立一旗以令人知，虽子妇亲戚，无不回避。有巨族迎煞，某先生胆素壮，至期将双扉虚掩，从门隙窥之。至日晡，阴风飒飒，毛骨悚然，见一蓝面鬼，赤发猬奋，碧眼铃圆，手持铁叉进来，随手掷下，铿然有声。洎入内室，先生启户取叉，移置门内，复扃户移椅相靠，又嵌《易经》一部于缝间，仍旧从隙中觇之。倏风声又起，然复出来，见其觅叉不得，凶猛形容，甚于金刚怒目，睒睒遍视,跳跃盘旋,渐次声绝,见赤发神踉跄走。叉倏不见,俯睨地上,仅存一柄纸叉,嗣后此家煞神竟不敢来。

不但此也,就是读书之声也可以驱鬼,当然要看你读的是什么书,因为有些书弄不好是要召鬼的。

《闻见异辞》卷一有"读书驱鬼"条,言明时祝槐门先生居于深山,篝灯夜读,月明星稀,四顾无人,虫声唧唧。忽闻有两鬼相语:"此人真多事,顷何时而犹未睡耶?"祝吟哦如故。鬼不禁大声曰:"越读越不中,祝槐门其如命何!"祝即应云:"越不中越要读,命其如祝槐门何!"两鬼竟逸去。

功名之士读的自然是四书五经之类,算是圣经贤传。《后汉书·向栩传》云:"颇讥刺左右,不欲国家兴兵,但遣将于河上北向读《孝经》,贼自当消灭。"大约可以为这些书呆子做一注脚吧。

又有说某些字可以辟邪的,典型的是《子不语》卷九"水鬼畏'嚣'字"条,说是河水鬼有羊臊气,但最畏"嚣"字,如人在舟中闻羊臊气,则急写一"嚣"字,可以避害。又说人为鬼所祟,取县官堂上朱笔,在病者心上书一"正"字,颈上书一"刀"字,两手书两"火"字,便可救。有的索性就说,只要是贵官写的字都可以驱鬼。但这恐怕只能驱势利鬼,遇上强项之鬼大约只能招来讪笑。

其他诗文能驱鬼而有名者,当属杜诗了。唐人《树萱录》载:子美自负其诗。郑虔妻病疟,过之,云:"当诵予诗,疟鬼自避。初云'日月低秦树,乾坤绕汉宫'。不愈,则诵'子章髑髅血模糊,手提掷还崔大夫'。又不愈,则诵'虬须似太宗,色映塞外春'。若又不愈,则卢、扁无如何矣。"

237

朋友之妻正打摆子，老杜却在旁吹牛，狂则狂矣，却不合朋友之谊。而且宋人胡仔《苕溪渔隐丛话前集》卷十一对此已有辩证，言"虬须似太宗"一句出自《八哀诗》，谓汝阳王琎，琎虽死先于虔，但《八哀诗》乃郑虔辈死后同时作，则虔不及见此诗明矣。这就揭出了故事造假的漏洞。

较稳妥的则见于《蜀中广记》所引《诗话》，不但没有穿帮，更把杜诗驱疟落实了：有疾疟者，子美曰："吾诗可以疗之。"病者曰："云何？"曰："夜阑更秉烛，相对如梦寐。"诵之，疟犹是也。杜曰："更诵'子章髑髅血模糊，手提掷还崔大夫'。"其人从之，果愈。

但明人张大复在《梅花草堂笔谈》中偏作煞风景语："'子章髑髅血模糊，手提掷还崔大夫。'昔有病疟人诵此霍然者，遂相传告杜诗能已疟。此不然，'三年犹疟疾，一鬼不销亡，隔日搜脂髓，增寒抱雪霜'，非杜陵诗耶？由此观之，老杜正自不免。"

杜甫连自己的疟疾都无可奈何，打了三年摆子，怎么能用诗替别人退疟鬼？《山堂肆考》卷一百二十七对此的解释是："世传杜诗能除疟，此未必然。盖其辞意典雅，读之者脱然不觉沉疴之去体也。"所以蒲留仙在《白秋练》中的一段描写，正取此意："生移灯视女，则病态含娇，秋波自流。……女乃曰：'君为妾三吟王建"罗衣叶叶"之作，病当愈。'生从其言。甫两过，女揽衣起曰：'妾愈矣！'再读，则娇颤相和。"但这已经是替妖精治病，与驱鬼无关了。

克僵十策

僵尸在鬼物中算是种异类。有的已经没有人性（鬼魂是有人性的），穷凶极恶，成了尸妖，这种东西是无所畏惧的，只可以物制服。有的僵尸则通人性，通人性则必有畏惧。但这两种，遇上之后都不好和平解决，而即使是通人性的一种，人们也多把他们当成不同于一般鬼魂的异类，最后是一把火烧个干净。这对于某些僵尸，特别是生前非恶者来说不免有些残忍，但也无可奈何，只好把他们看作鬼界的精神病人吧。

僵尸所畏惧的东西和一般鬼物有些不同，因为他们凶残的性质，像那些对着脸吹气的招数就很难用得上。至于能降伏他们的东西和方法有多少种，也不大好说，此处仅列出十种，是因为取材较方便，且附有可读的故事。像关老爷的青龙偃月刀、王灵官的铁鞭，还有《封神演义》中的诸法宝，眼下僵尸电影中的机关枪、电子炮，都属于克僵的必胜武器，但我们寻常百姓很难搞到手，即使到手也不方便随手取用，也就无须饶舌了。

另外，此所谓"策"，也是虚张声势，其实不过是些"小偏方"而已，而且因为缺乏建立僵尸试验室的条件，更不能保证药到病除，只是万一与老僵邂逅，谈不拢的时候不妨一试，如果能有逃跑的机会，那还是走为上策的。下面尽量忠实地传达这些偏方和实施的细节，并详载出处，有心者可以查看原文，如系捏造，责任盖在于原作者，与在下无关也。

赤豆和铁屑：更夫任三的故事

先说袁枚《子不语》卷十三"僵尸求食"中的一个故事：

杭州钱塘门内有一更楼，雇更夫击柝打更，内外巡逻，由居民集资为此，由来很久了。康熙五十六年夏天的一夜，更夫任三巡逻巷外，路过一小庙。每至二更时分，闻击柝声，则有一人从庙中出，踉跄捷走，漏五下，则在击柝声之前先入庙中。如此者不止一夜。任三心疑庙中和尚有邪约，琢磨着抓他个正着，敲诈他一些酒肉钱。

第二天夜里，月明如昼，任三窥见其人面色枯黑如腊肉，目眶深陷，两肩挂银锭而行，窸窣有声，出入如前。任三这才知道他是个僵尸，因为山门之内停有旧棺材，上面积尘寸许，他曾问过庙中和尚，说是他们师祖时，不知谁人所寄厝者。任三当然不敢鲁莽惹这老僵了。

及至次日，他给他那伙朋友说起所见，其中一狡黠者道："我听人说，鬼最怕赤豆、铁屑及米。你准备此三物升许，伺其破棺出后，悄悄围着那棺材洒上一圈，待那老僵回来，他就进不去棺材了。"

任三照他说的买了那三种东西。待至夜入二更，僵尸又照常出棺。任三伺其去远，携灯入视，见棺后方板一块已掀在地，其中空空无所有，便取三物绕着棺材密密匝匝地洒之一圈。事毕，他就跑回更楼躺下，静等结果了。

时至五更，只听外面有厉声呼"任三爷"者。任三问是谁，答道："我就是山门内躺着的那位，因无子孙，久不得血食，故尔出外营求食物，以救腹饥。如今为尔所魇，不能入棺，吾其死矣。请赶快将赤豆、铁屑扫走吧。"任三吓得不敢吭声。只听外面又呼道："我和你无仇无怨，你何苦为此恶作剧？"任三心想："我如果给他解围，他进棺材前先把我杀了，我还有什么办法？"便横下心不理这老僵。及至鸡声初鸣，老僵开始哀恳，无效，便继之以詈骂，最后就悄无声响了。天亮之后，有人从楼下过，发现一个僵卧的尸体，便告众鸣官。结果是把尸首放回棺中，一把火烧掉，从此天下太平。

这个僵尸并没有作恶，只为了贪吃就化成了一股烟，说来可叹。可是他成年累月地躺在棺材里挨饿，想来闷得难受，难道夜静时出来透透风就算犯了王法吗？人总是站在自己的立场上说话行事，僵尸也只好自认倒霉。这个故事中虽然提到白米，但好像僵尸最怕的只是铁屑、赤豆（后面在谈到僵尸畏鸡鸣时也还要涉及铁屑和赤豆），而白米只是陪衬，其实也未必然的。

白米：司马秀才和卖鱼人的故事

故事见于俞樾《右台仙馆笔记》卷六，是俞樾的一个门生讲他曾祖司马骧的事，吹牛在所难免了：

司马骧是江宁的一个秀才，少任侠，有膂力。曾借住于扬州一盐商家。盐商家有一大厅，颇为宏敞，却终年锁着门窗，说内有鬼物，不可开启。司马骧道："不妨，你把门打开吧。"盐商连道不敢，强说了半天方才答应。司马骧让他们用大盆装满白米，画八卦于上。

这天夜里，司马骧身坐米盆之上，手执《易经》一卷，案头点燃巨烛，置匕首两把。夜将半，闻左楹有声如裂帛。定睛而视，见有人仅长寸许，蠕蠕然动摇于楹下，渐摇渐长，俄顷之间，长至丈许，红袍乌帽，行近案侧。此时烛光骤然暗淡下来，司马骧急以匕首指之，此鬼辄稍退，已而又前，再指以匕首，退如初。反复三次，鬼方退至楹下，仍缩小至寸许而灭。司马骧以匕首插地，标识其处，仍坐米上读《易经》，终夜不再有什么东西出现了。

次日，司马骧命人于所标识处掘之，得朱棺一，有题字，不可辨。盐商想烧掉，司马骧不同意，让他们另找一块地方迁葬，然后为文祭之，其宅遂安。

这司马骧还是袁子才的门生，《子不语》中也记有他的克僵故事，可能是上述故事的另一版本，但也许是他与僵尸有缘，碰到的是另一位。这事后面再叙，先把白米的事做些微延伸。

我在《扪虱谈鬼录》的《尸变》一文中曾介绍过《续子不语》中阿达的故事，只说到阿达从楼上翻窗而下，追他的僵尸不能跨过窗槛，便僵立在楼上。后面还有一段，云："次早，家人上楼视之，尸犹僵立，乃取米筛降尸而殓之。"请注意这里的米筛，僵尸立在那里，看来没有人敢去用手碰她，可是杵在那里实在有碍观瞻，便又用了一个民间偏方，拿只米筛，移近僵尸后背，然后慢慢把米筛下移，僵尸就随之而降，最后躺在楼板上了。伟人说，低贱者最聪明。此为一证。

顺便再讲个米饭团与僵尸的故事，也是见于《续子不语》，其卷四"僵尸拒贼"，读后很令人伤感，也让人能扭转对僵尸的成见。

杭州洋市街石牌楼有个贩鱼人，每日五鼓出艮山门贩鱼，见树林内灯光隐隐，有美女子独坐纺绩。每日如此，并无别人。心疑为鬼，却也不惧。

一日，有白须叟对他说："君爱慕此女，想以为妻乎？我有法，明早须持一饭团闯入彼室，此女欲开口问话，你则急以饭团塞其口，背负而归。只要你不让她见天光，便与生人无异矣。"贩鱼人如其所教，果得此女。

女子一直关在楼上住着，伉俪之情甚笃，年余生子，亦能如常人一般饮食。遇到天阴时，她才下楼去厨房做饭。如此二十余年，娶媳生孙，家亦小康，便开了个茶馆。一日天大热，日光如火，其媳听见婆婆下楼，至楼梯时就没了声响。走去一看，只有血水一摊，婆婆已经变作僵尸。老公公心里明白是怎么回事，也没什么痛苦之情，但买棺收殓而已。棺材就停在楼下，而僵尸每夜便于棺中出入。一天夜里，曾有贼入前门，便听到有人抵挡，贼入后门，又有人挡之，原来都是僵尸护卫着自己的家。

女子纺线时是僵尸还是鬼魂？多年之后为日光所照而化为僵尸，可见化前并不是僵尸。但能为人背负而归，结婚生子，又不是一般虚幻如气的鬼魂。这种形态难于确定的鬼，在中国的鬼故事中很有不少，自魏晋以来多有。其实想一想也不足为奇，鬼神本是一物，神可以现形，举止与生人无异，鬼又有什么不可呢？

243

但这终究还是不可捉摸，姑妄听之而已。

清人徐时栋《烟屿楼笔记》卷四引《露书》云：福建莆田一带，遇节日则啖"米果"，但家有丧事则不能食之，说是会眯死者之目。米果应是大米所制点心，网上能查到一些答案，但我总感到像是糯米团子，里面裹馅外面滚上米粉的那种，这才能和"眯眼"挂上钩，那么这也许就和上面说的用饭团厌鬼有些牵连了。如果猜测得不错，那么说米果会眯死者之眼就不过是个托词了。

《易经》和《中庸》：私塾先生的故事

前文提到司马骧坐在米盆上读《易经》，自非偶然，此书在读书人眼里就是一本辟邪的神书。袁枚《续子不语》卷十"僵尸"一条言：

绍兴有徐姓者，新租巨宅。其中书屋三间，台榭俱备，为私塾先生章生授徒之所。一日章生夜读至二更后，忽闻东房启窗之声，疑为盗贼，即于窗隙窥之。见一少妇玩月，登假山，攀树杪，逾邻墙而去。章生疑是私奔行径，不想惹这闲事，便放下书吹了蜡烛睡了。鸡鸣未曙，只闻树头簌簌有声，心想应该是那位少妇从阳台归来了。

凌晨，书童来送洗脸水，章生便问道："东房为何人住？是通内宅么？"书童曰："不通，乃前业主封锁之闲房耳。"章生闻之，心中大疑，因往观之，则门封锁，窗闭如故。由门缝窥之，见里面停着一具灵柩，心中便暗生疑问。

至夜，章生留心观察，只见少妇又启窗逾墙而去。章生便秉烛启窗跳入室内，只见棺盖斜起，棺中已然空无所有。章生便将棺盖扶起盖好，取一本《易经》拆开，逐页密铺棺盖之上，然后回房登楼视之。

及五更时，见女归来，由窗入室，睹《易经》而却步，绕棺一周，彷徨四顾。举头见章，知其所为，拜而哀求。章生笑而不许。鬼曰："若汝不下楼，吾即上矣。"章仍不听。鬼物乃变作青面獠牙状，腾踔直上。章生遂头眩而坠楼，不省人事。

天明，书童送茶汤至斋，遍寻章生不得，乃与主人登楼观之。见楼下东房内似有人在，启关视之，则章生与女尸并卧地上。抚之章体犹温，因共抬出灌救。半晌始苏，述其所见。具呈于官，为之查唤尸亲领埋。而尸亲已全家远出，因房无人看守，故为出租，至徐姓，已三易其主矣，亦由僵尸为祟故耳。于是焚其棺。邻家子患鬼病者，从此绝迹矣。

汤用中《翼駉稗编》卷七有"中庸退僵尸"条：

江阴邢子选秀才，游陕西华阴，寓废寺中。月夜偶起如厕，适后圊门开，乘月步入。一人面淡金色，碧睛双炯，光芒射人，对月跳舞。骇极欲遁，物已跃至。衣为树所绁，不能避，信口诵《中庸》数语，物即逡巡不前。诵稍缓，乃跃然作欲扑势。诵至"夫微之显"句，物始倒地。及旦视之，僵尸也。

这秀才为僵尸所追，已经无路可逃了，却还能背《中庸》，自是学霸的一个优势所在。"夫微之显"在《中庸》"鬼神之为德"一章，有必要录下，以备不时之需：

> 子曰："鬼神之为德，其盛矣乎！视之而弗见，听之而弗闻，体物而不可遗。使天下之人齐明盛服，以承祭祀，洋洋乎如在其上，如在其左右。《诗》曰：'神之格思，不可度思！矧可射思！'夫微之显，诚之不可掩如此夫。"

这一段"子曰"，也是儒家鬼神观的代表语录。邢秀才眼看要成了僵尸的大餐，却还坚持着"视之而弗见，听之而弗闻"的圣人之言，信守如此，那就不仅是学霸，而且是已经到了"学僵"的境界了。

鸡鸣：胡佃户的故事

前面"僵尸求食"中，已经涉及僵尸闻鸡鸣则惧，但不如下面的故事更明晰。先讲司马骧的事，见于《子不语》卷八"鬼闻鸡鸣则缩"：

司马骧这次住的是溧水林姓家。其所住地名横山，算是僻远之乡了。天值盛暑，其西厅宏敞，可为晚间乘凉之处。至夜，司马骧便挈书籍行李搬入，秉烛而卧。

至三鼓，闻门外啾啾有声，然后门闩自己拔开，而烛光渐小。一股阴风吹来，有矮鬼先入，脸似笑非笑，似哭非哭，在地上转着圈子小跑。随后一纱帽红袍人，白须飘飘，摇摆而进，徐行数步，坐椅上，观司马所作诗文，屡点头似有所解。俄顷起立，手携矮鬼步至床前。司马亦起坐，与彼对视。忽鸡叫一声，两鬼缩短一尺，灯光为之一亮。鸡三四声，鬼三四缩，愈缩愈短，渐渐纱帽两翅擦地而没。次日，问本地人，说此屋是前明林御史父子同葬之所。主人掘地，棺宛然。乃为文祭之，起棺迁葬。

但这二鬼有些不大像是僵尸，那么再看《子不语》卷十五"棺盖飞"一条：

钱塘李甲，生性勇敢。一夕赴友人宴，酒酣，有座客云："离此间半里，有屋求售，价甚廉。闻藏厉鬼，故至今尚无售主。"李云："惜我无钱，说也徒然。"客云："君有胆，能在此中独饮一宵，我当购此室赠君。"众客皆云："我等作保，即以明晚为订。"

次日中午，众人作队进室，安放酒肴。李甲带剑升堂，众人阖户反锁而去，借邻家聚谈以待消息。李甲环顾厅屋，其旁别开小门。转身入，有一狭弄，荒草蒙茸，后有环洞门，半开半掩。李心计道："我不必进去，且在外候其动静。"乃燃烛饮酒。

至三更时，闻脚步声，见一鬼高仅径尺，脸白如灰，两眼漆黑，披发，自小门出，直奔筵前。李怒挺剑起，其鬼转身进入狭弄。李逐至环洞门内，顷刻狂风陡作，空中棺盖一方，似风车儿旋转飞来，向李头上盘旋。李取剑乱斫，无奈头上愈重，身子渐缩，有泰山压卵之危，不得已大叫。

其友伴在邻家闻之，率众入。见李将被棺盖压倒，乃并力抢出，背负而逃。后面棺盖追来，李愈喊则棺追愈急。正在危急时刻，忽听鸡叫一声，棺盖便倏然不见了。于是救醒李甲，连夜抬归。

次日共询房主，方知后园矮室停棺，时时作祟，专飞盖压人，死者甚众。于是鸣于官，焚以烈火，其怪乃灭。李病月余始愈，常告人曰："人声不如鸡声，岂鬼不怕人，反怕鸡耶？"

或以为这矮鬼不是僵尸，可能是个棺材盖成精，那么再看戴莲芬所著《鹂砭轩质言》，其卷四有"胡佃"一条，与《聊斋志异》中的《尸变》相类似，那是确确凿凿的诈尸了。

湖北武昌有一佃户胡某，入城纳粮，半夜就起身。残月未落，见前有古庙，就想歇息一下，待天明再走。入门，见正殿三间，多半倾倒，便席地而坐。他一伸脚，触到一物甚软，定睛一看，见有人蒙被而卧。心想这会儿有些凉，何不借其余温暖暖身子，便撩开被子也钻了进去。

少顷，胡某觉得那人无声无息，再一摸，全身冰凉，推了一下，动也不动。胡某大骇，便点燃火种视之。不料那人蹶然而起，直攫胡某。胡某大号，狂奔出庙。后面僵尸也随之追来。胡某叫得声嘶力竭，也无人相应，只听远近犬吠狺狺。胡某力尽气昏，慌不择路，望见有僻巷，急窜入。没有多远，便见土墙前阻，再回头看，僵尸已离尺许。胡某心胆震碎，竭力爬墙，墙偏又很高，身子刚爬上，僵尸已从下抓住他的脚。胡某双腿乱蹬，鞋履尽落，力挣不得上。就在这时，闻远鸡喔喔，尸乃僵死，而胡某疲惫已极，也昏倒在墙下。

天明，人见之，用姜汤把胡某灌醒，只是双足为僵尸抓住，极力擘之亦不得解，只好把尸指割断，而其指痕深切入肉，青肿不能成步，告其家抬回，治数月方愈。那僵尸是当地一乡农，病死之后，暂停于古庙，本准备次日入殓的。胡某不知，误与之同卧，尸得生人之气，便诈将起来。众人要把此尸焚掉，其家不肯，便殓之以棺，但在棺材四周洒上铁屑及赤豆以厌之。

古人以鸡鸣为夜晚与白昼的分界，同时也就是鬼与人活动时间的分界。在《聊斋志异》等志怪小说中，人鬼缱绻，不管是鬼妻还是鬼夫，都是鸡鸣即起，不能恋床的，因为他们的时候到了，该回到属于自己的世界了。所谓僵尸怕闻鸡鸣，也不过是这规矩的延伸。

犬吠：许氏子的故事

戴莲芬《鹂砭轩质言》卷二有"僵尸三则"，其中一则是我们河北武清县（今为天津武清区）的事，看了以后，虽然不能说"与有荣焉"，但轻微的亲热感还是有的，所以全文录于下：

> 武清县济颠村，相传有僵尸为祟。许某本农家子，婚于隔河王氏。一日赴岳家饮，醉归。时红日衔山，深林阴翳中杳无人迹，猝见荒冢上有披发头陀，面目狰狞，齿巉巉如锯，持小儿足大嚼。许惊极，急策款段，且呼且驰。头陀弃所食，大吼奔逐之，阴风陡起，树叶坠如雨，离丈许，几为所攫。正惶遽间，忽见白波一片，阻骑不得越。许自料必死，不顾逆流，渡甫半，陷泥泞中，力鞭之，突起，幸水才没腹，得喘息到彼岸。头陀怒，伏身作欲涉状，甫及水，意似怯。群犬环而噪，愈穷促。举巨爪指许，唧唧作鬼声，返身遁，远望入丛冢间乃没。许回家，大病经旬，终身不敢过济颠村云。

抄完之后，便想提醒一下读者，这故事未必可靠。我查了清末的《畿辅通志》，那里有各县的地图，武清县根本就没有济颠这么个村子。另外，看文中"红日衔山"这句话，更让我多了几分疑惑，因为武清县方圆百里之内就看不到一座山。我有一位特别认真的朋友，拿着《洞灵小志》满天津市找曾经闹鬼的地方，居然屡有斩获。我看这个济颠村就免了吧。

另外，虽然这故事不大可靠，但如果遇到前有大河后有僵尸的困境，哪怕你不会游泳，我建议还是跳河为好。

铃铛声：老翁的故事

《子不语》卷十二有"飞僵"一则，又比白毛之僵更凶了。颍州蒋太守，在直隶州遇一老翁，两手时时颤动，作摇铃状。叩问其故，老翁便道出一段故事：

我家住某村，村居仅数十户。山中出一僵尸，能飞行空中，食人小儿。每日未落，群相戒闭户匿儿，犹往往被攫。村人探其穴，深不可测，无敢犯者。闻城中某道士有法术，因凑集金帛，往请捉怪。

道士许诺，择日至村中，设立法坛，谓众人曰："我法能布天罗地网，使不得飞去；亦须尔辈持兵械相助，尤需一胆大人入其穴。"众人莫敢对，我应声而出，问"有何差遣？"法师曰："凡僵尸最怕铃铛声。你到夜间，伺其飞出，即入穴持两大铃摇之。手不可住，若稍歇，则尸入穴，你就要受伤了。"

入夜，法师登坛作法。我便手握双铃，待尸飞出，即入穴中，尽力乱摇，手如雨点，不敢小住。及尸归，至穴门，果狰狞怒视，闻铃声琅琅，逡巡不敢入。前面被人围住，又无逃处，乃奋手张臂，与村人格斗。至天将明，仆地而倒。众举火焚之。我当时正在穴中，未知也，犹摇铃不敢停如故。至日中，众大呼，我方出穴，而两手动摇不止，遂至今成疾云。

枣核：尤知府的故事

《续子不语》卷八"僵尸挟人，枣核可治"条载尤知府佩莲所言，述其未达时曾客于河南，其地棺多置于野地而不葬，故常有僵尸挟人之患，土人有法治之，亦不以之异。凡有被尸挟者，把握至紧，虽两手断裂，爪甲入人肤，终不可脱，用枣核七个，钉入尸脊背穴上，手随松出，屡试辄效。如新死尸奔，名曰"走影"，乃感阳气触动而然，人有被挟，亦可此法治之。

这位尤知府讲的事情有些玄，只因为"有法治"，被挟者就随那些僵尸继续挟下去，所以也就继续把棺材停到野地，让它继续造着僵尸。也许这里的人被僵尸挟得习惯，只要有法把僵尸的爪子松下来，照样可以欢蹦乱跳。若是别处，倘被僵尸挟住，挟不死也要吓死了。这地方的居民可以入《山海经》，但可惜只说是河南，却没说具体地点。

笤帚：给僵尸画像的故事

袁枚《子不语》卷五有"画工画僵尸"故事，很是生动有趣，照录如下：

> 杭州刘以贤，善写照。邻人有一子一父而居室者，其父死，子外出买棺，嘱邻人代请以贤为其父传形。以贤往，入其室，虚无人焉。意死者必居楼上，乃蹑梯登楼，就死人之床，坐而抽笔。尸忽蹶然起，以贤知为走尸，坐而不动，尸亦不动，但闭目张口，翕翕然眉撑肉皱而已。以贤念身走则尸必追，不如竟画，乃取笔申纸，依尸样描摹。每臂动指运，尸亦如之。以贤大呼，无人答应。俄而其子上楼，见父尸起，惊而仆。又一邻上楼，见尸起，亦惊滚落楼下。以贤窘甚，强忍待之。俄而抬棺者来，以贤徐记尸走畏笤帚，乃呼曰："汝等持笤帚来！"抬棺者心知有走尸之孽，持帚上楼，拂之，倒。乃取姜汤灌醒仆者，而纳尸入棺。

笤帚不仅能治走影之僵尸，陈年老僵也照治不误。《翼駉稗编》卷一有"婢拒僵尸"一则，也很好看：

> 昌化令沈君接眷到任。县故僻小，山径崎岖，遄行不易。时方隆冬日暮，暂憩山腰古寺，夫人挈公子宿殿侧耳房，一婢名喜红，年十六，即襆被与夫人对榻卧。三更许，闻房左板壁窸然有声，一僵尸推壁入，深目碧睛，遍身白毛毿毿然，向灯嘘气，灯灭，扑夫人床。婢赤身起，从后抱

之。尸怒,擘婢手,肉尽见骨,婢持之愈坚。夫人惊醒大号,家人奔集,以帚拂尸,始倒地。

何止老僵,即使成精之尸妖也怕笤帚。《子不语》卷十七有"白骨精"一条,言处州多山,丽水县在仙都峰之南,山中多怪。其中有白发老妇,假开店面,客人每来,必请吃烟,凡吃其烟者,从无生理。月白风清之夜,常出作祟,唯用笤帚可以击倒之。

笤帚是居家必备之物,除了扫炕扫地的除秽功用之外,我能想得到的,就是用炕笤帚打孩子屁股,用扫地笤帚轰走讨厌的人或动物。因为这东西在室内操起来极顺手,几乎用不着思索,伸手即得,在这一点上,同类的门闩、擀面杖都有些逊色,何况三截棍之类呢?民间辟邪之物与一些急救偏方一样,往往取其易得而便捷,笤帚的驱除秽污的功能加上易于到手,也许是入选克僵利器的一个原因吧。

秤锤:南京小仓山的故事

事见俞樾《右台仙馆笔记》卷六,是个生白毛的僵尸,比一般的老僵要凶,却也照样可用笤帚扫倒,并能以秤锤镇压之:

金陵小仓山后有大悲庵,洪杨乱后,只剩下前殿与后楼。有吴生者,贫且孤,开馆授徒其中,白天在殿上授徒,夜则宿于楼上。其徒皆村童,轮流为其炊饭。庵久无僧,师徒之外,别无他人。楼左右皆山,山中固多荒冢,每夕阳西下,暮色苍茫,恒见白衣人往来松下。吴生穷极而生妄念，心想白者金象，此白衣者当是金精之属，所出入处定有藏金，便窥伺白衣人之踪迹。知其自一棺中出，便托故早早遣散诸徒，携斧而往。

不想斧尚未及棺，而棺中白衣人已跃出，乃僵尸也。吴生大惊却走，尸紧随追来。吴生心念僵尸不能逾沟，便专拣坎沟处避之，不料僵尸逾坑越谷如履平地。吴生窘甚，奔还破庵，而庵门尚未及掩上，僵尸已追及。吴急窜走，上楼而仆。

明日，诸徒咸集，而不见师出，乃入视之，将及楼，见一白衣人僵立于梯，众徒骇而出走，告其家。于是闻者毕至，以长竿缚帚扑之，乃倒，面如生，唯毛毵毵长寸许。众以秤锤压其胸，惧其复起也。

登楼视吴，则仆于床前，口吐白沫，胸间犹温，以姜汤灌之，始苏。诘得其故，乃曰："君真大幸也。"意者僵尸艰于登陟，竭蹶半夜，甫及梯半，而天已明，阳气浸盛，故僵立不能动耳。吴遂导众至所出之棺，众皆知之，曰："此某甲之子也。"往告之，甲乃返其尸于棺，聚薪而燔之。逾数月，吴生亦物故。

由这故事可以知道，不是所有的僵尸都不能跳远的，但即使此僵能跳过壕沟，却不能登高，或者说登高极为吃力，就那么一截楼梯，居然从半夜爬到天明也没上去。吴先生虽然惊个半死而终于全死，但让世人多一点儿僵尸的常识，知道若被僵尸追赶，跳沟不如爬树，也算科学实验中难免的付出，还算不是白白牺牲。

墨线：和尚的故事

墨线即木匠、石匠所用墨斗打的墨线。俞樾《右台仙馆笔记》卷六记有两个相关的故事：

慈溪西门外曾有僵尸，夜出为人害。一夕，有木匠数人登城，隐身于城垛之后窥之，果见棺中有僵尸飞出，其行如风。匠人伺其去远，乃至其处，以墨线弹棺四周，复登城观其返。俄而僵尸还，见墨线痕，不敢入，徘徊四顾，如有所寻觅者然，俄见城上有人，踊跃欲上。众匠急以墨线弹于城垛之上，尸遂不能上，相持至天明，仆于地，乃共焚之。

另一则似是当时的社会新闻，当然社会新闻都是有些怪异的。南京永福庵有一僧，名曰长龄，其俗家在鼓楼北之老菜市。

此人自幼好勇斗狠，与里中无赖子游。父母为聘某氏女为妻，合卺之夕，长龄逾墙逃去，竟不复归。无何，以酗酒杀人亡命于外，遂削发为僧。后事渐缓解，遂潜归故里，住于永福庵，家人不知也。

其妇自夫之出亡，郁郁成疾，久之且死，乃谓公婆，请延僧做佛事。公婆即为延永福庵之僧。僧至，方知即其子也，使与妇见。妇取指上指环掷以与僧曰："妾与汝无夫妻情，然死守空帷，自谓无负于汝。妾死后，当为诵《大悲忏》四十九日。"又谓公婆曰："请以妇柩停永福庵中。不从所请，死必为祟。"越日竟死。

舅姑惧其为祟，如所请，停柩于庵之西厢。阅数月而僧病，羸瘦日甚。庵中旧雇一人掌管香火，俗呼之曰道人。一夜将半，风雨凄凄，道人闻西厢门忽启，潜窥之，见一少妇循廊下，入僧所居室。道人疑僧所匿也，急奔捉之，妇忽不见，乃知其非人，惊而仆地，逾时始苏。遂以告僧，且诘其故。僧亦不讳，言："吾妇每夜辄出，与吾交合，吾病固以此也。"道人曰："是不难。"乃用石工之墨绳于枢上纵横弹之，每一弹，枢内辄有声如裂，遂不复出，僧疾寻愈。

俞樾对此解释道："木工石工所用之墨线，古谓之绳墨，《记》云'绳墨诚陈，不可欺以曲直'是也。然权衡规矩，皆不足辟邪，惟木工石工之墨线，则鬼魅畏之，其故何也？邪不胜正也。《管子·宙合篇》曰：'绳扶拨以为正。'东晋《古文尚书》曰：'木从绳则正。'《淮南子·时则篇》曰：'绳者，所以绳万物也。'高诱注曰：'绳，正也。'鬼魅之畏墨线，畏其正耳。"

此说近理，但我觉得一入"邪正之说"就有些迂了。木匠、石匠的墨线与一般"权衡规矩"不同的是，只要匠人往石头木材上弹了墨线，就是要施以斧凿或刀锯，把那东西破解开成两半的。"每一弹，枢内辄有声如裂"，鬼魅怕的应该就是这个。

附：天蓬尺及治怅偏方

以上十个专治僵尸的偏方，所取均是寻常易得之物。攫人僵尸的出现不过是清代的事，即使随着八旗入关，到袁子才时也不过一百多年，而竟然有了那么多治僵的偏方，也算是妖术史中的奇迹了。何况事实上并不止此数，比如还有一个天蓬尺，也可制服"尸妖"。尸妖与僵尸不尽相同，但也与尸骸相关，其威力应该比一般僵尸更大。关于天蓬尺，百度上有详细的介绍，并附有图片，此处只引一句："天蓬尺是一种道教的法器，又称法尺，外观是一根四面刻有符咒的四棱方形短木棍。"

实例还是袁枚的《续子不语》，见于卷四"亡父化妖"一则，听这小题就有些恐怖：

某太守是西北人。其父已死多年，忽一日乘马而来，与生前无异。道："我已得仙，但念爱汝等，未能忘情，故来视汝。汝可扫一静室，与我居住。"其子虽疑，然声音笑貌，举止做事，果其父也，遂事之如生。此老日间看书，夜中或寐或不寐，久亦饮食如常，遂相安焉。

年余，江西张真人过其地，太守便把此事相告。张曰："妖也。岂有仙人复久居城市，无一毫异人者乎？能与见否？"太守告其父，父欣然曰："我正欲与天师相见。"谈吐如故。天师曰："此妖非我所知。"询之老法官，云："当乘其不备勘破之。"

一日，其父正写字时，法官忽从背后喝之，遂惊如木鸡痴立。法官从袖中掏出天蓬尺，从头量之，量一尺则短一尺，量一寸则短一寸，至足而灭，衣冠如蜕，剩胫骨一条。法官曰："此先太翁之真骨也。为狐钻穴，野狗衔出，受日月精华而成此妖，所以能言生前之事。若再与女人交，得阴精，其祸更不止此。"太守欲请骨而葬之，法官不可，曰："勿贻后祸。"遂携之去。

后面袁子才做了些考证，言《太平广记》载唐时李霸死后还家，处分奴仆，俱井井有条，然独居一室，不与人见。一日，其子孙逼而视之，变作青面獠牙之鬼，头大如车轮，眼光如野火，子孙大惧而散。霸从此亦不来矣。与此正是一类。

又《续子不语》卷二有"天蓬尺"一条，亦言鬼畏天蓬尺。其实尺子本身就有辟邪功用，方术之士亦有用"鲁班尺"者，应该就是木匠、石匠所用之尺。前面提到秤锤能镇压僵尸，那当然

257

不是因为它的重量。在我国人民的观念中，秤与算盘、尺子、升斗都有镇邪的功能，应该与度量衡和计算相关。而计算是讲究一清二楚的，下面附上鲁迅先生致日本友人增田涉的书信一封，其中说"可见中国的邪鬼，非常害怕明确，喜欢含混"，虽然口吻带着诙谐，却是不易之论：

> 此外，小包内书后附有一个小包，拟赠渡君，但其实作为大人的玩具可能更适当。五十四年前我出世后，每逢出门时，就要挂那个玩意儿。照日本的说法是"避恶魔"，但在中国没有"恶魔"之说，故称"避邪"好些。如不加说明，有点费解，特为图解如左：
>
> 那个圆东西，就是捣了米后，用来把精米和糠筛开，是竹子造的，中国叫做筛，日本的名称不明。一、不待言是太极，二、算盘，三、砚，四、笔与笔架，五、可能是书，六、画卷，七、历书，八、剪子，九、尺，十、似为棋盘，十一、图解者也难说清，那东西形似蝎子，其实应是天平。
>
> 总之，这些东西，都是为了弄清事物的。可见中国的邪鬼，非常害怕明确，喜欢含混。日本的邪鬼性格如何，我不知道，且把它当做中国的东西奉赠罢。

我想，古今嬗变，现在还用杆秤、墨斗和算盘的商贩和匠人已经不多见了，弹簧秤、卷尺和计算器已经取而代之。这变化虽然使度量衡更加精确，却无奈于鬼蜮别有伎俩，可畏的是集市上买菜缺斤少两，商场中的名牌东西也徒具虚名，连房屋这样的大商品都敢缩水，说来说去都是在度量衡上做手脚。可见一旦喜欢上"含混",搞鬼便成了行业潜规则,古人辟邪思维之密,还是让人感佩的。

此外,另附治伥鬼之法二条如下:

一见戴孚《广异记》上卷"刘老",言伥鬼好食酸,但食酸之后眼睛就昏不见物了:

> 信州刘老者,以白衣住持于山溪之间。人有鹅二百余只,诣刘放生,恒自看养。数月后,每日为虎所取,以耗三十余头,村人患之。罗落陷阱,遍于放生所,自尔虎不复来。后数日,忽有老叟巨首长鬣来诣刘,问:"鹅何以少减?"答曰"为虎所取。"又问:"何不取虎?"答云:"已设陷阱,此不复来。"叟曰:"此为伥鬼所教,若先制伥,即当得虎。"刘问:"何法取之?"叟云:"此鬼好酸,可以乌白等梅及杨梅布之要路,伥若食之,便不见物,虎乃可获。"言讫不见。是夕,如言布之路。四鼓后,闻虎落阱,自尔绝焉。

二见袁枚《续子不语》卷七"猎户说虎",则是用钉子钉树:

> 伥必附物而行,或猫、兔、鸡、鸭、蛙、雉,皆能作汪汪声。先虎二三里,视机伏处,引而避之,虎辄随伥声转移。制之法:闻伥即用钉钉树上,随所值之第一株,然后击伥所附物,则物毙而伥亦声绝矣。或曰:钉,金也;树,木也;魂属木,魄属金,取以魄就魂之义。魄恶,好杀。伥,魄也,禳之以就魂,则惊魄有依,不为虎役矣。

图书在版编目（CIP）数据

鬼在江湖 / 栾保群著. —— 太原：山西人民出版社，2022.10

ISBN 978-7-203-12369-9

Ⅰ．①鬼… Ⅱ．①栾… Ⅲ．①随笔－作品集－中国－当代 Ⅳ．①I267.1

中国版本图书馆CIP数据核字(2022)第141023号

鬼在江湖

| 著　　者：栾保群 |
| 责任编辑：郭向南 |
| 复　　审：吕绘元 |
| 终　　审：武　静 |
| 装帧设计：陆红强 |
| 出 版 者：山西出版传媒集团·山西人民出版社 |
| 地　　址：太原市建设南路21号 |
| 邮　　编：030012 |
| 发行营销：0351-4922220　4955996　4956039　4922127（传真） |
| 天猫官网：https://sxrmcbs.tmall.com　电话：0351-4922159 |
| E-mail：sxskcb@163.com（发行部） |
| 　　　　　sxskcb@163.com（总编室） |
| 网　　址：www.sxskcb.com |
| 经 销 者：山西出版传媒集团·山西人民出版社 |
| 承 印 厂：鸿博昊天科技有限公司 |
| 开　　本：635mm×965mm　1/16 |
| 印　　张：17.75 |
| 字　　数：300千字 |
| 版　　次：2022年10月　第1版 |
| 印　　次：2022年10月　第1次印刷 |
| 书　　号：ISBN 978-7-203-12369-9 |
| 定　　价：78.00元 |

如有印装质量问题请与本社联系调换